谨献给

平顺秀美的山河

平顺英雄的人民

平顺县2007-2011发展纪实

·长篇报告文学·

为了平顺

刘重阳 杜爱兰 著

山西出版集团
山西人民出版社

俯瞰平顺县城

目录

第一章
平顺又一春

2009年5月25日，春光明媚，生机盎然。

这一天上午，中共中央政治局常委、中央书记处书记、国家副主席习近平来到平顺县。

上午10点，习近平副主席乘坐的中巴车，过了平顺县羊井底村，上山，拐过一个山嘴，停在了羊井底绿化点。路边，站着两个人在迎候，一个是山西省林业厅厅长耿怀英，另一个是中共平顺县委书记陈鹏飞。

习近平副主席下了中巴车，中共山西省委书记张宝顺对习近平副主席说："我来给你介绍一下。"

习近平副主席微笑着说："这就不需要介绍了，年纪大点的是耿怀英厅长，年轻人就是平顺县委书记陈鹏飞嘛。"他说着，与陈鹏飞、耿怀英握手。

习近平副主席一行登上绿化点的高处小平台，环顾四周，满目青山。远山近岭的鱼鳞坑，从山脚到山顶，层层叠叠，整整齐齐，鱼鳞坑里一米多高的侧柏、山桃，郁郁葱葱，勃勃生机。

陈鹏飞简要地向习近平副主席介绍了绿化点的情况。羊井底绿化点是平顺县青羊线万亩荒山绿化工程的精品点，鱼鳞坑统一是"等高放线，品字排列，石片覆盖，树种多样"；全县的荒山绿化坚持了"山上治本、身边增绿、修复生态、兴林富民"。

习近平副主席听了，高兴地下了山，上了车。陈鹏飞正要去坐后面的另一辆车，被习近平副主席叫住："鹏飞你来，和我坐一个车。"

陈鹏飞上了车，要往后排去坐。习近平副主席说："和我坐一起嘛。"

习近平副主席让陈鹏飞坐在自己的旁边。车辆启动，向县城驶去。

陈鹏飞在车上向习近平副主席简要汇报介绍了平顺县的基本县情，县委、县政府这几年的工作思路和发展定位。

习近平副主席听了陈鹏飞的汇报说："好，好。"

习近平副主席接着说："我这次来啊，一是要看看山西的发展变化，二是我对太行山有感情。我的大姨在抗战时，曾经在平顺县西沟区工作过，担任过区委书记。"

陈鹏飞说："据我们了解，您的大姨父还是平顺抗日民主政府的第一任县长。"

习近平副主席扭头看了看陈鹏飞，轻轻地"啊"了一声。

陈鹏飞说："我们县委通过走访调查，整理出了一个这方面的文字材料。"他说着把材料拿出来，捧给习近平副主席。

习近平副主席接过材料，翻了翻，很高兴地说："我要把材料带回去，这对我老母亲是个好交代啊。"

车进县城，彩凤大街绿树成阴，平整干净；彩凤公园灵巧别致，瀑布飞流。习近平副主席很有兴趣地看着窗外。车出县城，习近平副主席说："县城不大，可很有特色啊，不错。"

车进西沟村，全国著名老劳模申纪兰在路旁迎候。习近平副主席下了车，与申纪兰热情地握手。申纪兰激动地说："习（副）主席啊，你可来了咱西沟了。"

习近平副主席说："老劳模啊，你的身体还是这样好啊。走，去你家看看。"

下一个水泥路的坡，拐个弯，就是申纪兰家的二层小楼。

习近平副主席说："这不错嘛。"

申纪兰说："我先前是个平房，邻居要翻盖哩，两家伙一座山墙，我不盖也不行啊。"

习近平副主席说："老劳模啊，我的大姨还在这里工作过。"

申纪兰说："我那时候还小哩，只记得八路军的女同志梳的都是剪发头呗，谁和谁咱就分不清。"

习近平副主席原来的行程安排，在西沟停留的时间不能长，活动内容也只是看望一下老劳模申纪兰。就该告别申纪兰起程时，申纪兰对习近平副主席说："你去看看咱的展览馆吧，（西沟展览馆）里面把西沟的发展都说了。"

习近平副主席说："好啊。"

申纪兰领着习近平副主席一行上了西沟展览馆。习近平副主席很认真地看了西沟展览馆的一幅幅照片和一件件实物。

习近平副主席走出展览馆，在展览馆的小广场上，与西沟村的干部、村民代表、大学生村官围坐在一起，开了个座谈会。

座谈会上，大家发言积极踊跃，气氛热烈融洽。时间到了中午12点，早已经超过了行程安排的时间表，随行工作人员提示习近平副主席，习近平副主席说："听了大家的发言，我也说几句嘛。"

习近平副主席在座谈会上兴致很浓，特别高兴地和大家谈了这次来平顺的感受。他说："咱们这个地方是革命老区，我对这个地方很有感情。这次来，看到了荒山绿化得很好，县城不大但很有特色，虽然还不富裕但我们干部精神状态好，群众干劲大。太行精神和纪兰精神是我们党的宝贵精神财富，我们一定要继承好、发扬好。平顺县提出的'山上治本、身边增绿、修复生态、兴林富民'的理念和做法要进一步推广，山西的自然生态一定会不断得到明显改善。"

习近平副主席又讲起了自己的成长经历，怎样从一个"黑五类"到大队党支部书记，怎样逐步走向更大的天地，教导大学生村官要志存高远，扎根基层，发挥所长，有所作为，锻炼成长，建功立业。

习近平副主席离开西沟时，干部群众热烈地鼓掌欢送，依依不舍。他向大家频频挥手致意。

这时，阳光灿烂，春风吹拂。

平顺县，是太行山上一个独具特色的小县。

平顺县，在近几年来发生着巨大的历史性的变化。

这些变化，昭示着共产党人艰苦卓绝的奋斗，昭示着平顺人民不屈不挠的意志，昭示着一个山区小县的勃勃兴起。

于是，我们走进了平顺县。

于是，我们记住了陈鹏飞这个平顺县委书记的名字。

一、进门就是平顺人

2007年2月13日上午，陈鹏飞上任平顺县委书记。

平顺县在山西省东南部的太行山腹地，既是贫困山区，又是革命老区。在长治市的13个县、市、区中，平顺县是个最不平的地方，包括县城，也是在一个山沟里。

陈鹏飞上任平顺县委书记这天，是农历腊月二十六。

陈鹏飞书记以前来过平顺吗？来过，来过两次。

第一次是1992年，他在沁县新店镇当党委书记的时候，来平顺县参观学习太行山绿化工程，看过杏城乡的植树造林，看过中五井乡留村的花椒山。平顺层层叠叠的大山，平顺条件的艰苦，平顺人艰苦创业的精神，都给他留下了极深的印象。

第二次是2006年9月，长治市组织各县区大观摩活动，他观摩时来过平顺。当时，他是黎城县的县长。他感觉到平顺在变化，尤其是县城变得干净整洁了，增添了许多活力。

今天他再进平顺，与前两次的身份、职务不同，责任担当不同，心里感觉自然也全然不同。

当天下午，他和县委领导们一起去县城的街上转了转。

出平顺宾馆向南就下坡，坡没多长就到了街上。县城只有一条大街，叫兴华街。兴华街东西走向，是一道西高东低的慢坡。街路还是一体，兴华街也是山西省省道长（治）李（庄）线在平顺县城的过境段。

街上的商店里，人们抓紧时间买新衣、备年货。青羊市场前三角地周围更热闹，有人写春联，有人买窗花，有人炸油条，还有孩子在放鞭炮。

县城虽不大，却充满了浓浓的年味儿。

陈鹏飞书记转了转县城，又和县委办主任杨显斌一起去西沟村看望申纪兰。

西沟村曾经是中国农村的一个标识，西沟村的申纪兰是全国著名的劳动模范，是唯一的一至十一届全国人大代表。申纪兰还兼任着西沟村党总支副书记、长治市人大常委会副主任。很少有人叫她申书记，更多的是称呼她申主任。

申纪兰见陈鹏飞书记来看自己，高兴地握着他的手说："陈书记啊，我知道，你才来，你忙哩，不用来看我了。"

陈鹏飞书记忙说："该来该来。申主任，过年都准备好了？"

"没甚准备啊。和过去比啊，现在天天过年哩！"

陈鹏飞书记说："我来平顺（县）工作了，要向老劳模多学习、多请示、多请教，发扬好艰苦奋斗的光荣传统。"

申纪兰动情地说："陈书记啊，不怕你笑话，艰苦奋斗几十年了，咱这山老区还是比不上那平川的地方呗。咱平顺（县）又山又穷，干个甚可真是竭力哩。你来了就要领着大家好好干，再苦再难，也要叫咱平顺（县）变一变啊。"

老劳模的一番话，让陈鹏飞书记的眼里有了泪光。他说："我来平顺（县）工作，进了平顺门就是平顺人。我会热爱平顺，努力工作。申主任，您可要多支持、多批评啊。"

申纪兰接着说："班子带了头，群众有劲头。陈书记啊，平顺变不变，领导是关键。发展是硬道理。不发展，甚也不行。你说是不是啊？"

"是啊。平顺（县）的发展，咱要好好谋划谋划，要有个科学的定位。"陈鹏飞书记说。

"平顺人实在、能受，叫咋干就咋干。"申纪兰又说，"陈书记啊，你也没有喝口水，要不，吃了饭走吧？"

陈鹏飞书记说："今天就不了，初一，我来给您拜年。"

天擦黑时，陈鹏飞书记回到县城。县城已经安静下来，没有多少人走动。天上飘起了小雪，地上见了白。

第二天上午，陈鹏飞书记要去东寺头乡井底村。

陈鹏飞书记来到平顺工作，就要了解平顺，认识平顺，吃透县情。他对杨显斌主任说过，要抓紧时间走走看看，要看乡镇，更要看偏远的村庄。

井底村是太行山脚下的一个小山村，是东南部最偏远的山村，往东走几里路就是河南省林州市的地界。

车过石窑滩村，就上了平顺县著名的太行山挂壁公路。挂壁公路的井底隧道，是在太行山绝壁上开凿出来的。隧道的路面没有铺装，一边是青石裸露的洞壁，另一边是隧道穿破山皮时留下的洞窗，洞窗处没什么防护设施，洞窗外就是千尺悬崖。无论是谁，第一次走这隧道，都会感到阵阵心惊。

车在隧道的中部停下，陈鹏飞书记从洞窗向外望去，峭壁深壑，顿时有一种摄人魂魄的感觉。

杨显斌对陈鹏飞书记说："井底村去县城方向原来只有两条山路，陈书记你瞧，对面山脊上的台阶，就是其中的哈喽梯，走上走下都是哈喽哈喽喘气。1996年，开始修这挂壁公路，那可是真竭力来。"

陈鹏飞书记边上车边问："显斌，你今天说了个'竭力'，昨天申主任也说到'竭力'，这是不是竭尽全力的意思？"

杨显斌想了一下，回答说："是这个意思，可也不全是。平顺人说'竭力',更主要是说'很费力、很困难'的意思。"

陈鹏飞书记笑了,说:"平顺的话还叫人得揣摩揣摩哩。"

杨显斌也开玩笑地说:"陈书记,你那沁县话,有些我们也听不懂啊。"

陈鹏飞书记说:"没什么,在一起时间长了就都听懂了。"

车出隧道,走老鹰嘴的"之"字路,向下就看到了一个群峰环绕的小山村。村里的民舍是石墙石瓦,村中的街道是青石铺就,倚村有一潭湖水,湖水中倒影着青峰白云。

陈鹏飞书记来到湖边的堤坝上,井底村党支部书记周海玉在湖边等着。

周海玉昨天晚上接到电话通知,说陈书记要来井底。他早上起来一看,心想陈书记来不了啦,因为下了雪,路上不好走。他没想到陈书记还真来了,心里很激动,说:"陈书记,路上不好走啊,还下了雪。"

陈鹏飞书记说:"这点雪,不挡路。"他接着问了井底村的基本情况以及发展的打算。

周海玉回答说:"井底主要是要搞好种植业、养殖业,组织农民外出打工,也要搞搞旅游。"

陈鹏飞书记问:"井底的旅游是从什么时候起步的?"

周海玉回答:"咱井底离河南王相岩很近呗,王相岩旅游开发得早,咱也想跟着开发旅游。前几年也有人来,来的人少,主要是些画画的、照相的。"

陈鹏飞书记说:"井底的主要产业应该是抓旅游,其他工作都要围绕旅游产业展开。"

陈鹏飞书记又说:"搞旅游,没条好路不行。井底隧道虽然叫人感受到

□ 陈鹏飞（前左一）上任平顺县委书记的第二天在井底村调研（后右一为井底村党支部书记周海玉）

筑路的艰难，但一定要改造，一定要安全。在改造隧道的时候，也要搞成井底的一个旅游景点。海玉，井底有没有农家旅馆？"

"有两三家，不多。"

"要发展农家旅馆，游客来了能住下。还要搞上档次的宾馆酒店，发展高端旅游。"

周海玉说："陈书记，井底村是个穷村呗。"

陈鹏飞书记笑了。他说："正因为井底村是个穷村，才要加快发展，摆脱贫困。井底发展的道路有好多条，但旅游是一条最重要的发展道路。现在搞大酒店，你们有困难，但一定要确立发展旅游的观念。"

陈鹏飞书记离开井底村，中午在东寺头乡吃了碗面条，就去了阳高乡车当村。

从东寺头往北，过虹梯关乡，绕过山水庄岭，走九曲沟隧道，经候壁水电公司，上到省道河潞线，向西不远就是车当村。

在路上，杨显斌给陈鹏飞书记介绍说："这是后石线北线的一段。后石线是去年的重点工程，从中部贯穿全县的南北。现在完成了隧道和主要的路基工程。"

陈鹏飞书记说："找个时间看看南线，叫上交通局的一起去。"

车过了浊漳河车当桥，就进了车当村，车当村党支部书记刘明科迎了上来。陈鹏飞书记步行走了走村子，刘明科简要地介绍了村里的基本情况。

车当村在浊漳河的南岸，山清水秀。这个村曾经在明清时期红火过，全村有那时期的10座庙宇就可证明。10座庙宇现在仅存5座，其中的佛头寺属于国家文物保护单位。车当村在改革开放初期有过一个小电石厂，后来关了，现在正在引进一家大电石厂，叫瑞烽公司。

陈鹏飞书记来到瑞烽公司，公司老板李保民正在工地忙活着。

工地上正在开山平整场地。陈鹏飞书记对李保民说："你来平顺县投资办厂我们很欢迎，有什么困难可以直接来找我。你们要抓紧工作，争取早日投产。投产越早越有效益嘛。"

李保民说："我们一定抓紧，过年也不休息。"

陈鹏飞书记又对刘明科说："车当村要为瑞烽创造好环境，像当年支持八路军那样支持瑞烽公司。"

刘明科说："那没问题。"

离开车当村，走河潞线向西，到潞城市的李庄再折回长李线进平顺县。

这时天已擦黑了。陈鹏飞书记说："去看看留村，看看桑林虎书记。"

杨显斌说："桑林虎书记已经退了。"

陈鹏飞书记没有说话。

留村在平顺县是个名村。党支部书记桑林虎带领村民绿化荒山，几十年如一日，山上种花椒，沟里种苹果，走出了一条干石山区脱贫致富的新路子。留村党支部是1988年中组部表彰的"全国先进基层党组织"，这在当时长治市是唯一的。在上世纪90年代中期，党和国家领导人胡锦涛、李鹏、朱镕基、姜春云都先后来过留村。

陈鹏飞书记1992年带着沁县新店镇的干部来留村参观学习过。当时，桑林虎书记领着他们钻了花椒山。花椒山是层层梯田，梯田的石岸是用拳头大小的石头垒成，高1米，长600多公里，5000多块，1160亩，种植了12万株花椒树。新店镇的干部被留村人战天斗地的精神震撼了。

时过境迁，陈鹏飞以县委书记的身份来留村，当是另有一番滋味在心头。

桑林虎老书记还住在那个小院，还是那几孔窑洞。老书记一听是陈鹏飞书记来访，赶忙迎到院里。陈鹏飞书记一把握住了老书记的手说："桑书记，我来看看您。"

老书记的手颤抖着，一下竟不知说什么好。

进屋，落座。老书记才说："陈书记啊，真是没有想到啊。"

陈鹏飞书记说："十几年前，我来留村学习过，留村艰苦奋斗的精神给了我们工作很大的力量。现在我来平顺（县）工作了，更要学习纪兰精神、留村精神，让咱老百姓从山上要生态、要效益。"

老书记说："留村也不是过去的留村了，发展遇到了困难，有些树也没了。"

陈鹏飞书记说："那就更要发扬留村精神，来个二次创业。桑书记，现在生活得怎么样？"

老书记把眼一眯说："唉，退下来了，就什么也拉倒了。"

陈鹏飞怔了怔，说："桑书记，我们不会忘记平顺县的老劳模、老党员、老干部，你们为平顺县的发展做出了巨大的贡献。"

老书记说："那样好，那样好。"

陈鹏飞书记说："桑书记，我先来给您拜个早年，过几天我再来看您。"

老书记说："那好，那好。"

回到县城，陈鹏飞书记草草吃了晚饭，就召开县委常委会，听取长治市委任命平顺县委副书记唐立浩同志为平顺县人民政府副县长、代县长的决定。

会后，陈鹏飞书记对杨显斌主任交代说："大年初一，我和（唐）立浩（代）县长去西沟过年；你把县志和这些年工作的有关资料收集一下，放到'315'。过节工作的安排要细一些，要让大家过个好年。"

平顺宾馆315房间，是陈鹏飞书记的临时住处。

大年初一，2007年2月18日上午，陈鹏飞书记和唐立浩代县长一起，慰问了县环卫、公安、武警、广电、供水、供电等部门春节值守的干部、职工后，又沿路看望了石埠头村、川底村、西沟村的一些农家，然后去了老劳模申纪兰家。

申纪兰家是一座二层小楼。过去几十年，申纪兰家一直是三间青瓦房，那还是在学大寨时期盖的。姜春云副总理、朱镕基副总理来看望她时，也都是在那平房里。2005年，申纪兰家翻盖成了二层小楼。她本不想修房盖屋，但邻居家要翻盖，两家又共用一座山墙，于是她也不得不翻盖。

人们说她是"被"盖了一栋小楼。

两层小楼的门上贴着鲜红的春联，客厅里摆着两盆墨绿的君子兰。

陈鹏飞书记、唐立浩代县长与老劳模一起，一边包饺子，一边拉家常。

申纪兰说："领导们来和我过年，我很高兴，可你们也都有个家，也该

□ 陈鹏飞书记（中）、唐立浩县长（左）与老劳模申纪兰一起过大年

和家人一起过个年。那咱就早点吃饺子，你们好中午赶回家，和家人过个初一。"

陈鹏飞书记笑着说："好好，都听您的。"

邻居们听说书记和县长来了西沟，也纷纷来看望看望，小楼里飞扬着欢笑声、祝福声。

二、过往的不是烟尘

大年初四，2007年2月21日，人们都还在走亲串友，而陈鹏飞书记来到了"315"。他要利用过节这几天时间，静下心来，看一些资料，解读平顺的历史，了解以前的工作，为自己新的开局理理头绪。

县委办已经把县志和历年工作的资料放在了"315"房间。当他认真阅读这些资料时，平顺县尘封的历史逐渐生动起来，历任领导为平顺发展所历经的艰辛也浮现出来。

平顺县，是长治市设县最晚的县份。比如，陈鹏飞书记的出生地沁县，至少在隋开皇十六年（公元581年）已经有了县治的雏形，而平顺县却是在明嘉靖八年（公元1529年）才设置县治，比沁县晚了948年。

平顺县置县是因为这里发生了农民起义。明嘉靖元年，居住在青羊里石埠头村一个叫陈卿的人揭竿而起，一直坚持到嘉靖八年。明世宗平息陈卿起义后，为了利于辖制，把潞城县、壶关县、黎城县三县交界处的31个村、里划出，在青羊里置县，赐名为"平顺"。

不难看出，三县交界处定然是山大沟深，山连山，山套山，出门就是山。北部为谷地，有浊漳河贯穿东西；西部为台地，黄土丘陵支离破碎；东南部为山地，崇山峻岭，雄山大壑；山岭地区占总面积的97%以上。在这里置县为"平顺"，是封建皇帝的一种愿望，却正好与地理地貌的状况相反，"平顺"县是既不"平"也不"顺"。

从明嘉靖八年到如今，平顺县所辖地域没有大的变化，南北长约53公里，东西宽约45公里，总面积1550平方公里。

这里的雄山大壑，这里的交通不便，使平顺县在抗日战争时期成了革命老区。1938年2月，八路军一二九师一部在平顺县建立根据地。1939年，抗日军政大学六分校进驻平顺县。1940年3月，八路军一一五师一部进驻平顺县。1940年底，太行第四军分区进驻平顺县。平顺县是日军在长治地区唯一没有驻扎过的县份。

平顺人吃苦耐劳、包容厚道。这里和河南林县（今林州市）紧依相连，平顺在山上，林县在山下，于是就成了林县人逃荒避难的首选地。林县人来到平顺的山里，开点荒种点地就能生存。所以，说林县话的人在平顺占有很大的比重。

早在抗日战争时期，从林县逃荒到西沟村的李顺达组织起了生产互助组，以"组织起来，发展生产"的显著成效获得"边区农民的方向"的赞誉。新中国成立初期，平顺县的农业合作社引领着中国农村发展的方向。这一时期，平顺县涌现出了一批全国著名的农业劳动模范：李顺达、郭玉恩、武侯梨、申纪兰等劳模多次受到毛泽东、刘少奇、周恩来等党和国家领导人的接见。

改革开放后，1994年8月~1995年4月，胡锦涛、李鹏、朱镕基、姜春云

□ 平顺县的全国著名劳动模范（前排左起）郭玉恩、申纪兰、李顺达、武侯梨

等党和国家领导人先后到平顺县的留村和西沟村进行过调研和视察。

几代党和国家领导人持续关注平顺县，是因为这里艰苦奋斗的精神光照日月。艰苦奋斗，不仅是平顺人民的光荣传统，而且在新时期建设中仍然有着夺目的光彩。

平顺县是个贫困县，这又是我们不得不面对的现实。

靠资源致富，无疑是我们在初级经济发展中的必然选择。长治市最早富裕起来的一些乡镇和村庄，不是和挖煤有关，就是在交通便利的城郊。

平顺县地下没有煤矿。平顺县的矿产资源有铁矿、硅矿等。铁矿主要的矿脉在龙溪镇新城村西安里一带，早在上世纪50年代，已被国家划归长治钢铁厂开采；还有一些储量，则是零星的窝点，不成大的气候。硅矿在大山中，不易开采。

就资源而言，平顺县的水资源还是比较丰富的。有山就有水，平顺县境内数得出的季节性河流有那么五六条，可惜都是在深谷中空自流淌。有一条河流值得一说，这就是从平顺县的北部流经东西全境的浊漳河主流。

浊漳河是上党盆地的母亲河，南漳、西漳、北漳三源合流后从平顺县西北部的实会村入境，从东北部的河口出境，汇入子牙河，是海河水系的重要支流之一。因此，形成了平顺县北部的河谷地带。

河南林县的红旗渠在全国很有名，但外地人很少知道，红旗渠所引的水就是平顺县境内的浊漳河，渠首就在平顺县的石城镇。

正因为如此，平顺县除了浊漳河上有几个水电厂、西沟村有个硅铁厂外，几乎没有什么较大型的工业企业。真所谓"地下没挖的，地上没响的"。

平顺县的农业基础很脆弱，海拔高，气候冷，很少有连片的大田，有的则是山地上的"海带田"，基本上是靠天吃饭。平顺县一批著名的农业劳动模范，都是在山上植树造林、在沟里打坝造地。造林，主要是生态林；造地，主要是种些玉米、土豆、花椒、党参等。年景好了，能解决温饱，但要仅凭粮食种植富裕起来，很难。

为了改变贫穷落后的面貌，历届县委、县政府带领人民做了不懈的努力，一路走来，有曲折，有风雨，留下了虔诚跋涉的足迹和对平顺发展的认真思考。这其中的经验和教训，都对于后来者有着积极的意义的。

陈鹏飞书记上任短短几天，看了几个地方，按理说，还算是在走马观花的范畴，但他却有了一个明显的感觉，那就是平顺的实际并不像《平顺县志》上写的那样不堪。

他还未来平顺上任，便已经浏览过平顺的县志。穷山恶水，满目贫瘠，是《平顺县志》给他的印象。他上任几天，感觉大有不同。他觉得平顺不是什么"金木水火土五行俱缺的地方"，不是什么"不毛之地"，也不是什么"人类不易生存"。

这不怪当时修志的人，因为对自然环境负面的夸大，是贫困地区的一个惯性思维。"横看成岭侧成峰，远近高低各不同。"陈鹏飞书记之所以感觉不同，是因为换了个角度看问题，得出的就自然是另外一个结论。

平顺县的自然条件对于发展农业确实很差，没有大型的工业企业确也造成了初级经济发展的落后，但这也在客观上为平顺县保留了一方青山绿水。矿产是资源，没有污染的山水不也是资源吗？平顺县不是资源匮乏，而是守着一方宝地。

平顺县的贫困，因为有大山。但用发展的眼光看，大山也是平顺县后发的优势。人们不应该是一味地埋怨山，而是要依靠山、发展山、跨越山。

看来，在平顺要开展新的局面，就必须解放思想，重新认识平顺，深度解读平顺。只有真正读懂了平顺，才能谈得上科学发展平顺。

"315"很安静，陈鹏飞书记的心里却无法平静。他在历史的隧道中行走着，在行走中思考着。

如何对平顺县的发展有个科学的定位？怎样在突破中发展，在发展中转型，在转型中跨越？这是陈鹏飞书记必须要回答的问题。

要回答这个社会命题，"举头望明月，低头思故乡"是必不可少的。只有举头仰观，看清经济社会发展的大走势；低头俯察，倾听百姓的呼声，才能以科学发展观为统领，结合平顺县发展的实际，实事求是地确定这届县委、县政府的工作思路，造福于平顺百姓。

从群众中来，到群众中去，这是共产党工作的一个法宝。没有调查就没有发言权。吃透县情，了解平顺，是科学定位的前提。广开言路听民意，深入基层大调研，这是首先必须要做的事。

这件事情，陈鹏飞书记已经在上任第二天晚上的县委常委会上提出来了。他要求用20天时间开展"广开言路听民意"活动，要围绕"今年干什么，长远怎么办"，开展调查研究，多方座谈讨论、提出建议计划，形成一个"平顺是我家，发展靠大家"的人人出谋划策、个个添砖加瓦，共同建设平顺、振兴平顺的浓厚氛围。

想到此，陈鹏飞书记展开了眉头，轻轻地推开了窗户。

窗外有鞭炮声，也有孩童的嬉笑声。

三、高高扬起的旗帜

正月初六，2月23日，陈鹏飞书记第三次来到西沟村。

用他自己的话说，上任第一天来西沟，是学习受教育；大年初一来西沟，是拜年送真情；这一次来西沟，是调查谋发展。

西沟很有名，平顺人很熟悉西沟，我们还有必要再介绍西沟吗？

显然有这个必要。因为渐行渐远的历史，或许会模糊我们的视野，但以史为镜，方知兴衰。

西沟有过历史的辉煌。

西沟曾经是林县逃荒人落脚的地方，一条沟里，几个自然庄，20户人家中有18户是林县逃荒来的。

□ 西沟"老六户"雕像

1943年正月，林县逃荒到西沟的李顺达组织起了平顺县第一个生产互助组，6户人家，每户有一名1938年入党的党员。互助组开荒种地，渡过了灾荒年，起了很好的模范作用。李顺达在1944年的太行区第一届"群英大会"上被评为一等劳动模范，西沟互助组被誉为"边区农民的方向"。

新中国成立后，1949年深秋，李顺达等山西省农民代表团受到了毛主席的亲切接见。1951年，西沟互助组向全国农村发出"爱国主义增产竞赛的倡议"，掀起了全国爱国生产竞赛的高潮。李顺达获得了"爱国丰产金星奖章"。1955年，毛主席在编辑《中国农村的社会主义高潮》一书时，还亲笔为西沟农业生产合作社的《勤俭办社，建设山区》一文写了按语。毛主席在按语的最后问了一个很大的问题："（西沟）这个合作社的经验告诉我们，如果自然条件比较差的地方能够大量增产，为什么自然条件较好的地方不能够更加大量地增产呢？"

申纪兰嫁到西沟是1946年，一顶花轿，几声鞭炮。1951年初冬，西沟办起了农业生产合作社，申纪兰被选为副社长。那年她22岁。

申纪兰"脚大、能受、没拖累"，不仅自己白天劳动、黑夜开会，而且克服重重困难动员全社妇女参加生产劳动。为了调动妇女参加生产的积极性，她提出了"同样的劳动，妇女要和男人记同样工分"的要求。通过与男劳力的几次劳动竞赛，西沟的妇女终于实现了"同工同酬"的愿望。因此，1953年，申纪兰出席了全国妇女代表大会，受到毛主席的接见，并被选为中国妇联执委。同年，她成为中国妇女代表团成员，出席在丹麦哥本哈根召开的世界妇女代表大会。

1954年，西沟的李顺达和申纪兰当选为全国第一届人民代表大会代表。一个小山村同时走出两位全国人大代表，这在中国的当时是绝无仅有的。

□ 1954年国庆节，李顺达、刘胡兰的母亲胡文秀、申纪兰在天安门观礼台上

1956年4月，申纪兰出席了全国先进生产者代表大会。1958年9月，申纪兰被评为全国劳动模范，参加全国"群英大会"。春种秋收、植树造林、垒岸打坝、喂猪养羊，申纪兰总是走在前列。

申纪兰在1973年当选为山西省妇联主任。她与省委有个"四不约定"："不转户口，不领工资，不定级别，不坐专车"。她要坚持不脱离农村，不脱离劳动，不脱离群众。

1983年，申纪兰不再担任省妇联主任的职务，要求回西沟劳动。

西沟在新时期不断地前行。

为了西沟的发展，申纪兰带领村支两委的干部走出大山，争取乡镇企业的项目。在老劳模的努力下，西沟先后办起了铁合金厂、饮料厂等企业。

1989年，申纪兰被命名为山西省特级劳动模范。这年，她60岁。

1992年，中共长治市委授予申纪兰"太行英雄"的光荣称号。1993年6月，山西省委组织部、宣传部联合作出《关于开展向优秀共产党员申纪兰同志学习活动的决定》。

1994年8月28日，时任中央政治局常委、国务院副总理朱镕基来到西沟考察，并亲手在西沟的东峪沟山上栽下一株侧柏。

1995年3月25日，时任中央政治局委员、国务院副总理姜春云来到西沟考察。

时隔不久，1995年4月13日，时任中央政治局常委、中央书记处书记胡锦涛来到西沟考察。胡锦涛在西沟座谈会上说："西沟我是第一次来，但对西沟还是比较熟悉的，（上世纪）50年代我在学校念书的时候，对李顺达、申纪兰我们都是很崇拜的，确实是把他们看做是我们中国农民的杰出代表。"

1995年9月，申纪兰在北京参加联合国第四次世界妇女大会。这离她参加哥本哈根世界妇女大会，已有40多年了。

1998年3月5日，申纪兰出席第九届全国人大一次会议。这时，她已经是全国唯一的从第一届连续到第九届的全国人大代表。在以后的第十届、第十一届全国人大会议中，她仍然是代表。

2000年五一国际劳动节，申纪兰作为特邀劳模，出席了新千年第一次全国劳模大会。

2001年5月，申纪兰把全国"母亲河奖"的2万元奖金全部捐给西沟村打机井。这年7月1日，在中国共产党庆祝建党80周年大会上，申纪兰是受表彰的全国优秀共产党员。

从简略的介绍中，我们完全可以看到，从英姿勃发的年轻妇女，到壮怀激烈的英雄暮年，申纪兰是一个传奇，是一面高扬的旗帜。

精神文明的传承和发展是以代表人物为载体为其鲜明特点的。劳模文化的传承和发展，申纪兰是其代表人物。申纪兰以其艰苦奋斗的创业精神、以牺牲自己的利益而坚持不脱离农村、不脱离劳动的品格，无疑成为中国劳动妇女和广大干部的典范。

陈鹏飞书记说："申纪兰主任的事迹很平凡，但精神很伟大，人格很高尚。"

陈鹏飞书记第三次来到西沟，上午与申纪兰主任进行了长谈，下午又分别与西沟乡党委、西沟村党总支进行了座谈。他在座谈会上提出，平顺县要发展必须解放思想，必须创优环境，必须奖惩激励。

☐ 陈鹏飞第三次来西沟，与申纪兰交谈

陈鹏飞书记在基层工作多年，深知农村干部的难处，尤其是贫困地区的农村干部。有句顺口溜说："不批不斗不怕你，有吃有穿不靠你，有了问题就找你，解决不了就骂你，矛盾激化就告你。"

村子一穷，村干部不是人们抢着当，而是没人当。有个乡党委书记刚上任，一个村的干部要撂挑子。这位乡党委书记对村干部说："老哥啊，我一来你就不干了，太不给面子了吧？说成甚你也要陪伴我几年，哪怕我走的时候免了你哩。"

贫困农村的干部不好当，"面子"和"里子"哪头也不好顾。

他决心在平顺县大力推行奖惩激励机制，调动农村干部的工作积极性。在农村要开展争创"红旗党支部"活动，对于红旗党支部书记要在"政治上给地位、经济上给实惠、社会上给荣誉、发展上给舞台"，形成"不是'红旗'争'红旗'，争上'红旗'保'红旗'"的创先争优局面。

他在座谈会上说："我们就是要通过奖惩激励机制，调动方方面面的积极性，致力于社会主义新农村建设。"

他希望西沟独树一帜、争先发展，形成"不比资历比能力、不比文凭比水平、不比聪明比勤奋、不比基础比发展、不比阔气比志气、不比过程比结果"的干事创业氛围，走在发展的前列。

短短几天，三进西沟，陈鹏飞书记的工作思路也越来越清晰。

四、春雪是个好兆头

2007年2月25日，正月初八，春节后上班的第一天，陈鹏飞书记主持召开了县委常委会议。

他在常委会上与常委领导进一步交心，谈了阅读资料、初步调研的一些心得体会。他要求每个常委都要拿出足够的精力和时间，深入基层，对事关全县的重大问题进行调研，亲手撰写调研报告。

第二天，正月初九，县委召开县委理论学习中心组（扩大）会议。陈鹏飞书记在会议上强调，各单位要向县委、县政府就今年工作的突破点、亮点提出书面报告；各级领导认真搞好大调研活动，了解百姓在关心什么、期盼什么，弄清我们该干什么、干成什么；为县委敲定今年的工作盘子作参考。

他对领导干部提出了"必须七讲"的要求：必须讲政治，做到顾全大局；必须讲学习，做到与时俱进；必须讲团结，做到和衷共济；必须讲党性，做到依法执政；必须讲发展，做到全神贯注；必须讲奉献，做到执政为民；必须讲廉洁，做到克己奉公。

面上的工作铺开后，陈鹏飞书记深入基层进行调研，力求对平顺有一个较为完整而清晰的认识。

正月十二，2007年3月1日，平顺县从昨天晚上就下了一场大雪。大雪覆盖着群山，群山白皑皑的。

虹梯关乡党委书记申建国一大早从县城去乡政府，车到半路上的老马岭，几次都上不去坡。司机说："这么大的雪，咱回吧。"

申建国说："回哪儿？回虹梯关。"

司机说："不是我不去，是车滑得不上坡。"

申建国说："那回吧，回县城加防滑链。"

申建国返回县城，给车加上防滑链，再过老马岭，到了虹梯关乡。

虹梯关乡的所在地叫虹梯关村，是因为有虹梯关而得名。虹梯关是平顺县的一大关隘，距县城25公里。古时候，虹梯关有5里长的关廊，宽不足一丈，两侧是陡峭的山壁，"一夫当关，万夫莫开"。虹梯关向东，便是大山深处。大山深处原来还有一个叫苲兰岩的乡，2000年撤并到虹梯关乡。

申建国没有想到，他刚到乡政府，陈鹏飞书记也到了虹梯关乡。

申建国迎出来说："这么大的雪，陈书记怎么上来了？咱快回办公室。"

□ 雪后初晴

陈鹏飞书记没有去办公室，而是直接去了乡政府的厨房。他掀起炒菜锅的锅盖，问炊事员："没几个人，炒一锅菜干甚？"

炊事员并不知道他是县委书记，于是直冲冲地说："你怎说没几个人啊？都在哩，菜少了不够。"

陈鹏飞书记笑了，对申建国说："看看菜多少，就知道干部在不在岗。"

从厨房出来，陈鹏飞书记还是没有进办公室，而是走出乡政府院子来到街道上。整个虹梯关村粉刷一新、干净整洁，主街道的水泥路宽阔平整。乡政府门前还有一个小广场，安了健身器，叫人感受到现代的时尚。

陈鹏飞书记对申建国说："主街道搞得不错，咱们去看看村里的小街巷。"

申建国在前边领着，和陈鹏飞书记走了几条背静的小巷，小巷是水泥路，路上的雪已扫开，干干净净。

陈鹏飞书记对申建国说："建国啊，你这个地方不错。今天我只是来看看你们在不在岗，下次来了再住住。"

握手，告别，陈鹏飞书记上车走了，山上留下一道雪辙。

当天晚上，陈鹏飞书记、西沟乡党委书记宋忠义、西沟村党总支书记张高明等一行飞抵北京，第二天上午出席了在中国记协举行的长篇报告文学《见证共和国——全国唯一的一至十届人大代表申纪兰》（作者：刘重阳、王占禹，上海文新集团、文汇出版社出版）的首发式。申纪兰正在北京准备参加"两会"，也出席了首发式，再次受到国家级媒体的聚焦。

晚上他们飞回长治。长治飘着雪花，机场路上大型花灯都罩着塑料布。

□ 陈鹏飞（右二）在长篇报告文学《见证共和国》首发式上与作品主人公申纪兰（中），作者刘重阳（左三）、王占禹（右三）以及有关领导合影

第二天，2007年3月3日，正月十四，陈鹏飞书记到龙溪镇进行调研。

龙溪镇的所在地叫龙镇村。龙镇村原名叫龙溪村。这里交通比较发达，既是平（顺）龙（镇）线、龙（镇）花（园口）线和壶（关）平（顺）线三条公路的互通点，又有长治钢铁厂到西安里铁矿的专用铁路线通过。这在明清时期是河南林县通潞安府（今长治市）的交通要冲，店铺林立，有"府出东乡第一镇"的美誉。

陈鹏飞书记来到龙溪镇，转了转龙镇村，考察了几处矿点，走访了几户农家，然后听取了龙溪镇党委、龙镇村党支部以及临近几个村党支部的工作汇报。

他在座谈会上说，龙镇村党支部书记贾永平，一年投资1000多万元搞新农村建设很不容易，从中看出贾永平同志的觉悟很高。

陈鹏飞书记进一步指出，过去讲，农业安天下，但不富民；现在要重新认识这个问题，要使农业既富民又富县；土豆、党参在是平顺久负盛名，那就要建基地，以基地连农户，以龙头企业带基地，以商品品牌壮企业，以市场信誉树品牌。

他要求镇、村两级党组织，认真听民意、理思路，围绕群众最期盼、最关注的事情明确今年的工作目标和任务，年初建账，年中查账，年底交账，真抓实干，富民富镇。

陈鹏飞书记回到县城，县城已是张灯结彩，八音会锣鼓喧天，元宵节热闹起来了。

正月十五闹元宵。这天上午，陈鹏飞书记没有远行，就近在青羊镇进行了调研。

青羊镇是由城关镇、羊井底乡合并而成，是平顺县城的所在地。

青羊镇所在地是城关村。城关村过去由5个自然庄组成，取名五果村。明嘉靖八年置县时，五果村更名叫城关村。

青羊镇的羊井底村是平顺县的一个名村，是全国第一个实行植树造林规划的村。这个村的武侯梨是全国著名劳动模范，毛泽东、刘少奇、周恩来等党和国家领导人都在北京接见过他。

过往的历史在今天元宵节欢庆的锣鼓声中已经积淀为记忆。陈鹏飞书记在调研中，对青羊镇的工作汇报提出了批评。他说："刚才听了大家的汇报，总体感觉不是很满意，或者说是你们汇报得不太成功。"他强调，青羊镇党委要在贯彻落实县委决策上带个头，不要做"灯下黑"，要实实在在抓落实。

十五的月亮十六圆。元宵节前后，平顺县在长治、太原召开了"推进平顺又好又快发展献计献策座谈会"，县委陈鹏飞书记、县人大主任张李民、县政府代县长唐立浩、县政协主席申树森等领导一起，以此为契机拜访有关部门领导，加深了感情，增进了理解，寻求了支持。

2007年3月14日下午，平顺县召开"广开言路听民意、深入基层大调研"活动情况汇报会。汇报会开了一天半，15日下午，陈鹏飞书记做了总结讲话。他在这次讲话中，对全县的发展思路已经有了一个比较清晰的描述。

很多干部已经注意到，汇报会与陈鹏飞书记主持的第一次县委常委会之间正好是一个月，除去节假日，听民意、大调研活动也正好是20天。他说过用20天时间开展听民意、大调研活动，还真是说了就算，到时就交账。

2007年3月24日，农历二月初六，星期六，平顺县三级干部大会隆重召开。

今年的"三干会"比往年晚了一些。前几年开"三干会"大多是安排在正月十七日、十八日，借元宵节大街上的红灯没有撤，显得有气氛。在考虑今年"三干会"召开的时间时，陈鹏飞书记说，要往后推，开在大调研活动以后。

以前的"三干会"，通常是与劳模表彰合在一起的，会期半天多一点，领导作报告，劳模受表彰，中午吃顿饭。

今年"三干会"的开法不同以往，会期是两天，第一天上午听报告，下

□ 平顺县 2007 年三级干部大会会场

午分组讨论；第二天上午是县领导、乡镇书记、部门负责人登台发言，讲落实、谈措施，作出承诺，立下军令状；下午由县人大、县政协的一把手讲监督，最后由县长作总结。会议期间的两个晚上，第一天晚上唱大戏，第二天晚上演节目。

平顺县2007年"三干会"召开了，在一个平常的日子。

陈鹏飞书记在"三干会"作了题为《实施"双五"战略，主攻"五大"目标，为建设富裕文明、和谐稳定、环境优美、特色鲜明、充满生机的新平顺而奋斗》的主题报告。

报告中确立了县委、县政府今年及今后一个时期的治县方略，那就是：举纪兰旗、走特色路、打绿色牌，实施"双五"战略，主攻"五大"目标，推进经济社会又好又快发展。

实施"双五"战略，就是要增强"重学习、重调查的创新意识，重机遇、重发展的忧患意识，重实干、重落实的责任意识，重民生、重和谐的民本意识，重形象、重廉洁的公仆意识"的"五种意识"；抓住"矿业兴工，绿色兴农，山地兴林，旅游兴商，特色兴城"的"五个重点"工作。

主攻"五大"目标，就是要把"创建全国生态强县，创建全省旅游大县，创建欠发达地区新型工业特色县，创建上党地区绿色农产品名县，创建太行山区最具魅力和发展潜力县"作为工作奋斗的目标。

陈鹏飞书记在报告中强调，要以作风转变，促进落实"实施'双五'战略，主攻'五大'目标"的治县方略，启动"责任分解机制、监督检查机制、激励奖惩机制、追究惩处机制"，让干好工作的人有甜头、有奔头，干不好工作的人难交账、难过关，真正体现干与不干不一样，真干假干不一样，大干小干不一样，干好干坏不一样，贡献大小不一样，从而形成奋发赶超、争先创优的良好氛围，完成各项目标和任务。

在掌声中，陈鹏飞书记的报告结束。下午，大会分组讨论报告。

知情人告诉我们，在确定创建生态强县时，到底定位在哪一级还有过纠结。开始的提法是创建全省生态强县。省里的有关部门提出，这个目标太低，平顺的生态建设早就走在了全省的前列，不用创建也是全省的生态强县；目标要高一些，跳起来摘果子，要创建就是创建全国的。于是，在报告中的提法就是"创建全国生态强县"。

在讨论县委书记的报告时，有人说，报告是"目标宏伟，振奋精神"；有人说，报告是"结合实际，实事求是"；更多的人感受是这个报告"听得懂，记得住，用得上"。

还有没有人有其他的什么疑虑？肯定有。因为，认识是个过程。

"三干会"召开了，"实施'双五'战略，主攻'五大'目标"的治县方略出台了，以此为标志，平顺县掀开了历史新的一页。

这是在春天，黄了迎春，粉了山桃。

第二章
三上西井山

　　"三干会"召开了，实施"双五"战略、主攻"五大"目标的治县方略出台了，这是在"广开言路听民意，深入基层大调研"的基础上产生的。换句话说，这叫从群众中来。

　　接下来的问题就是狠抓落实，把会议精神落实到基层、落实到具体的工作中。这叫到群众中去。

　　从群众中来，到群众中去，这是共产党工作的一大法宝。

　　怎样才能把"三干会"的精神落到实处？显然不应该是"一个会议产生一个文件，一个文件产生一个会议，用会议去落实会议，用文件去落实文件"，而应该是转变作风，深入基层，扑倒身子真干。

　　干部精神状态怎么样？会议落实情况怎么样？陈鹏飞书记都需要亲自掌握第一手资料，亲自到基层调查研究。

一、西井山上看日出

2007年4月6日，清明节一过，陈鹏飞书记就到平顺县铁矿石生产的大矿点进行调研。

平顺县铁矿石主要分布在平顺县东南山区的龙溪镇、杏城镇一带。尽管这里的铁矿石不是主矿脉，但也是县财政的重要来源。"矿业兴工"是"双五"战略中要抓住的五个重点之一，而铁矿业又是"矿业兴工"中的四大支柱产业的重中之重。

龙溪镇，陈鹏飞书记来调研过。杏城镇，他是第一次来。杏城镇是在2000年由原来的杏城乡和玉峡关乡合并而成的。

陈鹏飞书记1992年来杏城乡学习参观过荒山绿化。杏城乡是全省第一个无荒山乡，当时的乡党委书记是路爱平。如今的杏城镇所在地叫杏城村。杏城村在一个小盆地中，春天一到，周围山岭上山杏花盛开，是为一景。

玉峡关在杏城村的东边，是平顺县东南部晋豫要道上的重要关隘，关口两壁陡峭，仅有一条狭缝，如同刀劈一般，十分险要。

陈鹏飞书记一行这一天主要是考察了山中几个大的矿点，晚上返回县城。

第二天，4月7日，陈鹏飞书记要去调研金灯寺的修缮情况。

金灯寺是北齐天保年间建的一座石窟古寺，悬崖凿窟，下临深谷，与河南林州的洪谷寺上下为邻，至今香火旺盛。现在，屯留县一个叫于喜凤的女老板在投资金灯寺，进行道路和环境的治理。

陈鹏飞书记带着县直有关部门领导，快到金灯寺时，道路正在翻修，无法通车。

□ 陈鹏飞（前右）视察后石线

　　"那咱去看看后石线的南线。"陈鹏飞书记说。于是，由杏城镇党委书记申安根带路，大家从背泉村三圪节坡自然庄抄小路，到了尖坪村北沟自然庄，上到了后石线的南线。

　　后石线路基工程是2006年冬修通的，一冻一消，上下颠簸。车到石门口，就到了后石路的终点。

　　从石门口村下一个山嘴，走过石壁小路，忽见两峰对峙，形同门洞。人入峡谷，顿觉风从中来，而且四季不绝，这才是石门口。站在石门口往下看，就是太行山大峡谷了。

　　石门口有座小庙，是敬蛇仙的。因为这里很原始、生态好，夏日可以经常见到蛇。石门口村唱戏，从不唱《白蛇传》，说那是对蛇仙的大不敬。据说有一个小山庄唱了《白蛇传》，这个庄上的一个女人疯了。

　　县交通局局长郭忠胜在石门口向陈鹏飞书记汇报了后石路的基本情况，说路基算是拉通了，完成路基工程还有很大的工程量，眼下主要考虑的是路面工程。

看了后石线，返到杏城镇，陈鹏飞书记召开了一个镇、村干部座谈会。

陈鹏飞书记在座谈会上讲："矿点生产要特别注意生产安全，哪个老板挣了'带血的钱'，就叫那个老板退出平顺。杏城的旅游开发有潜力，要像当年大搞荒山绿化一样搞好生态建设。要在公路建设上下功夫，后石路的大框架起来了，但品位还不高。生态建设、公路建设都要与旅游景点配套，景点在哪里，路就要修到哪里，树就要栽到哪里。下一步争取把旅游景点的路全部硬化，这不仅是打造景点，更重要的是开发旅游、拉动三产、发展经济。"

"'三干会'后，全县上下都在大干快上、争先恐后；我们明确一个导向，谁干事谁有前途，谁干成事谁有待遇，谁对人民的贡献大、业绩大谁的前途就大；年底全县评选'红旗党支部'，谁家好就上谁家，就是凭工作、凭业绩，不搞平均分配，不撒胡椒面，也不照顾。我希望杏城到时不要推了光头。"

下午，陈鹏飞书记一行沿后石线向北，过东寺头乡，到了虹梯关乡调研。陈鹏飞书记对申建国说，不要汇报，先看点。

于是，他们一路向东，到了平顺县鸿昇石英砂公司。鸿昇石英砂公司在河坪汕附近，河坪汕是平顺县最东边龙柏庵村的一个自然村。

山里的黑夜来得早，下午5点时，天色已经暗了下来。

陈鹏飞书记问："这附近还有什么村？"

杨显斌主任说："右边是棒峧村，左边是库峧村，再往上是西井山村。"

陈鹏飞书记仰望着大山，问："这上面能住人？"

"能啊。" 申建国说。

"通不通车？"

申建国答："通车。路不是很好走。"

"走，咱去西井山。"陈鹏飞书记说。

申建国的车在前，陈鹏飞书记的车在后，一路向山上开去。

苍茫暮色中，车过库峧村，上了险峻的盘山路。到了西井山村的一个岔道口，他们看见西井山村党支部书记王海潮在那里等候。

车队停下，申建国给陈鹏飞书记介绍说："这是西井山村党支部书记王海潮。"

陈鹏飞书记和王海潮握了手，申建国让王海潮上了自己的车继续往前走，到了村委会停下。

村委会的所在地叫西辿，是西井山村最大的自然庄，有六七户人家。西井山村的小学校、卫生所和村委会都在西辿的一座二层小楼上，小学校和医疗卫生所在一楼，村委会在二楼。

陈鹏飞书记一行上山来，晚饭就吃在村委会，米汤煮疙瘩、煮土豆、煮土鸡蛋和面条。

晚饭后，申建国、王海潮向陈鹏飞书记介绍了西井山村的情况。

西井山村是平顺县最偏远、最贫穷的一个村，东西有40里，南北有15里，12个自然村，240口人。这些自然村散落在大山的5座孤峰上、4条深谷中，最低处的人家与最高处的人家落差有800米。村上人办丧事因为没路，只好把棺材板先分块背到坟地，在坟地组装起来再入殓下葬。

西井山多少年来只有一条羊肠小道通往山下。早在上世纪80年代，西井山就开始修路。他们提出的口号是："吃窝头，抢锤头，修路有劲头，致富有盼头！"

当时党支部、村委会的领导是常石锁、石贵起、石林太、石德用等。为了修路，西井山已经有三任老支书累倒了。他们组织了专业队，在县交通局的帮助下，一年四季不间断施工，终于在1986年修通西井山至库峧村的13公里下山路，国庆节还举行了剪彩仪式。

这是一条开凿在悬崖绝壁上的9层18折62道弯的山路，一边是万丈深渊，一边是巨石遮天，真是鸟飞绝，惊魂魄。

1995年后，王海潮继续组织村民修路，把原先通往自然村的小道拓宽改造成公路，这一修又是十几年。

□ 西井山村

2007年从开春到现在，西井山继续扩宽下山的路，王海潮和筑路队一直奋战在工地上。为了修路，王海潮借了不少债务，家里的钱都垫在了工程上，就连他给老母亲预备好的棺材板也变卖了。

陈鹏飞书记听了这些，被深深地感动了。一个散居在10多个自然庄上、平时开一次会要几个小时才能召集起来的地方，却硬是在每天一大早把能用上的劳力全部集中起来修路，并且是日复一日、年复一年，在大山中凿出了一条挂在太行山绝壁上的山路来。这里的村民该是克服了多少困难，付出了多少辛苦啊！

陈鹏飞书记说："海潮啊，西井山不容易。为了老百姓，你们吃了大苦。"

王海潮说："该着了，谁来当这个支部书记也是这样干。"

申建国对陈鹏飞书记说："天不早了，咱早点休息，明天一大早上山看日出。西井山看日出，是个好景点。"

陈鹏飞书记就住在小学校老师的办公室，申建国住隔壁的卫生所，王海潮在二楼，其他人在另一个自然庄。

第二天，4月8日凌晨，陈鹏飞书记起了床。他出门一看，不由得倒吸了口冷气，原来这房子就在悬崖边上。

陈鹏飞书记对申建国说："好你啊，瞧这房子。"

申建国说："这地方房子都这样。西井山人说，一洗脸盆水就能泼到棒峧村。"

陈鹏飞书记又看了看悬崖和悬崖上的房子，笑了。

申建国对陈书记说："咱去看日出吧，这得坐车往里走一段，要不，路太远。"

"咱走着去吧，能有多远？"陈鹏飞书记说。

王海潮说："步行走，得一两个钟头，那就看不上日出了。"

当时，陈书记的车不在西迆，是和杨显斌主任一起在另一个自然庄。西迆只有虹梯关乡政府的一辆吉普车。陈鹏飞书记对申建国说："那就坐你的吉普车。"

申建国说："咱的车不好呗。"

陈鹏飞书记说："走你的吧！"

吉普车沿着山道到了一座崖下，他们弃车步行，王海潮在前，其他人随后，向陡峭的山巅爬去。

他们站在山顶向东方望去，东方的天际由青灰色慢慢露出鱼肚白来，当鱼肚白漫开时，又变成了一抹嫩红，层层叠叠的大山显露出丰富的层次感来。瞬间，嫩红的云霞发亮，一轮红日跃出天际，朝霞喷射，群山奔涌，大气而壮观。

陈鹏飞说："太好了！可惜没有带个相机照张像。"

申建国说："有相机，一会儿就来了。"

说话间，杨显斌主任等一行也赶到了山上。山上一片欢声笑语。

这时的西井山，群山在轻岚薄雾中，高低错落，平添了几多妩媚、几多柔情。山嘴上、山凹中，石房、石瓦、石碾、石凳，在嫩黄的迎春花、粉白的山桃花的摇曳中，更显得古朴秀丽，透出了一种远古而来的神秘美。

陈鹏飞对王海潮说："西井山真是个好地方。"

申建国说："再过几天，满山上的山花开了，红一片，粉一片，黄一片，白一片，那才好看哩。"

他们下山来，在山道上遇见一个匆匆赶路的人。陈鹏飞书记跟他打招呼："这么早，你去哪里？"

那人说："前边那凹里，怀龙家嫁闺女，我去帮帮忙。"

陈鹏飞书记说："噢，咱们遇上了山里人家的喜事，得去看看。"

王海潮说："那可远哩，怀龙家在张家凹哩，离这儿两里多山路哩。"

陈鹏飞书记说："那咱也去。"

他们往前走了不远，又开始爬山，山路陡峭。上到山里的庄上，他看见一户人家人进人出，知道是这家办喜事。他们走进去，王海潮给谷怀龙介绍说："这是咱县上的陈书记。"

谷怀龙有些吃惊地说："哎呀，哎呀，陈书记你怎来了？"

陈鹏飞书记说："嫁闺女是件喜事，我来向你道个喜。"他说着，拿出了200元钱给谷怀龙，"我也上个礼，大家都高兴高兴。"

□ 陈鹏飞向西井山村民谷怀龙贺喜

谷怀龙激动地推着陈鹏飞书记的手说："可不敢啊。书记能来我家，是我们全家的福气，还能收书记的礼哩？"

陈鹏飞书记笑着说："闺女出阁是大喜，哪有贺喜不上礼的道理？"

谷怀龙接过钱，激动得不知说什么好。他一直把陈鹏飞书记一行送到山下的路口。走了一段路，回头看，谷怀龙还站在那里。陈鹏飞书记对王海潮说："你快叫他回去忙吧。"

王海潮朝谷怀龙喊："回吧！忙去吧！"

在下山的路上，陈鹏飞书记对王海潮说："海潮，西井山是个好地方啊。"

王海潮说："好也没用，好多人都（移民）下山了。"

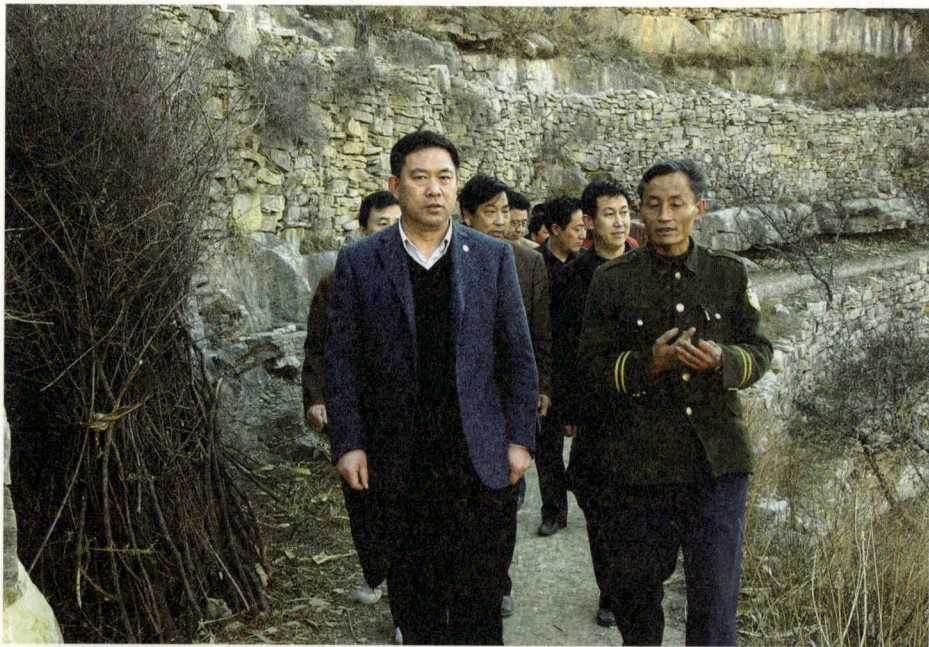

□ 西井山村党支部书记王海潮（右）向陈鹏飞介绍情况

陈鹏飞书记问：“海潮你说，西井山怎样才能脱贫致富？”

王海潮说：“修路、种树，外出打工，还能干甚？”

陈鹏飞书记说：“要搞旅游。西井山有这么好的原生态自然风貌，是大自然的造化。依托这得天独厚的优势，发展旅游是西井山未来的出路。你们一定要围绕旅游造林绿化，围绕旅游改善生态，围绕旅游发展绿色产业。”

王海潮笑着说：“哎呀，陈书记，我们只想着修路卖核桃、花椒，没想到旅游。以前也有人说过搞旅游，我总觉得咱这地方没人愿意来。”

陈鹏飞书记也笑了。他说：“我给你说海潮，什么是人间仙境？咱的西井山就是。只要掀起这个盖头来，叫你西井山富得流了油。”

王海潮告诉陈鹏飞书记，村里要拉砖盖一处村级组织活动场所。

陈鹏飞书记马上制止说：“可不要啊。石桌石凳，石瓦石房，这就是西井山的特色，一用砖，就毁了。你们一定要保持这种原生态。村上不管搞什么建设，都要先做好规划，按照发展旅游的思路来，不能盲目瞎干。”

陈鹏飞书记一行回到西迪，问平顺电视台的随行记者杨翠萍：“睡得好不好？”

杨翠萍说：“陈书记，你可不要说了，昨天黑夜就没敢睡。”

“咋了？”

“都是跳蚤，咬得不行。睡不着，说是写写稿吧，跳蚤都蹦到稿纸上了，还把小文娟吓了一跳。”

陈鹏飞书记听完笑了，说：“叫你体验体验什么是农村的艰苦。”

早饭后，召开座谈会。陈书记对申建国说：“建国，你用一句话概括，西井山该怎样发展？”

申建国的脑子飞快地运转，因为他担任乡党委书记以来，还从来没有用一句话概括过哪个村的发展。他想了想，说："要用一句话概括西井山的发展，我觉得就该是'围绕旅游搞开发'。西井山没有其他资源，只有大山。我们只有围绕旅游修路，围绕旅游种树，围绕旅游搞特种养殖，才是西井山脱贫致富的根本出路。"

陈鹏飞笑着用手指着申建国说："好你的呀！"

陈鹏飞书记停了一下说："搞旅游是西井山的根本出路，这话不错。旅游必须有条好路，没有路人们怎么来旅游？你们都说说，西井山的路该怎么围绕着旅游搞？"

申建国说："咱们走的这条路，是西井山好几任党支部书记一任接一任地带领老百姓修出来的。难是真难，可这路还不够宽，也没有硬化，老百姓下山问题不大，搞旅游就不行了。要我说，先得把这条路拓宽、改造、硬化。旅游路不能弄成抽屉路，还得循环起来。下石壕（村）也和西井山（村）差不多，也是石房石瓦，开发出来也是个好景点。咱就把西井山和下石壕两个村的路打通，下石壕出去就是漳河岸，这就循环起来了。"

陈鹏飞又问县交通局局长郭忠胜："忠胜，说说你的意见。"

郭忠胜说："陈书记啊，我是2006年就来过西井山，老百姓修路的精神真是把我感动了。西井山（村）和棒峧（村）直线距离不长，可落差就有400多米，修了十几年，才修通这13公里路，真是竭力啊。"

郭忠胜说到这里眼里竟有了泪光。他平静了一下自己的情绪又接着说："我建议，交通局今年工程的重点要放在西井山，硬化好这条下山的路。"

陈鹏飞书记又问县旅游局局长段志刚："西井山能不能搞成一个旅游景点？"

段志刚说："平顺县发展旅游肯定是个好路子。西井山好好开发一下，保护好现在的资源，我觉得是个好景点。再要和下石壕连起来，旅游就成了一条线。"

陈鹏飞书记听完笑了。他说："我来平顺快两个月了，对平顺的认识可以说是从量变到质变。我一直说，未来平顺怕平顺，来了平顺爱平顺。咱们平顺是山好水好，人更好。特别是这两天，我从杏城开始，看杏城的矿，看杏城的山；昨天下午又从玉峡关开始，沿后石路走上了西井山。我是一路走，一路受感动。为了能够过上幸福生活，多少年，几代平顺人顽强不屈，铸就了一种无比可贵的精神。西井山十几年如一日修路不止，憨憨厚厚的人，干的是惊天动地的事。这是一种什么精神？这就是纪兰精神，这就是太行精神。"

他又说："你们看看后石公路，纵贯南北，地形险恶，在国家资金补助不到位、又已经取消'两工'的情况下，群众仍然背上铺盖、远离家园来义务修路，就凭这一点就可以看出，平顺的老百姓真是太善良、太朴实、太厚道了。"

他接着说："刚才建国书记、忠胜局长、志刚局长都讲西井山要围绕旅游抓修路、搞调产。今天我在这里表个态，县政府要给西井山、奥治、南耽车这3个村每村3万元。为什么？主要就是他们落实'三干会'行动快、动作大。我们就是要支持为追求幸福生活而战斗不止的人。"

他接着又说："我赞成交通局的建议，今年把这里作为一个重点扶持一下。路好了，再把生态建设搞上去，引进老板开发旅游，一步一步前进，西井山就会脱贫致富。到那个时候，嫁下山的姑娘会搬回来，大家坐在家里数钱就对了。"

大家听到这里都开心地笑了。

陈鹏飞书记笑过后说："就今后全县的工作讲，一是要坚定不移抓好公路建设，二是坚定不移大搞植树造林，三是坚定不移抓好旅游开发，四是坚定不移发展绿色产业，五是坚定不移发展特色工业。只要按照'双五'战略、'五大'目标的治县方略，紧紧抓住这'五个坚定不移'，少说空话，多办实事，平顺发展就会更好更快。"

会后，大家下了山。

二、惊喜一见下石壕

2007年4月14日，陈鹏飞书记检查了城建工程的进展情况后，再次来到车当村，察看瑞烽公司的工地。

瑞烽公司继续在开山平整场地。陈鹏飞书记问公司老总李保民："什么时候能平整完场地？"

李保民回答："地质情况很复杂，漳河两岸看上去都是山，但完全是两个不同的地理世纪，反正抓紧干就是了。"

陈鹏飞书记叮嘱几句后离开工地，问车当村党支部书记刘明科："他们平整场地的力度好像不够？"

刘明科回答："比等哩吧。"

"那为什么？"

刘明科说："电石生产是个高耗能，没电力的保障不行。咱县原来答应在附近建个变电站、再在河上修个桥，给他们配套。可现在这两样咱都没有落实下来，他们肯定是走着瞧哩，不愿意投入太大。"

陈鹏飞书记说："你叫他们放心，放开胆子干。咱答应了的事情，不管困难多大，也要完成兑现。"

离开车当村，陈鹏飞书记沿浊漳河来到阳高乡和平顺水电公司进行调研，并且检查"三干会"的落实情况。

阳高乡的所在地叫阳高村，村中有一淳化寺，是全国仅存的128处宋代木结构古建之一，为国家重点文物保护单位。

水电公司就是原来的候壁水电厂，是平顺县水电支柱产业的龙头老大。

陈鹏飞书记在水电公司吃过午饭后，到了石城镇。

石城镇很古老。早在公元304年，后赵石勒就在这里用石头造屋，以驻兵、屯粮，起名石城。石屋早已成为废墟，但"石城"一名流传下来。2000年，东边的王家庄乡撤并到石城镇。

陈鹏飞书记问镇党委书记王克："硅矿在石城镇哪里的最好？"

王克答："克昌（村）的好。"

"那咱们去克昌（村）看看。"

石城镇的克昌村，是个小山村。这个村原来叫密峪，因为在抗日战争中，一个叫白克昌的青年率10名青年参加八路军，影响很大，所以改叫克昌村。

陈鹏飞书记到了克昌村，村干部告诉他，这里的硅矿品质不错，但没有硅铁厂，硅铁厂在老申峧。

老申峧村在离克昌村不算远的另一条山沟里。陈鹏飞书记一行出克昌村走到漳河岸向西进山沟，第一个村叫青草凹，第二个村就是老申峧。

青草凹村在平顺县未必多有名气，但在新中国农业合作社史上却不可磨灭。1946年，青草凹村在史悦昌的带领下办起了"土地合作社"。这个合作社虽然时间不长就被解散了，但却是农业生产合作社创办和发展的一个先导。

这条沟里也有硅矿，不过老申峧的小硅铁炉也熄火了，场地上还堆有一些原矿。

有人告诉陈鹏飞书记，有地质专家来这一带勘察过，估摸平顺硅矿的储藏量有26亿吨；不过，零打碎敲是发挥不了这资源的优势的。

陈鹏飞书记说："上天给了平顺一方奇山秀水，一定要保护好，然后科学开发利用，不能急功近利，你也弄个小铁炉，我也挖点原矿，把这好山水给糟蹋了。"

他向山里望了望，问："沟里还有什么村？"

王克说："再往里走，就是大坪（村）、下石壕（村）。"

"下石壕？我听说过。"陈鹏飞书记说，"走，咱去看看下石壕。"

藏在深山中的下石壕，平日很少有人来。平顺县一个叫韩文虎的干部在这里下乡，写了一篇关于下石壕的美文刊登在平顺的报刊上，才引起了人们的注意。不过，不少人还是只知其名未见其容。

县委书记来下石壕，那就更稀罕。

车过大坪村，山势陡然峻峭起来，形成一道峡谷。虽然背阴山脚处还留有残雪，但峭壁上的草木却透出绿意。峡谷中的路还算好走，峰回路转，豁朗处，便是下石壕了。

一下车，举头望，下石壕村给了陈鹏飞书记一个意外，一个惊喜。

下石壕村有30户人家，石房依山而建，像是吊在半山腰上。陈鹏飞书记的第一印象是，这简直就是个小布达拉宫。

他在村里上下走了走，石房、石瓦、石阶、石路，古朴而纯粹，静谧得叫人心生禅意。

下石壕村党支部书记叫岳先来，瘦瘦的，很精干，不善言辞。他告诉陈鹏飞书记，有个河南的老板在村头买了两院这石头房子，说是叫休闲时来住的。

王克向陈鹏飞书记介绍了下石壕情况。

下石壕村在大山里封闭着，可以说是没有路。原来村西北悬崖峭壁上有条小路，因为摔死过人，没人敢走了；向东也有条小路，路在山脊上，两边是悬崖，也没人敢走。

沟里还有条小路通大坪村。这条小路抱个猪娃上山还行，猪养大了山路就走不下，只能杀了猪，背着猪肉下山卖。山上产柿子、花椒和药材，他们也是把花椒、药材打成捆，用绳子往山下吊。

新中国成立后，下石壕人就开始修出山的路。

岳先来记得，他的爷爷就修路。他爷爷是个乡村大夫，看了一辈子的病，也修了一辈子的路。路还没有修好，老人过世了。

他的父亲岳书发在20世纪60年代又接着修路。他父亲是村党支部书记，

□ 下石壕村

□ 千米台阶路

□ 下石壕的隧道

修路修了好几年。在他的手里，1.5公里山路修成了2米宽的千米石阶路，比较平缓了，能肩担肩挑了，成了唯一的下山路。1968年，他父亲在修路时被石头砸死了，英年29岁。

接下来继续修路的是下石壕村党支部书记是岳树昌。岳树昌是岳先来的继父。

沟里的4个村修通了路，但从青草凹到石城镇，还是被浊漳河阻隔着。原来，在漳河最窄处有个长长的木梯子架在上面，叫"梯子瓮"。不料，有一年浊漳河发大水，把"梯子瓮"冲走了。

"梯子瓮"被冲走了，4个村联合筹集木料，在浊漳河上架起一座木桥。第二年，木桥又被大水冲走了。

木桥被冲了，人们就修了一座钢丝桥，很像红军长征时飞夺的泸定桥。

钢丝桥上一走，摇摇晃晃，凑合了几年后，人们又想修一座石桥。

1977年，4个村下了决心，把钱凑起来，把匠人、小工集中在工地，集体食宿，统一指挥，终于架成了一座石拱桥。有了这石桥，沟里4个村的人们就直通省道河路线了，去潞城、下河南都不是问题了。

石桥修好了，4个村回头改造沟里的路。又用了10年的时间，下石壕终于从老沟底修出了一条简易公路，能走拖拉机了。公路完工后，村上杀猪宰羊，唱了三天大戏。

简易公路，下石壕人也走了10多年。1996年，连着几场大雨，引发了百年不遇的山洪，把个简易公路也彻底毁了。

这时的岳先来已经成了下石壕的村党支部书记，那年他31岁。

下石壕还得修路。路在山上不行，路在河沟也不行，岳先来请来县交通局的技术人员测设改线。

路线改到了半山腰。岳先来组织村民修路，每年的冬、春两季一修半年，修了4年，终于修通了一条7公里长、4.5米宽的简易公路。

在2001年实施"村村通"工程中，下石壕又把7公里的简易公路铺了2公里的石头路、1公里的水泥路。2003年到2005年，他们继续完成了4公里的修路任务。同时，他们还修了两个水池，把5里远的泉水引入水池，水龙头进了每个家庭。

2007年，下石壕还想有大动作。元旦这天，岳先来邀请佛堂村的党支部书记杨文玉、西井山村的党支部书记王海潮，来下石壕一聚，商量修路的事。

佛堂村、西井山村都是虹梯关乡的建制村，离下石壕有3公里多。

岳先来是想把下石壕到佛堂村的路修通，这样去县城要比绕石城镇近许多。要是西井山村也能修通到佛堂村的路，三个村就能联手搞旅游，对三家都是好事。

元旦前一天下了大雪，岳先来很担心客人来不了。快到午时，客人们来了。佛堂村党支部书记杨文玉还带着村委副主任马老四。

岳先来在家里准备了几个菜，酒是散酒女儿红。他还叫副书记岳安昌、村委副主任张保根来作陪。

酒菜上桌，推杯换盏，气氛就热络起来。岳先来说了说聚会的意思。佛堂村的杨文玉表示，这是件好事，两个村的路一通，佛堂村去河南林州、安阳也就方便多了。西井山的王海潮也表示，这事能干。

加菜，添酒，几个人越喝越亲热，这事就算敲定了。

陈鹏飞书记听了下石壕村三代人修路几十年，30户人家，30家愚公，心灵受到很大的震撼。

什么叫艰苦奋斗？什么叫苦干、实干？下石壕就是一个鲜活的典型。陈鹏飞书记告诉王克，立即通知乡镇干部、各村的支部书记，到下石壕来开会。

陈鹏飞书记安排完会议后，岳先来告诉他，村后的山凹里有股泉水，村里吃水就靠它，景色也很好。陈鹏飞书记说："咱去看看。"

走出村外，是层层的梯田，梯田的堤岸是石头垒起来的，堤岸的高度都超过了梯田的宽度。陈鹏飞书记说："看看这梯田，真是竭力来。"人们都笑了。陈鹏飞书记问："笑啥嘛？"

人们说："陈书记，你也会说'竭力'了？"

陈鹏飞书记也笑了："我也是平顺人，还不会说个'竭力'？"

山势陡峭起来，陈鹏飞书记沿一条小路到了后山，看到了那股泉水。陈鹏飞书记说："先来，你要保护好这里的泉水和湿地啊。"

杨显斌主任提示说："陈书记，开会的人该来的差不多了。"

"那咱下山开会。"陈鹏飞书记说。

□ 陈鹏飞第一次到下石壕村调研

□ 下石壕"变作风、抓落实"座谈会

在一个小院，陈鹏飞书记主持召开了石城镇两级干部"变作风、抓落实"座谈会。

陈鹏飞书记在会上讲："实施'双五'战略、主攻'五大'目标，是在'广开言路听民意、深入基层大调研'的基础上产生的，既符合平顺县的实际，又鼓舞人心、振奋精神。怎样落实县委的发展战略？这就要求各级领导干部转变工作作风，真抓实干，就要像下石壕党支部带领群众坚持几十年修路那样，百折不回，艰苦奋斗，不达目的不罢休。"

陈鹏飞书记强调指出："我们要在各级党组织中倡导'四个旗帜鲜明'，一是要旗帜鲜明地支持和保护为民造福、干事创业的人；二是要旗帜鲜明地严肃查处腐化堕落、违法乱纪的人；三是要旗帜鲜明地严肃追究作风漂浮、只说不干的人；四是要旗帜鲜明地从严惩处无事生非、损害和谐的人。"

"全县要大张旗鼓地宣传变作风、抓落实的先进典型，用典型引路；要进一步完善各项工作制度，形成靠制度管人、按制度办事、用制度保障落实的有效机制。石城镇要在变作风抓落实上先行一步，下石壕村要大力发展旅游，形成产业。一定要保护好这石房石路，有个好的规划，按规划实施。"

陈鹏飞书记说："咱们先在这里开个短会，你们趁天还没黑赶回去，回去就变作风、抓落实。各村都要积极行动起来，把县委的决策和你们村的情况结合起来，搞好各自的工作，争创'红旗党支部'。"

散了会，陈鹏飞书记见了见那位在下石壕买房子的河南老板。他问老板："今晚我能不能住这儿？"

老板笑着说："陈书记，你是平顺的大老板，你能来就不容易。你肯住在下石壕，我们想都想不到啊。"

陈鹏飞书记说："我可说的是真话。"

老板说："真佛面前，我也不说诳话。"

那天晚上，陈鹏飞书记并没有住在这里，住在了一个村民的家里；住在这里的是县委办公室的同志们。

第二天早晨，陈鹏飞书记又在村里转了转才离开。他举目四望，梯田里的花椒树吐出了新叶，山崖上的山桃花开了，粉粉的，一片又一片。

三、山中有雨亦多情

2007年4月28日下午，陈鹏飞书记带领"四大"领导班子一把手、县直有关部门的领导来到了下石壕村，要在这里召开一个变作风抓落实会议。

这次会议很重要，吹响了全县转变作风、狠抓落实的冲锋号。

在来下石壕的干部中，有不少人是第一次来。他们看到一家一户的住房是层层叠叠，山脚的梯田也是层层叠叠；住房是石墙石瓦，梯田是石头护岸，护岸的高度都超过了梯田的宽度。"这地方种个地，真竭力啊。"人们不禁感慨。

陈鹏飞书记对大家说："你们看，这下石壕像不像小布达拉宫？"

西藏拉萨的布达拉宫，平顺县的干部们大多数没见过真的，只是在电视、图片上见过，所以很难说出个所以然来。有的人说像，有的人只是笑笑而已。

大家在村里转了转，树绿了，花开了，走在石阶、石板上，顿然有一种走进世外桃源的感觉。下石壕有种树，山外很少见。有人知道，这叫榔树，树干下部已开始石化，据说是在西汉时期种植的。

看过下石壕后，小院里开会。

陈鹏飞书记讲："我们来下石壕干什么？是要来体会什么是艰苦奋斗，什么是狠抓落实，什么是干部变作风。"

他首先表扬了县交通局、水利局、林业局、旅游局、城建局的工作，然后话锋一转，说："这一段开局很好，大家工作很不错，但转变作风还有差距，狠抓落实还有差距。"

他说："从我们来下石壕开始，我们就在全县吹响了'转变作风、狠抓落实'的冲锋号，回去不再大动员，要用行动给全县党员干部指明方向。我和立浩县长在这段时间确实没有过过一个星期天，我们并不是不想过，只是觉得平顺该办的事情太多了，还有好多事情没有办完。县委四大班子要向我和立浩看齐，其他部门要向四大班子看齐，一级做给一级看，一级跟着一级干。冲锋号一吹响，各级干部都是要高喊'跟我来'，而不能是'给我上'。各部门的一把手，一定要冲在最前面，看看我和立浩县长是怎么干的，你们就该知道怎么干。我们要抓两头带中间，推进'三干会'确定的任务目标得到落实。"

陈鹏飞书记最后说："大家前一段时间出了力、受了罪，今天也让大家来这世外桃源放松一下。"

□ 下石壕村桃花开

下石壕变作风抓落实会议后，5月14日，唐立浩代县长在县人大十三届一次会议上当选为县长。

5月27日上午，陈鹏飞书记再上西井山。

陈鹏飞书记一上西井山后，县交通局经过测设，拿出来一个硬化西井山盘山路的方案：拓宽路基，然后铺装成水泥路。

这次再上西井山，陈鹏飞书记就是要与西井山党支部、村委会的干部一同商量交通局的筑路方案。

陈鹏飞书记讲，西井山下山的路要一步到位，这项工程由县交通局负责提供水泥，县物资局负责协调火工材料，县政府给予适当补助，群众义务投工，年底一定要全面完工。

这一次，陈鹏飞书记专门去了王海潮家。王海潮住在东香凹自然村，家里只有一台旧电视和两张破沙发。王海潮笑了笑说："这还是撤乡并镇时救济的。"

王海潮的妻子跟陈鹏飞书记说："孩儿他爹没当干部前，家里每年还能收500来斤花椒。自从当上干部，光忙村里的事，什么收入也没有了，还给大队贴钱，借了很多饥荒（债务），弄得两个孩子也不能上学了。"

这次上西井山，陈鹏飞书记了解了王海潮这十几年来为西井山群众摆脱贫困所经历的苦辣酸甜。

王海潮原来在山下的村里当小学老师，后来被西井山村民选为村委主任，再后来担任村党支部书记。为了让老百姓有一条下山的路，王海潮带着村民们克服了没有资金、没有设备的重重困难，坚持十几年修路不止。

那是一条老百姓的生命路，山间盘旋，峭壁凿洞。山上本来没有路，人们用绳子把自己吊起来，站在一脚宽的山崖上，打眼放炮，一点一点地挖，一点一点地啃。放炮有了哑炮，王海潮总是冒着生命危险亲自冲上去排除。有一次，他走了没几步，哑炮就响了，差一点要了他的命。修路没有钱，西井山人砸锅卖铁，王海潮把老娘的棺材板都卖了。

路通了，王海潮又为西井山的通电、通电话奔波，还盖起了两所小学校，一所在西迮，另一所在三岔口。

所有这些虽然极大地改善了西井山群众的生产、生活条件，但是，老百姓的生活却仍然很贫困。怎样才能让西井山尽快富裕起来，是王海潮的一块心病。

陈鹏飞书记拍拍王海潮的肩膀说："西井山有困难你不要怕，县委、县政府支持你，今年就把旅游路修通。"

当天，陈鹏飞书记和西井山干部群众座谈时，王海潮说："今年（2007年）元旦，下石壕村岳先来专门叫我和佛堂的杨文玉一起在下石壕商量修路的事情。下石壕家是想我们三家的路修通连起来，形成区域的循环路，便于发展旅游。"

陈鹏飞书记说："这是个好事。你们西井山家干不干？要干，我马上就协调。"

王海潮说："干。领导支持，咱就干。"

陈鹏飞书记立即通知石城镇、下石壕村、虹梯关乡、西井山村、佛堂村，以及县委、县政府相关部门的领导下午到下石壕开会。

5月27日下午，陈鹏飞书记三进下石壕。

陈鹏飞书记来到下石壕村时，县长唐立浩、县人大主任苏和平、县政协主席杨显斌，以及县委、县政府有关部门的领导，石城镇、虹梯关乡的领导也都赶来了。

陈鹏飞书记主持召开"下石壕会议"。会议作出决定：要打通西井山到下石壕的公路。县交通局负责线路测设、路面硬化，石城镇和虹梯关乡两个乡镇承担路基工程，谁家的孩子谁家抱，路在谁家境内谁家负责修。工程的先期资金，由县水电公司垫付15万元，一个村7.5万元；县政府补贴6万元，一个乡镇3万元。

会议进行时，山里有了雨。散会离开时，峭壁峡谷中已是瀑布飞流、溪水潺潺了。

四、山上没有一丝风

2007年8月20日，盛夏，陈鹏飞书记带领有关部门领导三上西井山。

三上西井山，有个背景需要交代。

上次"下石壕"会议后，6月下旬，县委组织了一次对全县工作的大观摩活动，表彰了一批先进集体和模范个人。7月7日至7月13日，陈鹏飞书记到中央党校进行了学习胡锦涛总书记"6·25"讲话精神的7天的理论专题培训。7月26日，陈鹏飞书记在全县干部学习胡锦涛总书记"6·25"讲话主题报告会上，作了学习辅导报告。

我们所以提及这个辅导报告，是因为几年后，许多干部仍然认为，这是陈书记所有报告中的最重要的报告之一，报告以科学发展观统领，深度解读了"双五"战略，深度解读了平顺的实际，真正统一了干部的思想。

既然这么说，我们有必要把这个报告的要点再作一梳理。

陈鹏飞书记在报告的开始，讲了在中央党校学习科学发展观的体会，然后，集中讲了通过学习对平顺工作的一些思考：

——面对全国的发展，我们平顺怎么办？是关在屋子里憋办法，还是在实践中找办法？是在书屋里讨出路，还是到实践中找出路？正确的选择只有一个，那就是解放思想，转变观念，投身实践。

——年初的"三干会"上，我们推出了实施"双五"战略、主攻"五大"目标的治县方略，4个月的实践有力证明，这是科学发展观的平顺化、具体化，是构建和谐平顺的生动实践。

——从平顺置县到现在，虽然在不断发展，但贫困县的帽子始终没有甩掉。人民群众最强烈的愿望就是尽快富裕、告别贫穷。

——虽然当前的发展态势很好，但我们必须要充分认识到，基础设施还很薄弱，与经济发展还很不匹配，难以满足需要；旅游开发刚刚起步，与周边相比差距很大，特色也没有充分凸显，离成为强县富民产业的要求尚有很大差距；工业富县更是举步维艰，结构单一，尤其是缺少能撑起县域经济大厦的龙头项目；教育文化体制改革才刚刚开始，面临的困难和问题还很多；创建绿色农产品名县的战役尚未打响，广大群众持续增收的基础尚未夯实；这就要求我们说实话、办实事、想实招、求实效，实实在在去维护人民群众的根本利益。

　　——我们可以肯定地说，"举纪兰旗、走特色路、打绿色牌，实施'双五'战略，主攻'五大'目标"，是指导平顺实践发展的完整的、科学的理论体系。举纪兰旗、走特色路、打绿色牌，指明了平顺怎样发展、靠什么发展的方向；"双五"战略、"五大"目标，是实践路径和奋斗目标。其中，增强"五种"意识，是强调人的因素，是改造主观世界，是实现科学发展的精神支持；抓住"五个"重点，是改造客观世界的具体实践和载体；主攻"五大"目标，是顺应发展潮流、反映民心民意、体现县情特色的科学发展的宏伟蓝图。因此，实现平顺经济社会又好又快发展，必须旗帜鲜明坚持、毫不动摇落实这一治县方略。

　　——在一片大好形势下，也存在着"以会议落实会议，以文件落实文件，行动在嘴上、决心在会上、落实在纸上，天天喊落实，在落实声中落了空"的现象和问题。"四个旗帜鲜明"是县委的庄严承诺，我们就是要提拔、重用、奖励有干劲、有才能、办实事、有成效的人，查处不负责任、不拿群众利益当回事的人，调动方方面面的积极性，以兴平顺大业。

——我们必须做好艰苦奋斗、长期奋斗的思想准备，坚定不移地实施"双五"战略，毫不动摇地主攻"五大"目标，以创新的精神、扎实的作风、冲天的干劲，把目标任务落到实处，使我们宏伟的蓝图变为美好的现实。

以上就是陈鹏飞书记辅导报告的一些基本要点。局外人看了，未必有多大的触动，但平顺的干部听了这番辅导，都有一种口服心服、提气给力、方向明了、决心下定的感觉。

平顺的很多干部说："这个报告真是讲好了。"

8月上旬，县委四大班子领导又对重点工程和乡镇进行了检查督促，这才三上西井山。

这次上西井山，陈鹏飞书记一行没有走从库岭村到西井山的那条路，而是走了另外一条路。申建国说，现在正新修西井山到虹梯关的循环路，应该走走循环路。陈鹏飞书记也想再多看几个山村，所以同意了走循环路。

他们从虹梯关出发，沿路向北，到了北秋房村，然后转向东北，经过碾凹村、佛堂村，到了佛堂村的庄果上自然庄。

申建国给陈鹏飞书记介绍说："前面的豁口就能看见下石壕了，下去就是下石壕。从这里往东，是去西井山。去下石壕、去西井山都不通车，得步行哩。"

陈鹏飞书记问："去西井山还有多远？"

申建国回答："不远，走个把小时就接上路了。"

陈鹏飞书记说："那好，咱们就走走。让车绕回去在路口接。"

□ 陈鹏飞一行徒步上西井山

□ 陈鹏飞一行在上西井山的途中参加修路

申建国说："天也晌午了，让大家吃点东西再走吧？"

陈鹏飞书记说："行，那咱就先歇歇，补充补充。"

申建国赶忙去张罗午饭，先让大家每人吃了一个煮鸡蛋，然后再等着吃面条。

庄果上自然庄只有四五户人家，家家忙着擀面条，烘柴火，等大家吃到面条已经一个多小时了。

吃过饭，开始步行向西井山方向走。走出不远，看见群众正在修路，陈鹏飞书记说："建国总能给我们带来惊喜，你们看，工程进展得多快啊。来，咱也参加劳动。"

陈鹏飞书记脱掉半袖，操起工具，甩开膀子，大干起来。

其他随行人员也纷纷拿起工具，刨的刨，铲的铲，干得汗流浃背。

大家劳动了40分钟，申建国说："陈书记，咱还得赶路哩。"

陈鹏飞书记说："行。"

步行开始了，走了不多远，就上了羊肠小道，一会儿爬坡，一会儿下沟，时间不长，人人是气喘吁吁。

陈鹏飞书记边走边问："还有多远？"

申建国说："不远，快到了。"

申建国又说："陈书记，这里有个黑龙洞，要不要去看看？"

陈鹏飞书记说："和平、江华和我往前走，显斌、忠义、志岗，你们去瞧瞧。"

县人大主任苏和平，县委副书记崔江华，与陈鹏飞书记继续往前走。

县政协主席杨显斌、县委办主任宋忠义、县旅游局长段志岗和随行记者绕道去了黑龙洞。

黑龙洞分西、北两个洞，西洞口长着一颗大椰树，树上系着红布条，洞口有香烛供品，看起来还香火有继。段志岗说："北洞比西洞好看。"

杨显斌说："那就看北洞。咱们先稍微落落汗，每人捡一个蜡烛香头，下洞的时点上，小心缺氧。"

他们钻进洞内，洞内钟乳石千奇百怪，洞深处水光闪动。景致虽好，但冷气逼人，不可久留，记者们拍了几张照片就返出了山洞。

有人想在洞口休息一下，杨显斌说："不行，快跟我走。"

大家一起向西井山方向赶去，走了一个多小时，才赶上前面等他们的队伍。这时人们大汗淋漓，杨显斌放心了，出透汗就不怕感冒了。

陈鹏飞书记问："还有多远？"

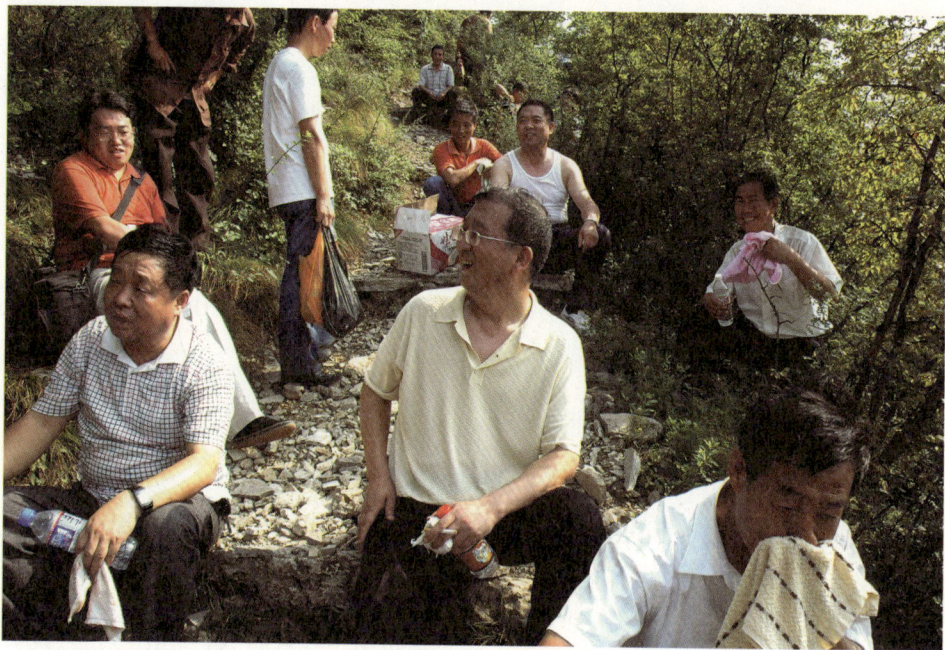

□ 陈鹏飞一行在上西井山的途中小憩

申建国说："不远了，该快到了。"

陈鹏飞书记笑着说："好你的啊，你说走一个小时，这都走了两个多小时了。"

申建国也笑着说："快了，快了。"

又走了一个多小时，陈鹏飞书记停住，擦擦汗。申建国说："快了快了，真是不远了。"

陈鹏飞书记对大家说："我说过，建国同志能经常给我们带来惊喜，修路是一个，这又算一个。走哇，同志们，申书记说，不远了。"

大家都笑了。有人开玩笑说："申书记，你就忽悠吧。"

有人说："申书记，虹梯关的'里'好大啊。"

大约走了4个多小时，他们才看见路上来接的车。

县委办主任宋忠义后来说，那天真走草鸡了，黑夜吃饭，陈书记就吃了两大碗面。

陈鹏飞书记对宋忠义主任说，通知四大班子和各单位领导，明天上西井山开会，对变作风、抓落实进行再动员。

宋忠义主任给县委办副主任宋爱民打电话，通知人上山开会，再做一个会标："变作风抓落实"再动员大会。

"会标做多长啊？" 宋爱民问。

"会场还没有找下哩，你估摸着做吧。" 宋忠义说。

晚上，陈鹏飞书记还是住在小学校老师的办公室。西井山小学是个单师校，一个老师教小学的几个年级，几个年级的学生都在一个教室里上课，是复式教育。老师叫原子朝。原子朝是山下棒峧村人，在山区执教几十年。陈鹏飞书记与原老师交谈后说："你扎根山区教学不容易，是模范老师。"

原子朝老师说："没个甚，几十年了，习惯了。"

入夜，山风吹拂，既凉快又惬意。走了多半天山路，人们都累了，鼾声和着蝉鸣，早早进了梦乡。杨翠萍住进了农家旅社，很干净，没跳蚤。

第二天，8月21日，一大早，宋忠义起来找会场。他和王海潮找了几个地方，不是不平，就是太小。最后，他们来到村委会旁边的一个山嘴上，山嘴上有一块不足20平方米的打谷场。打谷场小是小，但能将就下。问题是，打谷场的三面都是悬崖。

王海潮说："西井山再也找不出比这大的平地了。"

宋忠义说："就这吧，再找些梁椽用的木头摆好，当座坐。"

正在这时，陈鹏飞书记来到山嘴，宋忠义说了找会场的事，陈鹏飞书记说："这儿就行，有风吹着点，还凉快。"

早饭后，会标挂上了，领导到场了，开会。

陈鹏飞书记讲话："最近，我们四大班子领导跑了跑、看了看。城建工作推进顺利，部门的同志付出了心血，展示了风采。在龙溪镇，我们看到的是新农村建设的标准；在北社乡，我们看到的是志气和骨气；在西沟乡，我们看到的是精神和气势；在东寺头乡，我们看到的是发展速度；在虹梯关乡，我们看到的是冲天的干劲；在青羊镇，我们看到的是社会的稳定；其他乡镇和部门也都迈出了新步伐。从总体来看，我们的发展态势很好，初步形成了人心思上、人心思干、心齐劲足的良好氛围。我们是走一路，感动一路。"

在西井山召开的平顺县"变作风、抓落实"再动员大会

"我们也应该看到，发展还有不平衡、不协调的地方。我们选择在西井山开会，就是让大家来看一看，感受一下，学习学习。西井山村算得上是条件最差、经济基础最薄弱的地方，他们几任领导坚持修路，一任接着一任干，改变着生存的环境，创造了人间奇迹。我们昨天下午步行走了走，几公里路走了4个小时，亲身感受到了人间奇迹是怎么创造出来的。大家要用心感受，就应该明白什么是艰苦奋斗，什么是真抓实干，什么是不达目标不罢休。"

　　他要求说："要做好今年的各项工作，需要我们的工作作风转变再转变，责任目标落实再落实。四大班子领导要率先垂范，团结一心，体现战斗力，焕发凝聚力，形成推动工作的强大合力。领导班子成员要向主要领导看齐，细化责任，明确重点，咬定目标，倒排工期，一件一件落实，一件一件交账。各级党员干部要扑下身子真干，咬定目标不放松。今天在座的都是平顺的骨干和精英，应该有这种决心、有这种素质、有这种信念、有这种愿望、有这种激情，去创造平顺美好的明天。"

　　他在最后说："今天会议之后，希望能听到各乡镇好戏连台、捷报频传，也相信大家能用自己的辛劳和智慧，书写出平顺的新辉煌。会后，没有走过这段路的，由立浩县长带队走走这段路。"

　　在陈鹏飞书记讲话的时候，烈日直射山嘴，竟没有一丝的凉风。有人解开了衣扣，有人把湿毛巾顶在了头上。

　　散会时，陈鹏飞书记还特地打招呼，大家慢点起，小心晕倒。

　　中午，西迪自然庄六七户人家，家家忙着擀面。人们吃了这一碗，还不知道什么时候能等到下一碗。

下午，唐立浩县长带队从西井山一直步行到庄果上。人们说："这路修修可是竭力哩。"

几年过后，我们回头看，西井山会议有什么特殊的意义吗？当然有。以此为标志，加上学习"6·25"讲话辅导，全县上下形成了变作风抓落实、你追我赶、争先恐后的发展局面。

平顺，有了另一番景象。

第三章
天路走太行

一、并不寂寞的尘埃

2011年4月4日，中国文学大家、著名画家冯骥才来到平顺。

一般老百姓但凡看过电影《神鞭》的，都知道冯骥才。他是国务院参事、全国政协常委、中国文联副主席，为保护民族文化遗产四处奔走呼号。

陈鹏飞书记三请冯骥才来平顺考察，今天得以成行。

原先的考察方案，是下午从长治来平顺时，先考察北社乡的九天圣母庙，然后回县城统一换乘中巴车去井底，返回时到西沟见老劳模申纪兰，参观西沟展览馆；第二天上午去看大云院、下石壕。

冯骥才一行来平顺，先顺路考察了国家重点文物保护单位九天圣母庙，回到宾馆准备换车时，陈鹏飞书记

□ 冯骥才（左二）走"太行天路"

突然临时改变考察方案，决定先去下石壕，明天再去井底。去下石壕走"太行天路"，返回时走河潞线，再看大云院。

有人提出，从下石壕返出来天就晚了，恐怕看不成大云院了。

陈鹏飞书记说："晚了就不看大云院了，先走太行天路、看下石壕要紧。"

下午三点半，车辆启动，东出虹梯关，上了太行天路，过北秋房村、碾凹村，从庄果上自然庄下山，驶向下石壕。

太行天路，就是陈鹏飞书记2007年8月20日三上西井山时走的那条路。从庄果上自然庄去西井山，几公里山路，走了4个多小时，让人们走得一塌糊涂。现在这条路已经铺装成了水泥路，与4年前有了天壤之别。

但是，即便是水泥路，那也是山路。太行天路盘山而上，山嘴拐弯处，车头几乎是悬空而转，令人惊魂不定。上得山来，太行群峰一望无际，又叫

074

人欣喜若狂。下山时，绝壁悬崖就在眼底，使得人提心吊胆。车到山底，又见村落，人们身心放松，自有一番快意。

下石壕，看到纯粹的石头民居、山中的别样风情，冯骥才先生显露出极大的兴趣。他在村里上下走了走，时而驻足，时而凝视，有着几多欣赏，几多思考。

从下石壕返程时，天色已晚，看不成大云院了，大家就走后石线返回。

进了县城，已是灯火辉煌。回到平顺宾馆，申纪兰已等候在车前，与冯骥才夫妇热情地握手。

第二天，清明节。上午，冯骥才一行又沿挂壁公路到了井底村。

井底隧道也不是陈鹏飞书记初来时的境况，路面已经铺装，"洞窗"处安装了防护设施，只是洞壁依然是青石裸露，似乎在讲述着当年开凿时的艰难。冯骥才先生下车观望，不禁对这太行奇迹生出几多惊奇，几多感慨。

下午，冯骥才先生在与平顺县领导座谈时讲："平顺，我是第一次来，也是第一次来看太行山。有句话说'五岳归来不看山'，我看应该改一改，叫'五岳归来看太行'，太行山真是太美了。我走了太行天路，那本身就是一个景致。走太行天路，欣赏太行山美，这就是一个旅游项目。平顺的山水，下石壕、井底、西井山等古朴的民俗文化村，加上太行天路，平顺是抱着一个宝啊。"

冯骥才先生反复提及的"太行天路"，是平顺县交通建设史上的一大奇迹。

人们不禁要问，"太行天路"是怎样炼成的？

回答这个问题并不算复杂，但却牵动着一个更人的命题，那就是平顺县道路交通的发展变化。

我们说平顺的变化，应该先从道路交通的变化说起。因为一说平顺山老区，人们首先想到的就是交通不便。

交通不便是平顺过去的必然。

地球人都知道愚公移山的传说。愚公老人家移的什么山？太行山、王屋山。为什么移？太行山挡住了出路，交通不便。

平顺县在太行山腹地，交通不便是天设地造。

"北上太行山，艰哉何巍巍。羊肠坂诘屈，车轮为之摧。"这是大英雄曹操在建安十一年正月，挥师壶关（上党地区）时，吟诗《苦寒行》一首。一听开头就明白，交通不便的太行山把曹军折腾得够呛。

"几回度岭心先怯，懒看无情遍地花。" 这是清康熙平顺知县刘徽对平顺官道的感叹。可见，即便是官道，也差一点把知县吓癔症了。

抗日战争时期，日军愣是没有在平顺驻扎过，不是不想，也是怕逃不出大山而死无葬身之地。

交通不便，是我们杀敌的好战场。交通不便，却也成了制约经济社会发展的瓶颈。

平顺人最早出去见过世面的，西沟的李顺达算一个。1949年11月，他作为山西省农民代表团的成员去天津参观过一个展览，见过拖拉机，还在北京受到毛主席的接见，亲自向毛主席敬过锦旗。

他回到西沟后给群众开会，说到将来要搞社会主义。有个叫牛永清的老汉问他，甚叫个社会主义？李顺达答，种地不用牛、点灯不用油。牛永清老汉又问，种地不用牛用甚？李顺达胸有成竹地对答，用拖拉机，拖拉机我在天津见过，丈把长。牛永清老汉干笑了两声问，你说的丈把长的拖拉机，咱的地能放下，还是路能走下？

这回李顺达哑口无言了，的确，西沟的路走不下拖拉机，只能走下个牲口和人，春种秋收都是人拉肩扛。

没有能走拖拉机的路，是平顺人的软肋。新中国成立后，老百姓急切地希望发展生产，但他们面临的最大难题就是交通不便。平顺人不是那种见困难就缩头的孬种，而是像愚公一样，面对恶劣的条件而艰苦奋斗，掀起了一个又一个的筑路高潮。

最早的筑路高潮出现在20世纪50年代末60年代初。

1954年，平顺县在"百里滩"建成了第一条简易公路，县城通了公路。那是出县城向北，通往潞城县（今潞城市）微子镇的，是现在省道长李线的平顺段。

1957年，县城至龙镇的河滩上也建成了简易公路，是现在县道平龙公路。百里滩全线有了简易公路，号称"百里滩路"，连接着中五井、城关、西沟、龙镇4个乡镇。1959年，省政府因为百里滩路，奖给了平顺县一辆吉尔吉斯大卡车，致使全县的汽车增加至3辆。

那时候，一些乡镇间的山径小路开始拓宽改造为简易公路。

1958年，县城过西岭至苗庄建成了简易公路，是现在省道长李线的平顺段，连接着城关、北社、苗庄3个乡镇。

1958年龙镇至杏城建成简易公路，1963年杏城至玉峡关建成简易公路，是现在县道龙花线的两段，连接着龙镇、杏城、玉峡关3个乡镇。

1961年，浊漳河沿岸的"甘林路"建成简易公路，开始通行汽车，是现在的省道河潞线，连接着实会、北耽车、阳高、石城、王家庄5个乡镇。

1964年，羊井底开始修建至土河村的3公里路，是现在县道青羊线的一段。

1965年，虹梯关至张井开始修建简易公路，是现在县道张茶线的一段。

□ 平顺县第一条油路新貌

1965年，西沟古罗至石窑滩建成简易公路，是现在县道古石线，连接着西沟、东寺头、石窑滩3个乡镇。1965年，北社至东青北建成简易公路，是现在县道南小线的一段。1966年8月，实会漳河桥建成，是平顺第一座永久性公路桥梁。

再往后就到了20世纪70年代中期，平顺县有了第一条油路，从县城路经潞城进入长治公路网；"甘林路"改造为砂砾路，其他线路或打通或改造。

到了20世纪80年代初，平顺县全民义务筑路又一次形成了新的高潮。当时，龙花线、张苇线打通了太行山上的隧道群，全国县社公路建设现场会的领导和代表专程参观了隧道的施工现场，很受教育和鼓舞。

1996年，以"甘林路"改扩建为代表，平顺县7条主要公路同时拓宽改造，再一次形成了全民义务筑路的新高潮。

新世纪初，长治市实施"村村通"工程，平顺县一年修筑368公里通村水泥路，使乡村的道路有了根本的改变。

这时候，井底隧道贯通，县级公路提升等级，基本实现了油路化，同时还完成了寺岭隧道、王家岭隧道工程。

2006年，后石线旅游公路开工建设。

在一次次交通建设的高潮中，平顺县干部群众付出了巨大的辛劳和贡献，谱写出一曲曲惊天地泣鬼神的英雄赞歌，使道路交通状况得到了历史性变迁，基本形成了"三纵四横"的公路架构。

陈鹏飞书记多次在重要会议上，在与班子领导的沟通中，在和群众的交谈中，以及和朋友的聊天中，反复说过这样的话："说到公路建设，平顺县委、县政府的领导是一任接着一任干。甘林路的改建，我们不能忘了栗栓文书记、王忠义县长；村村通工程、农村路网建设，我们不能忘了杜保和书记、张富梅县长；后石路开工，我们不能忘了王辅刚书记、张富梅县长。"

对平顺交通的变化，陈鹏飞书记第一次上西井山时这样概括过："我们修了许多路，不但改善了群众的生产生活条件，而且在修路过程中锻炼了一支能征善战、敢打硬仗的队伍，铸就了一种战天斗地、不屈不挠的精神，培育了一种吃苦耐劳、顽强拼搏的品质。"

也无须回避，陈鹏飞书记用不长的时间跑遍了平顺的乡镇和一些偏远的村庄，对平顺道路等级不高是有着亲身体验的。他对县交通局局长郭忠胜说："交通部门过去的成绩很大，但今后的任务更重。"

平顺的公路建设历经了无数的风雨后，在2007年迎来了一个新的发展机遇期。以"太行天路"为代表的旅游公路，以"长安高速"为代表的高等级公路，都在这一时期横空出世，使得平顺的交通不便成为一个历史。

现在，就让我们回眸这几年新的筑路风采，寻觅太行天路是怎样炼成的答案吧。

□ 平顺县的通村水泥路、油路

□ 平顺县部分县道

二、无法轻轻地离开

陈鹏飞书记上任的第二天去井底村时，走了挂壁公路井底隧道，那是腊月二十七，山上的白雪还在。

他看到的井底隧道，路面没有铺装，青石裸露的洞壁犬牙交错，隧道穿破山皮留下的洞窗没有防护实施，洞窗外就是千尺悬崖，叫人提心吊胆。

这不仅是陈鹏飞书记的第一感觉，而且无论是谁第一次走井底隧道，都是既惊奇又害怕。外地的司机走到这里，大多数不敢过洞，要请求本地的司机替他们开过隧道。本地的司机虽然熟悉路况，但也得处处小心。他们把这里称为"车在路上跳，人在车里跳，心在肚里跳"的"三跳路"。

陈鹏飞书记当时说过，这条路要改造，一定要安全。

县交通局局长郭忠胜得知这一信息后，在春节前就向陈鹏飞书记表态，"五一"前把井底隧道铺好。

郭忠胜走井底隧道已不知

□ 井底村

多少次了，深知隧道的来之不易，深知井底人为之付出的血汗和心存的期盼。

井底隧道，是井底人出山的咽喉。

井底村在太行山脚，四周群峰环绕，形如井筒，村名由此得来。

井底村离河南很近，向东走2公里的羊肠小道就到了河南林县石板岩乡高家台村。井底村就是河南林县人逃荒聚集的地方，人们说林县话比说平顺话更地道。

井底离林县很近而离平顺县城却很远，过去有一条叫井谷通的"官道"可通石窑滩村，4尺宽，能走下个驴，但绕得远。近一点的路就是爬攀附在山脊上的哈喽梯。1960年，井底村20岁的胡书林走哈喽梯摔了下来成了残疾人。这里还摔死过一个50岁的汉子和一个15岁的少年。因为行路的艰难，所以井底村的好多妇女都去过林县，却没有去过平顺县城。

井底人想走出大山，成为一个梦想。

早在1976年，井底村的党支部书记元金周，为了把井底到高家台的羊肠小道修成4米宽的路，都快要给高家台的书记跪下了。

修通了到高家台的路，井底算是向东有了条出路。但是，井底人要到乡里、县里办事或开会还得爬哈喽梯、攀井谷通，否则就得绕道河南，多走100多公里。于是，井底人想要打通去石窑滩村的路。石窑滩村是乡政府的所在地，在大山的高处。

1985年秋收后，井底人从沟底向西往山上修了1.5公里的路，不想被洪水冲垮了。1989年再修，还是被洪水卷走了。

当井底人向西修路的时候，平顺县也想从山上打通这条路，那就必须在太行山的绝壁上开挖隧道。

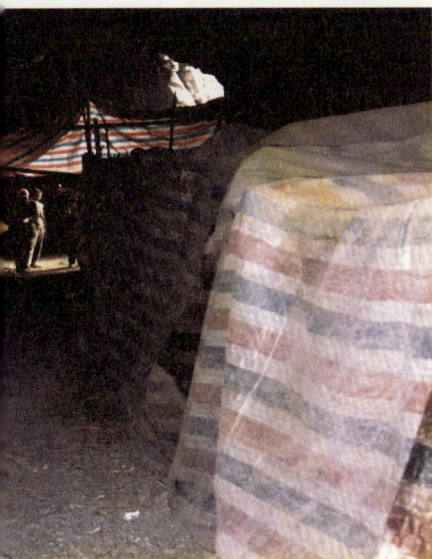

☐ 井底村民驻扎在老洞沟修筑挂壁公路

1990年夏，一个常在平顺县搞工程的浙江的工程队开上太行山绝壁，在老洞沟开始打井底隧道。隧道掘进140米，搭进了两条人命，一个是石窑滩村民，一个是老板的弟弟。工程队收摊儿。

1991年初冬，井底村村委主任周成富又带了16个人上了山，用铁锤钢钎开山打洞。他们苦苦干了两个月，只掘进了8米深。县里领导来到工地说："这样干不行，不要劳民伤财了，下山吧。"

井底人下山了，很有些不甘心。

1997年深秋，井底人上山，在老洞沟修"三叠路"。这是从石窑滩乡政府通往井底隧道的路。

三叠路由井底村和秦光村一起修建，两个村白天黑夜轮班作业。白天，井底村上阵，开山炸石，加快速度；夜晚，秦光村开工。于是，天上星光点点，山里点点灯光，一幅夜战太行山的绝妙画图。

井底村的民工就住在老洞沟的第一个隧道里，搭着一个挨一个的编织袋帐篷。西头的帐篷睡妇女，东头的帐篷睡汉们。妇女和汉们的帐篷中间隔着一个小石窑，窑口睡了两个人：党支部书记周成富、村委主任周海玉。

入夜，汉们在帐篷里打呼噜，妇女在帐篷里想心事，井底的这两个当家人却睡不着。他们相互问，这隧道什么时候打通？

1996年，县交通局请长治的公路测设专家来看过这段路。专家们看了，吃惊地问，这么大落差，还想修路？

1997年，县交通局的领导和工程技术人员来到了井底，再一次勘测山上的线路和井底隧道。县交通局领导对井底隧道有个总体的要求："要钻着山皮过。"这样打洞有个好处，一旦打得和山皮透了气，就会形成一个个"洞窗"，出渣很方便。

不久，林州市的两个工程队开上了太行山的隧道工程，分两头对进。井底人高兴了，又听到了山上隧道石方的爆破声。

1999年，县交通局领导决定，再在隧道的中部开出两个工作面，分进合击，加快进度。新开工作面的任务交给了井底工程队。

井底村的领导亲自率队上了阵。工程队在选定位置的峭壁上，打上锚杆，一步一步爬到标高的位置，用上面吊下来的绳子吊住，打上炮眼，用炸药炸开一个工作面。几炮过后，人有了站脚之处，再把打洞的空压机拆开了吊上去，分别向东、西两个方向掘进。

9月18日，隧道打通。2000年元月3日，井底隧道通车。井底村的领导坐车去石窑滩乡政府报喜。乡政府领导坐着车，放着鞭炮，一溜下到井底村。车过三叠路、老洞沟、绝壁隧道时，很多人都哭了。

隧道走了7年了，也平整过路面，也处理过危石，但依然是"三跳路"。

2007年，县交通局局长向县委书记表过态后，3月17日，还在正月天，6家施工队正式进场，工程负责人是平顺县交通局建养中心副主任王清林。

这次隧道改造工程要把隧道的原路面从3.6米拓宽到6米，铺筑20公分厚的水泥路面，并且处理隧道围岩的危石。同时，还要改造进出隧道口的引道。工程总长1920米，改造的工期是40天，"五一"前完工。

王清林精选的6家施工队都是与他合作多年、有施工经验、有技术力量，也有一定的经济实力的施工队。

18日，工程开工。6个工程队备足了22吨火工原料，明确了质量要求，倒排了工程工期。王清林与施工队一起吃住在井底村。他不仅要指导工程施工，还要严防死守，杜绝发生安全事故。

拓宽工程有一段遇到了麻烦，这里有70米长，外侧已经把山体穿透，形成了几处很长的"洞窗"；内侧的围岩石质松散，再拓宽容易形成大片的洞壁塌方，还破坏了隧道的整体线形。

王清林在这段路看了许久，发现了"洞窗"外下面的山体向外突出有30公分，形成了一个错位的条状平台，这条错位带约有百十米长。他想正好利用这条错位带作基础，用钢筋水泥打造一段符合隧道拓宽后的路面。

他把这个想法和施工队的头儿一讨论，大家说："中！"

随即，王清林向郭忠胜局长汇报了情况。郭忠胜很快来到了工地。他亲自察看了岩石，问王清林："这突出的岩体是不是稳定山体？"

王清林回答："我们做过实验，没有问题。"

郭忠胜又问："打一条水泥带，能不能保证行车安全？"

王清林回答说："这个我们也测算过，22#的螺纹钢做主骨架，强度没有问题，完全能承受得住。"

郭忠胜说："办法是好，可这要悬空作业，要把安全施工的每个细节都考虑好，落实到人头。"

王清林说："郭局长你放心，我就是不吃饭也要盯在这里。"

第二天，王清林从长治买回了7套安全带，峭壁上的悬空作业开始了。

施工队把主骨架的螺纹钢打进岩体深处，确保受力承重的安全，然后焊接钢筋网，实行水泥混凝土现浇。20名工人先后在悬崖作业，用了一周的时间，完成了任务。

在这一周的悬空作业中，县长唐立浩和局长郭忠胜每天都在工地上，检查督导安全施工。

这次悬空作业的施工队是平顺县龙溪镇杨威村的工程队，队长叫宋开良。井底隧道改造工程完成后，宋开良就再也不接挂壁公路的活儿了。他说，在挂壁公路上干活儿太悬了，钱再多咱也不挣了。

4月26日，井底隧道改造工程提前一天完工。整个工程预算280万元，实际耗资168万元。

拓宽改造后的井底隧道，洞壁整齐、路面平整，洞内可以安全会车。

时过一年，2008年10月，县交通局再次筹措资金，砌筑隧道"洞窗"的防撞墙。

隧道洞窗，在隧道开挖时出渣方便，在人们欣赏时颇为壮观，但却是行车的隐患。行车时一不小心，车从"洞窗"穿出，必定是坠落悬崖，摔你个桃花开满山。

"洞窗"大小不一，形状各异，不可能有统一的规范。防撞墙厚度40公分，高度110公分，长度则是根据"洞窗"的实际情况在隧道崖边支起模板现浇。王清林说："这种防撞墙，（汽车）拉上个三五十吨（货），撞上去也掉不下去。"

防撞墙总长度760米，工期为30天。因为防护墙紧贴隧道崖边，工人必须

□ 陈鹏飞一行视察井底隧道

□ 2000 年井底隧道通车

□ 2008 年井底隧道改扩建完成

悬空架设模板。有了上次隧道改造的经验，这次防护墙的砌筑很是顺利，提前完成了任务。

井底隧道经过改造，"三跳路"已是平整宽敞了许多，变成了放心路。

当我们站在"洞窗"前，眺望对面山上的哈喽梯，挥挥手，却很难轻轻地离开。400年明月清风恍如昨日，我们心中有了大山般的厚重，感动着，筑路人的坚韧和情怀。

三、倾听大山的叙说

2007年，陈鹏飞书记一来平顺，第二天从井底村去车当村时，走过了后石线的北线一段。

他从石窑滩村到东寺头乡，向北再过虹梯关乡，绕山水庄岭下到虹谷峧村，穿过九曲沟隧道出椰树园村，沿河滩路过候壁水电公司就上到了河潞线。

陈鹏飞书记4月7日看了后石线的南线。他从南端的石门口走到玉峡关，北上石窑滩，那天晚上第一次上了西井山。

后石线是2006年设计开工的，北起阳高乡的后家滩村，南至杏城镇的石门口村，全长132.6公里，穿越4个乡镇37个建制村，是贯穿平顺县中部南北的一条通道。

陈鹏飞书记走这条线路时，还只是拉通了基本的路基工程，有的路段还来不及整理，隧道也只是个毛洞，走起来不顺畅、颠颠簸簸是肯定的。陈鹏飞书记对郭忠胜说："要在公路建设上下功夫，后石路的大框架起来了，但品位还不高。"

要建后石线，还是郭忠胜出的主意。平顺县的主要公路都是以县城为中心向外辐射，像手掌一样，称为"五指路"。后石路建成，将使得"五指路"、"抽屉路"联成路网，形成循环，又能把浊漳河沿岸的"太行水乡景区"，阳高乡的"淳化寺景区"，虹梯关乡的"虹霓大峡谷景区"，东寺头乡的"天脊山风景区"，"井底民俗村景区"，杏城镇的"金灯寺景区"串联起来。

当然，修不修后石线，是县委说了算。2006年2月18日，后石线开工奠基仪式暨沿线4个乡镇动员大会在椰树园村正式举行。2月23日，农历正月二十六，全线正式开工。

北线工程的重点和难点是在九曲沟隧道。九曲沟是石头沟，在阳高乡椰树园村和虹梯关乡李家河村之间。这里山套山，犬牙交错，一条深沟犹如九曲回廊一般，故而得名。

世上凡是与"九曲"挨得上的都是曲里拐弯，台湾的九曲洞、武夷山的九曲溪、平顺的九曲沟，莫不如此。

椰树园是村小名气大，因为这里有过一条叫"椰梯栈道"的古官道，能走人，也能走骡子走马。过去，平顺浊漳河沿岸的人去往县城，是必走"椰梯栈道"。从栈道就上了九曲沟的山梁上，绕着九曲沟走到李家河。李家河村有路通虹梯关。从椰树园村到李家河村直线距离约4公里，但由于有九曲沟阻隔，得在山上转10公里的路程。后来，人们放弃了这段路而绕道其他路。

修建后石线时，工程队就在九曲沟打一个700米的隧道，一穿而过。

九曲沟地质状况复杂，打隧道，难度很大。

隧道是两头掘进，工人们实行两班倒，白天黑夜不停工。为了加快进度，县交通局在隧道路线的中部选了一个低凹地段，向下开凿出一个断面来，新增了两个工作面，分头掘进。从新的断面掘进隧道，空压机是拆成部件，靠民工背进去的。民工们每天上工地都要背炸药，背柴油，背每天吃的粮食和烧火的柴。

隧道有了一定的进深，需要大型机械。民工们不能背了，就先拆成部件抬到工作面的沟底，用绳子往上吊。一部小型铲车，吊了三天才吊上去。

有了新的作业面，把一条隧道分做两截对进，工程速度明显加快。10月6

日上午10点钟左右，两个洞先后贯通，工地上的欢呼声响成一片。这天是农历八月十五。中午，大米饭、土豆炖猪肉；晚上，回家过中秋，吃月饼。

中线工程开工后，由于原来有一定的基础，最大的工作量是按照设计标准拓宽改造路基。从虹谷峧村到虹梯关，原来有条小路过山水庄岭。后石路就在小路的基础上进行了拓宽改造。九曲沟隧道还在紧张施工时，这8公里的路段已经改造完成，还剪了彩，放了鞭。

郭忠胜和县交通局的同志在走山水庄岭8公里盘山路的时候，有了一个想法，要是在这里打一个隧道就好了，线型也顺溜了，行车也安全了。反正铺路面还得花钱，有这8公里路面的钱，也差不多够打这个隧道了。

他把这个想法给领导汇报后，吃了一顿训，说是瞎糊弄。他不再提了，可也心不甘。

□ 铺装好的九曲沟隧道

南线的重点工程在石门口。这里地形险要，需要在悬崖绝壁上新开路4公里。施工条件又非常差，没水、没电、没路，即便是人行小路也得重修；施工机械得拆卸开靠人背，柴油、汽油都是人工背。

2006年10月，后石线基本拉通时，郭忠胜还组织县领导和老干部，从后家滩一直看到石门口。尽管有的地方需要铺一铺垫一垫，但总算是走过车了。他算是给领导、给百姓、给自己都有了个交待。

转过年，是2007年，县交通局在向县委递交的《今年干什么，长远怎么干》的工作汇报中，把后石线的路面工程首先列入其中。

4月7日，郭忠胜在陪同陈鹏飞书记调研后石线时，汇报了路基工程的基本情况，说到了九曲沟隧道、石门口工程的艰难，说到了沿途4大乡镇干部群众做的努力和贡献。当然，他也不失时机地讲了想在山水庄岭开一个隧道的提议。

陈鹏飞书记明确表示，交通部门过去的成绩很大，但今后的任务更重；今年除了完成后石线铺油、文卫路延伸和西迎宾路的改造外，各乡镇都要充分发动群众修通断头路，修成循环路；每条路都要修成平顺人民的致富路，修成走向幸福的光明路。

4月8日，在西井山的座谈会上，陈鹏飞书记在讲到全县的工作时，首先讲的就是今年一定要坚定不移地抓好公路建设。他说："通过这几天到乡镇调研，我发现还有更多的路需要修。交通部门的任务很重，各乡镇都要发动群众消灭断头路，除了移民村外，凡是有人居住的地方都要修通路，而且要修成循环路。"

第二天，4月9日，陈鹏飞书记、申纪兰主任和县人大、县交通局、县水利局的领导一起赴太原，到省交通厅、省水利厅争取项目和资金。省交通厅是平顺的扶贫单位，1993年南小线改造、1994年西沟至龙镇10公里油路改造，都是省交通厅的扶贫工程。这次省交通厅领导表示，对后石路的后续工程再支持2000万元完全有可能。

郭忠胜这次和他们一同去的太原，回来后立即组织开工后石路的路基改造和路面铺筑。路面工程重点先搞虹梯关至玉峡关的一段，7月完工。

要不要打山水庄隧道，需要谨慎对待，科学决策。

陈鹏飞书记带上县交通局的有关领导上了山水庄岭，再次走了走那8公里的盘山路。这条盘山路坡陡弯急，有几个拐弯处需要倒一次车才能拐过来。

过了两天，陈书记又和县四大班子领导再上山水庄岭，让大家都有一个感性的认识。然后，陈鹏飞书记又请了长治市交通部门的专家走了山水庄岭。

通过几次走山水庄岭上的盘山路，大家都表态应该在这里修一个隧道。郭忠胜反复强调，打通这个隧道还可以缩短7公里的路程。

陈鹏飞书记想到的是，打通隧道不仅是缩短7公里路程，更主要的是保证了安全，可以全天候的通行，而且对于"一县两地"的局面从根本上可以突破。他对县交通局郭忠胜说："你要对比算账，确实有工程的可行性；科学规划，确保线路的畅通，方便群众出行。"

2007年4月，山水庄隧道开工。

山水庄隧道一开，才知道碰上了一根难啃的硬骨头。

山水庄隧道531米长，开工后发现，隧道是走在一个两座山峰夹着的堆积层里。这里的岩层是粉碎性泥结石，在地质学上被称为五类围岩。在五类围岩上打洞，一打就塌方，给施工带来很大的麻烦。有一天发生了小塌方，还把一个民工堵在一个小洞里，好在无大碍。

面对山水庄隧道的五类围岩，工程队用锚杆技术固定岩石，铺架钢架支护，钢架支护上衬垫树枝，以防止碎石脱落，然后再同步衬砌，确保了施工的安全，加快了工程进度。

隧道施工时，虹谷峧村党支部书记王秋柱，把工程队安排在村里住，并且带人从四井水自然庄往工地接了条水管，保证了工地的用水。

虹谷峧村是虹梯关乡的一个村，由11个自然庄组成。过去这里无大路出山。1976年王秋柱担任支部书记后，组织村民义务劳动，到1980年打通了到老马岭的路。路长25公里，窄处不少于3米，最宽处有5米，也算是条大路了。到了1984年，11个自然庄的20多公里路修通了。在2002年的"村村通"工程中，这才修了2公里的出村水泥路。

虹谷峧村2002年修通水泥路尝到了甜头，王秋柱去了克老峧村、榔树园村，想说服三个村联合起来修一条宽宽的水泥循环路。克老峧村、榔树园村的人都很赞同虹谷峧村的提议。但是，因为三个村分属两个乡镇，工程量太大，既没有项目又没有资金，空有一腔热血，最终还是没有弄成。

2006年后石线开工，北线工程指挥部就设在虹谷峧村。王秋柱可高兴了，赶快把南窑腾出来，让指挥部住下。老百姓紧着腾房，自己受憋屈也要让修路的人住好。几十户的小村一下子住进10个工程队近200人。王秋柱的老伴儿每天天不明就爬起来点柴生火，帮助指挥部的人张罗饭菜。

虹谷峧几个自然庄有几户需要拆迁，住在这里的村委副主任带头拆了自家的房子，村民张喜胜、任米还等也都自动拆了房，不给修路添麻烦。

路基完工了，现在又要打隧道，王秋柱还是那样热情，又住人，又接水。他懂得，这是给老百姓造福哩。

□ 山水庄隧道竣工通车剪彩仪式

2007年，山水庄隧道打通，2008年9月完成衬砌，放了鞭，剪了彩。

山水庄隧道通车，不仅是节省了路程，保障了行车安全，而且有着一个划时代的意义，那就是终结了"一县两地"的局面。

一县两地，是说同在一个县，一地要到另一地去，必须要经过外县的地界。

比如在平顺县，漳河谷地的人们要到县城来，必须走河潞线，绕道潞城市地界的李庄岔口，再上长李线才能进县城。这与原来羊井底人在庙岭隧道、青羊线不通时要来县城，也要绕道壶关地界的情况是一样的。

为什么会这样？重重大山的阻隔。

在平顺县，打隧道比架桥更重要。架桥是解决局部的问题，隧道是解决全局的问题。

因为有了苗岭隧道，青羊线才得以贯通；因为有了寺岭隧道，龙花线才得以贯通；因为有了王家岭隧道，古罗线才得以贯通；因为有了张茶线上的绝壁隧道，张茶线才得以全线贯通；因为有了井底隧道，井底人才可以不再绕道河南林州。

平顺县委、县政府在2007年反复调研、科学决策、下定决心打通山水庄隧道，贯通了后石线，河谷一带的人们就有大路直通县城，绕道外地的历史时代终结了。

后石线通了，虹谷峧村的王秋柱说："山里的路通了，老百姓的心里可高兴了。这里还通了一趟从阳高乡到县城的班车。过去，农副产品卖不出去，也没人来买，花椒啊、核桃啊、地蔓（土豆）啊都卖不上个价。就是有人来买，也是人家一口价。现在好了，3万多斤花椒、4万多斤核桃、3万多斤地蔓（土豆）都能卖个好价钱，最少最少也多卖七八万元。"

2011年4月4日，冯骥才从下石壕回县城时，走的就是后石线。也许他不知道没有这条路的时候要绕道多远，但车上的平顺人知道，有了后石线就是畅快多了。

后石线通了，"榔梯栈道"还在。站在新修的公路上看栈道，夕阳下，静静的。我们在注视着远方，又似乎在侧耳倾听，听着这山、这路在叙说着什么，是曾经的一声叹息，还是后来者决胜的时代呐喊？

四、天路盛开的迎春

太行天路，是平顺交通建设史上的一大奇迹。

太行天路，是工程完工后，陈鹏飞书记命名的。

要寻觅太行天路的动议，是从陈鹏飞书记第一次上西井山开始。

2007年4月8日，陈鹏飞书记第一次在西井山开会，郭忠胜局长表了态，要把西井山至库峧村的下山路改造为水泥路。5月27日，在下石壕的会议上，县委又确定了要开辟下石壕至西井山的旅游公路。两次会议拉开了太行天路的序幕。

县交通局的动作是紧锣密鼓。郭忠胜局长4月8日在西井山表态时眼里含了泪，的确是动了点感情。西井山的下山路，县交通局是做过贡献的，吃了苦，也受了累。

早在上世纪80年代，西井山要修下山路的时候，县交通局的史茂增、侯东福、石旭东、赵有柱等领导和工程技术人员都来过西井山，设计过出山的路。

当时，西井山想把路修到山下的棒峧村。县交通局的人员一测量，否定了他们的想法。因为两个村虽然直线距离只有3里路，但落差有400多米，地势险恶，无法降坡。这样，他们决定改线，绕个弯，修13公里的路通往山下的库峧村。有了县交通局的设计，西井山村民苦战多年，终于修通了西井山至库峧的13公里下山路。1986年国庆节，还专门举行了剪彩仪式。

郭忠胜是在2006年底带着人上过西井山。他被村民筑路的精神感动了，答应每年给西井山拨付1万元的养护经费，以支持西井山继续筑路。

西井山上表过态，县交通局一个月拿出了下山水泥路的改造方案，5月27日上西井山讨论。这个方案问题不大，路基的扩宽改造以西井山为主，交通局负责火工材料；水泥路面工程由交通局组织实施。郭忠胜没有想到的是，当天去下石壕又敲定了要修通西井山至下石壕的旅游公路。这一下，交通局得两条战线作战，既要组织铺设水泥路，又要测设旅游路。

"5·27下石壕会议"后，郭忠胜带着侯新梅、王保明、郭海亮踏勘了西井山至下石壕的旅游路。那天，也是下着小雨。

他们从西井山村委所在地西迦出发，向西取道，爬悬崖，钻灌木，路过一个叫南岭的自然庄，到了庄果上自然庄。站在这里的一个山嘴上就可以看到下石壕村了。庄果上到下石壕，有条小路，当地人说那是条官道。官道是官道，只能人走，牲口都走不下。

他们拽住树枝，蹬着树干，从"官道"下山。王保明一把没有抓住树枝，差一点掉下山去，吓出了一身冷汗。他们转到半山上，看见一个妇女扛着篮子、背着塑料壶沿"官道"往山上爬。郭忠胜认出，她是岳先来的媳妇。到了跟前，岳先来媳妇说："郭局长吧？你们快瞎胡垫垫饥吧，饼和水都冷了。"他们一看，篮子里是烙饼，塑料壶里是凉开水。

郭忠胜很是感动，赶紧招呼大家垫补点。他问："这儿离下石壕多远？" 岳先来媳妇说："不远，一二里。"

吃了几口饭，大家接着踏勘。岳先来媳妇说："哎呀！瞧着你都还竭力哩，你们受的是甚个罪呀。"

郭海亮说："嗨，这是常事。修好路，咱就不受罪了。"

测设的工作由侯新梅负责，经过测设，从西井山到下石壕有12公里。县交通局完成了线路的测设工作，路基工程由石城镇和虹梯关乡两个乡镇承担，谁家的孩子谁家抱，路在谁家境内谁家负责修。

从西井山到庄果上9公里，由虹梯关乡负责修。从庄果上到下石壕3公里，由石城镇负责修。

虹梯关乡党委书记申建国、石城镇党委书记王克，亲自带队在山上修路。西井山、下石壕两个村肯定是冲锋陷阵。

2007年8月21日，平顺县"变作风抓落实"再动员大会开在西井山，那天很热，没有风。

这时候，王海潮带领村民，已经在4个月内拓宽改造了13公里的下山路，为路面铺装提供了基础。县交通局也在组织施工单位铺装水泥路面。这条线上是热火朝天。

同时，西井山借力发力，打通了自然庄的7公里断头路，还组织劳力参加旅游路工程。

王海潮每天都要在工地忙活，凌晨出门，深夜回家，一天步行几十里。中午吃的是干粮，干粮就是几个烤熟的山药蛋。他不仅要看着老百姓把路修宽，还要管着工程队把水泥路铺好。他的脸更黑了，人也更瘦了。

"5·27下石壕会议"后，石城镇党委书记王克立即组织力量去"抱自己的孩子"。石城镇的任务是3公里，按说不长，但难度很大。出下石壕村向南，是一条山沟里的小路一直通到沟底，相对平缓，大约1公里多。然后，开始上山，山势陡峭，盘旋的余地很小，只有削掉一个小山头，才能形成一个"S"型弯道，接到虹梯关的工程。据交通局的测设，这大概有1公里多。

石城镇开始实施工程招标，有18家工程队来投标。王克领着工程队到标段实际看标时，11家工程队扭头就走了。他们说："这地方还能修路？"

另外的7家硬着头皮留下来，把挖掘机、铲车等公路工程设备开进了下石壕。结果干了三两天，才发现大型机械用不上，连个立脚的地方都没有。工程队就用小型机械开始施工，这又发现小型机械不管用，挖石头挖不动，工程队准备拍屁股走人。

王克说："你们不要走，10万（元）不行我们出20万（元），20万

□ 悬空作业

（元）不行我出25万（元）。"

最后有2个施工队留下来，继续施工，其他的都走了。

施工队先修通了沟底的小路，然后，转过沟底的弯来，开始修上山路。施工队正在施工时，突然发现山体有下滑的迹象，人员撂下机器扭头就跑。人员跑出不远，有40多米长的山崖滑塌下来，把机器全部埋住了。

施工队老板说什么也不干了。他们说："砸住机器好办，我的人要砸进去，那是哭天无泪。"

王克送走了最后的两个施工队，一屁股坐在地上。他知道施工难，但没有想到都把施工队吓跑了。什么重赏之下必有勇夫啊，那是看要不要命哩。石城镇在山下修路，虹梯关乡在山上修路，谁家的孩子谁家抱，这明摆着就是一个竞争的态势。他不想落后，可是现在连一个施工队也没有了。他想哭。他欲哭无泪。

他不知坐了多长时间，等多少泛过一点劲儿来，站起来，去找岳先来。

王克对岳先来说："施工队都走了，你说怎办吧？"

岳先来说："你说怎办吧？"

王克说："下石壕上吧。"

岳先来说："施工队还不行哩，我们能行？"

王克说："不行也得行，不上也得上！咱总不能落了后吧？"

岳先来说："这次修路，村上200多棵花椒树、柿树、核桃树要毁掉，咱二话不说，刨树让路。可要拿下这样艰巨的工程，不可能啊！"

王克说："没有什么不可能。咱都带个头，举全镇之力，也要打通这条路。"

岳先来说："都来了也没用，就摆不开。那这吧，我先上。"

岳先来组织下石壕村民，上了工地。王克组织石城镇有经验的石匠也上了工地。大锅支在工地上，开始向一公里的盘山路发起了攻坚战。

岳先来身先士卒，把自己吊在悬崖上，亲自抡锤打炮眼。一次，他用钢钎撬石头时，迸出的石块打在嘴上，打掉了一颗门牙。

王克每天都在工地上，坡太陡了，不是走，而是爬。

为了削平一个小山头，使道路有盘旋的余地，他们还不能用大方量爆破，而是小爆破量的一点一点地啃。

入冬了，北风那个吹，雪花那个飘，老百姓下山收工。"竭力是竭力，明年就通了。"人们这样说。

2008年初，虹梯关乡走马换将，新的党委书记是个女的，叫王喜萍。

2008年3月19日，春分节令的前一天，西井山的王海潮在山上植树时，不幸坠落山崖，抢救无效，因公殉职。

王海潮突然逝世，家里塌了天。王海潮的母亲今年75岁了，没想到竟然是白发人要送黑发人。他母亲坐在院子里哭，谁也拦不住，从晚上一直哭到天亮。

王海潮的媳妇坐在家里的沙发上哭，哭着哭着就背过气了。当初，她不愿意让海潮回村当干部，已经当了15年的民办教师了，受过县、乡多次表彰奖励，马上就要转正了，一转正工资就可以有200多元钱，有了这200多元钱，家里就会好过多了。她劝过、哭过、闹过，可他还是回村当了村干部。一当了村干部，他就忙得不进家，苦事、难事都要自己干，还垫了家里、亲戚不少钱，为公事惹了不少人。海潮的哥哥因为没有承包上村委会的工程，过大年在一起吃年夜饭时，还冲着海潮摔了碗。

王海潮逝世后，王喜萍第一时间打电话，向陈鹏飞书记汇报。这时，陈鹏飞书记正在上海浦东干部学院进行培训。

陈鹏飞书记接到电话，电话里是王喜萍的哭泣声。陈鹏飞书记问："你怎么了？哭什么？"

王喜萍哭着说："王海潮摔死了。"

陈鹏飞书记问："你说什么？"

王喜萍抽泣着说："王海潮在种树时，掉下了山崖，不在了。"

王海潮的逝世让陈鹏飞书记大吃一惊。他先后10多次上西井山，王海潮是他在全县村党支部书记中接触最多的一个。王海潮从未向县领导提出过任何个人要求，一门心事在西井山修路、栽树、接水、通电，开发旅游。

王海潮是红旗党支部书记，47岁英年早逝，令陈鹏飞书记扼腕痛惜。

他连夜给县长唐立浩打电话。唐立浩接起电话，只听见陈鹏飞书记在电话里叫了一声"立浩啊"，接着就是陈鹏飞书记的哭泣声。

唐立浩在电话里说："陈书记不要着急，有什么事慢慢说。"

陈鹏飞书记在电话里说："王海潮同志逝世了，你要通知（杜）玉岗部长和王喜萍，马上到西井山去，安排好后事，组织一个隆重的追悼会，县领导、各部门各乡镇负责人、全县红旗党支部书记参加。帮我给海潮的家人带去3000元钱，慰问家人，以备急用。"

唐立浩县长泪流满面地听完了陈鹏飞书记指示，抽泣地说："陈书记你放心，我现在就去安排，安排好后再向你汇报。"

3月23日，平顺县委、县政府为王海潮同志举行了隆重的追悼会。陈鹏飞书记寄来唁电，并撰写挽联：

生于斯，长于斯，灵山秀水铸就英魂忠骨，一腔热血为民众

战于此，干于此，殚精竭虑绘成蓝图美景，两袖清风遗后人

唐立浩县长在追悼会上致悼词，全县有关领导和19个红旗党支部书记以及生前好友参加了追悼会。县委在追悼会上宣布了《中共平顺县委关于开展向王海潮同志学习活动的决定》。

2008年4月20日，陈鹏飞书记结束了上海浦东的培训返回平顺，当天晚上召开县委常委会，研究决定，对王海潮生前享受的红旗党支部书记每月600元的补贴要继续发放，他的老母亲、妻子每人每月发200元，未成年子女每人每月100元，直到自立为止。

第二天，陈鹏飞书记和唐立浩县长上了西井山，专程看望了王海潮的家人，并当场宣布了这个决定。

2008年7月9日，《山西日报》头版头条刊登了《山村支书——追记平顺县西井山村支部书记王海潮同志》的报道。当天，山西省委书记张宝顺在报纸上作出了在全省党员和基层干部中广为宣传与学习王海潮同志先进事迹的重要批示。长治市委作出了向王海潮同志学习的决定。

下石壕的岳先来上西井山参加了王海潮的追悼会，尽管他与海潮的交往不深，但还是让他震惊不已。去年元旦，海潮还来下石壕喝酒，与佛堂村一

时任山西省委书记张宝顺在《山西日报》的批示

中共山西省委书记张宝顺关于向王海潮同志学习的批示：

　　王海潮同志的事迹十分感人，他是一位优秀的共产党员，是一位优秀的党支部书记，在他身上体现的践行科学发展观，一心为民、无私奉献、艰苦奋斗、自强不息的精神，是广大党员特别是农村基层干部学习的榜样。请进一步了解王海潮同志的工作和精神，在党员和基层干部中进一步宣传和学习。

　　省委组织部，长治市委对其家庭生活中困难要予以关心。

起商量修路的事。现在，路开始修了，可海潮竟然先走了，再也看不见心想的路。岳先来知道，这时候怀念海潮，最好的方式就是修好路。

还在3月初，岳先来就带人开了工。工程越往上，施工越艰难。悬崖上作业没有工作面不行，只好从山顶把人吊在半空中抡锤打炮眼，先凿出工作面来。空压机上不去，只能是拆卸开，吊上去再装。

石方工程爆破后，有些炸起的石块被山上的树木挡住，有的还成窝、成堆，一有个风吹草动就会掉下来。有一次，岳先来和一辆挖掘机正在沟里干活，风一吹，突然塌下一堆石块，正好落在挖机旁，把司机吓得不轻。司机不干了，说这是卖命哩。岳先来赶紧给人家说好话，又亲自带人攀上崖把危石撬下来，司机这才硬着头皮又干起来。

为确保施工安全，岳先来组织力量爬上山崖、树林清理危石，整整清理了一天才清理完。

中秋节，岳先来没有回家，过在工地上。他把多年来卖花椒积攒的钱，连同干部补贴共2万多元，拿出来买了柴油和支付了机械的费用。

到了离山顶最后一个山坳时，弯道急了些，怎么也接不到山嘴上，只好废弃。第二次过山坳，加大弯道半径，再度增加坡度，这才勉强接住。从山嘴到庄果上山顶，又是一个陡坡。于是，这里形成了一个"S"型大陡坡，坡度超过了公路标准的极限。

1公里多的山路，吓跑了18家专业施工队，在石城镇党委的坚强领导下，在下石壕"愚公"的带动下，硬是完成了路基的基础工程。专业工程队认为不可能的事情，在平顺人的手里变成了现实。

2008年9月，全县重点工程大观摩，由县四大班子领导及有关部门负责人组成观摩团，观摩全县的重点工程建设。这一天，观摩团来到庄果上，要从这里下到下石壕，走一走这3公里的险路。

这天，下起了雨。王克组织人在路上铺了点土，早已不知冲到哪里去了，路上都是棱角分明的石头。其实，王克在组织人铺土的时候就很难，小四轮不上，说是石头要割破袋哩。他就组织人担土上了山。

观摩团成员分乘几辆中巴车，往山下走了没几步，停住了。人员下了车，步行往下走。大家说："这路太怕了，走上比坐车好。"

司机也不敢往下开。平顺的路就够险了，他们还没有见过这样险的路，腿都吓软了。

陈鹏飞书记不下车，坚持要坐车下山。他跟司机说："稳住，路能修好了，车还不能走？有我在，你大胆往前走。"

王克在山下等着观摩团。下石壕的老百姓也在等着观摩团。王克看看天上的雨，看看路上的石头，他想观摩团来不了。老百姓使劲地朝山上看着。

山上下来一辆车，车上下来陈鹏飞书记。王克紧走几步迎上去，一把握住陈鹏飞书记的手，一张嘴，泪流满面。

陈鹏飞书记握着他的手说："好你的啊，你把不可能变成了可能。"

王克说："我还想你们下不了山了。"

陈鹏飞书记说："不来走走这山路，就不知道什么是平顺人的精神。王克，这一段工作辛苦了，你为全县树立了榜样。"

王克说："没有县委的决心，没有县委的坚强领导，这路根本就不可能修成。"

老百姓高兴地说："陈书记能从山上下来，我们的路是真通了！"

2011年6月，我们采访了王克。王克已经是平顺县政协副主席、县政府办公室主任。他跟我们说："我就不想来接受采访，实在是不愿意回忆修路的事。那真是太难了。下石壕的老百姓吃了很多的苦，岳先来也好，石城镇水利员老岳，原镇里的人大主任申建斌，广播员老魏，都是吃了大苦，出了大力的。我跟你们说，我们天天去工地是爬哩，是五条腿爬，一条腿的脚后蛋要用劲蹬，膝盖还得用劲顶。"

他说到这里哽咽得说不下去。他擦了擦眼泪说："对不起啊，我不能说了。"

他说完向我们摆了摆手，起身就走了。

虹梯关乡党委书记王喜萍上西井山参加了王海潮的追悼会。下了山，她立即召开乡党委会，要大家继续把虹梯关乡的公路工程搞好，以实际行动缅怀西井山好书记王海潮。

公路工程去年已经铺开了摊子。"5·27下石壕会议"后，虹梯关乡就发动群众，开工建设西井山至店房岭的9公里旅游路。当时乡党委书记申建国还有一个想法，就是把虹梯关乡政府至佛堂村店房岭的25公里山路扩宽至6米，形成西井山的循环路。他们提出的口号是："大干100天，打通断头路！"

正因为循环路已经开工，申建国很想让领导看看这条路，这才有了8月20日陈鹏飞书记爬大山4个多小时的被"忽悠"一事。

大干了100天，西井山至店房岭的9公里旅游路拉通，循环路工程还在进行中。

王喜萍2008年1月3日接任虹梯关党委书记后，在年初，天寒地冻时带人踏勘了循环路，从虹梯关村走到北秋房村、碾凹村、佛堂村。这一线在大山中盘旋，形成了多处山嘴急拐弯、山脊填方路，不仅施工条件差，而且基本都是石方工程。

她们在路上走着，一个农村妇女竟一直跟着走了十几里路，扛着一个篮子，提着一个暖瓶。开始王喜萍没在意，后来发现她一直跟着，于是问她："你一直跟着我们干什么？"

那位妇女说："你都是来修路的，走走也是竭力哩。要是走得干（渴）了，也好有口水喝。"她说着，从篮子里拿出4个碗，倒上暖瓶的水，水冒着热气。

端过水，王喜萍差点掉了泪。

2008年3月19日，第二天就是春分了，王喜萍决定两条线同时开工，把民工和工程队开上工地。恰在这一天，王海潮出事了。

参加完王海潮的追悼会，王喜萍就召开党委会，提出要以王海潮为榜样，大战70天完成路基改造工程，10月完成水泥路面铺装。

王喜萍每天都在工地上，指挥石方爆破，组织机械力量，检查工程质量。有的施工机械不愿意来这大山深沟，王喜萍就"忽悠"他们上了工地；几次石方爆破，王喜萍站在高处指挥。几个男人悄悄地说，这个妇女真胆大。

百姓挖路基，是家家落锁，全体出动。大家自带挂面锅碗，中午不回家，天黑才收工。人们回到家里，都快半夜了。

施工用水困难，老百姓就把洗脸、洗菜、淘米的水担到工地。王喜萍说，一担水一毛钱。没有一个老百姓来领过这个钱。他们觉得这就该哩，还

□ 太行天路

能要钱？有的老百姓主动去山上寻找水源，挑水送到工地上，这使王喜萍很受感动。

2009年，王喜萍多次找郭忠胜局长，一共争取了8条线路、总长38.5公里的筑路项目。

当时，山岭四级公路的补助标准是1公里10万元。10万元是拿不下工程的。但是，王喜萍说："10万（元）也干。我们太需要路了。没钱，先干开再争取，再想办法。"11月底，虹梯关乡的8条线路，硬是全线铺装完工。

2009年，西井山至下石壕的旅游路铺成了水泥路，虹梯关通往西井山的循环路也铺成了水泥路。

陈鹏飞书记专程来看了这条路，又是走一路感动一路。他说："看看这路，好你的啊，这才叫太行天路！"

有了太行天路，冯骥才一行才有机会一览太行山雄山大壑的真容。他们步行走了"S"型大陡坡。走到山坳处，冯骥才回头眺望，什么也没说，一脸震惊，一脸激动。

太行山巅的公路叫太行天路，很贴切。其实，平顺所有的路都可以称之为太行天路。"上党从来天下脊"，这是宋代大文学家苏东坡对上党的赞扬和敬畏。长治，古称上党，是因太行山之高可与上天为乡党。平顺在太行山上，"天下脊"当之无愧。"天下脊"的路，还不是太行天路吗？

站在太行天路，看太行群山奔涌，会有一种气吞山河的畅快感。

又一年的迎春花开了，嫩黄嫩黄的，一坡又一坡。山桃花也开了，粉白粉白的，一山又一山。

五、大路出山的精彩

2007年4月7日，陈鹏飞书记在走后石线的时候，对郭忠胜说过，平顺县城到长治市的路都不行，一下雪，县里的人出不去，外面的人回不来，你们交通局要考虑。

郭忠胜心里很清楚，从县城去长治，最早走的是长李线，最多走的是青羊线，其余还有的也能绕到长治，那肯定就不是陈鹏飞书记说的意思了。

平顺县城去长治最早的公路，是1954年修通的出县城向北，路经留村，到达潞城市微子镇的微平路。这是平顺县的第一条简易公路，也是后来的第一条油路。1958年建成了出县城向西，路经城关镇王庄村，翻越海拔1400多米的西岭，通过南社村、苗庄村，走壶关县境，进入长治市区的路。两条路连起来，就是现在的长李线，1979年被列入山西省省道管理。长李线在平顺县城的过境段，也是县城的兴华街。这就形成了平顺县城"街路不分"的尴尬。

青羊线东起县城青羊镇王庄村，向西路经大渠村、孝文村、庙岭隧道、羊井底村，并延伸到壶关县的土河村、逢善村、北皇村，与李东线对接。

青羊线比长李线晚几年。1964年，羊井底公社开始修建羊井底村至土河村的公路，把河滩路改到了河岸上。1974年，羊井底村和孝文村一起打庙岭隧道，隧道375米长，打了整整10个冬天。1991年青羊线开工建设，1993年庙岭隧道至王庄村的河滩路改建到岸上来。1995年11月，庙岭隧道到羊井底村的3公里盘山路开通。2003年，全线铺筑沥青混凝土路面，达到了山岭区二级公路的标准，成为当时平顺县最高等级的公路。

出县城向西的这两条路，虽然都是油路，但都有盘山路，等级也不高，再一下雪，就更成问题了。

交通局要考虑，那就是在青羊线上打主意。现在的庙岭隧道是在庙岭山的上部，能不能在庙岭山的下部打个隧道，隧道虽然长了，但可以避开羊井底村的3公里盘山路。

郭忠胜有了这个盘算，派工程技术人员去进行踏勘测量。经过一番测量踏勘，得出的结论是，工程耗资太大。如果有这笔资金，完全可以新开一条路，就是向西走山谷底，穿过赢仗岭到苗庄村，跨过李东线继续向西，接南小公路，再有一个隧道，就在长治市郊区的南垂村一带与207国道对接，直进长治市区。

这个想法不稀罕。平顺县的领导、县交通局的技术人员，以前就多次议论过，认为这是县城通往长治市最佳的设计方案。由于立项困难，多少年来一直停留在设想和蓝图中。现在，人们看到了领导的决心，于是又把这个方案端了出来。人们认为，至少要按这个设想先打通县城至苗庄村的青苗线，即便不再向西，也可以在苗庄村上长李线，这样就不用再走盘山路了。

郭忠胜把这个意见汇报给了陈鹏飞书记。

陈鹏飞书记早就知道人们有这种想法。很多县领导跟他说过，过去几任领导都想开这条路，因为没有钱，立不了项，放下了。几任领导有这种想法，那就肯定有它的合理性。于是，他带着县交通局的人员，来踏勘这条路线。他们从青羊镇王庄村的沟底到郭和村，爬上了赢仗岭，再翻过赢仗岭，察看苗庄镇岭底村的地形。

很明显，赢仗岭的东西两边都是沟地，只要在赢仗岭打一个隧道，这条路的线形就很平整。

陈鹏飞书记又带着县四大班子领导，来踏勘这条路。大家说："这条路早该修了，线形好，距离短。"

陈鹏飞书记对县交通局局长郭忠胜说："抓紧时间，派人测设，争取早日开工。"

郭忠胜问："钱呢？"

陈鹏飞书记说："抓紧立项，争取资金，县财政可以先垫付一部分。"

2008年正月十七，县交通局的侯新梅副局长带领杨书堂、郭海亮等工程技术人员对这条线路正式进行测设。这天很冷，山上都是雪。

一周后，她们完成了测设任务。青苗线东起县城的王庄村，向西穿赢仗岭隧道，经青羊镇的郭和村，苗庄镇的岭底村、东五马村，至于苗庄村，与省道李东线对接。全线按平微区二级公路标准设计，全长10.5公里，土石方工程120.6立方米，涵洞20道，防护工程7466立方米，赢仗岭隧道950米。

陈鹏飞书记把这个方案拿到县常委会上研究。大家反复研究讨论后，拍板决策，咬紧牙关也要上马这条路。陈鹏飞书记说："平顺要发展，平顺要建成长治市的后花园，县城到长治市就必须要有一条高等级的公路。"

2008年3月2日，风和日丽，阳光明媚。县委书记陈鹏飞、县长唐立浩、县人大主任苏和平、县政协主席杨显斌等四大班子领导，挥锹为青苗线工程开工奠基。

工程以赢仗岭隧道为界，隧道以西为西段工程，隧道以东为东段工程。

2008年3月，东段路基工程率先开工，由侯新梅负责。7月1日，平顺县组织有关领导观摩了东段工程的进展情况。这时的路基工程已经基本成型，受到了观摩团的一致好评。

赢仗岭隧道是青苗线的咽喉工程。施工队伍也是几经周折，方才换成浙

江的周忠林老板的工程队。工程队从2008年8月20日进入工地，一直干到2009年7月14日全洞贯通，连过年都没有回家。

7月15日，县四大班子领导和老劳模申纪兰参加了隧道贯通仪式。2009年，吴小华上任平顺县人民政府县长。他在隧道贯通仪式上对隧道工程给予了高度评价。各施工单位也纷纷表示，要再接再厉，一定不辜负县委、县政府的厚望，保证工程于9月底完成，向国庆60周年献上一份厚礼！

西段路基工程于2009年3月开工，由赵玉才负责。赵玉才是县交通局党组副书记、纪检组长。西段路基工程于2009年11月8日完工。青苗线路基工程全部告竣，山中的大路初见端倪。

陈鹏飞书记说："通了车，就是全天候无障碍。"

2009年12月29日，平顺县交通局改称为平顺县交通运输局，石旭东上任县交通运输局局长。他原来就在县交通局工作几十年，曾任副局长、党组书记。2007年4月，他调任东寺头乡党委书记，现在再回交通部门。

□ 陈鹏飞视察长（治）安（阳）高速公路虹梯关隧道

□ 长（治）安（阳）高速公路平顺县城过境段

2009年，长治市的绕城高速公路和长安高速公路开工建设。长安高速公路是长治市至河南安阳市的高速公路，横贯平顺县中部的东西全境。

这条高速公路的开工建设，与平顺县县委、县政府的积极争取有着直接的关系。

长治市境内的首条高速公路，是2002年9月建成的长治市至河北省邯郸市的长邯高速公路。2004年12月，长治市至晋城市的长晋高速公路建成通车。2005年9月，长治市至太原市的太长高速公路建成通车。按照规划，下一步长治市境内的高速公路，将要开建长治市至临汾市的长临高速公路和长治市至河南省安阳市的长安高速公路。公路圈内的人们认为，长临高速公路开工在前，而长安高速公路开工在后。

长安高速公路东西贯穿平顺县的中部地区，必然会极大地拉动和提升平顺县的经济发展，平顺县委、县政府的主要领导多次到山西省交通运输厅、国家交通运输部去争取早日开工。

申纪兰每到北京参加全国人大，都要把长安高速公路的开工建设作为人大代表的提案报上去。陈鹏飞书记还和申纪兰一起多次到山西省发展和改革委员会争取立项、评审。经过不断的努力，2009年长安高速公路正式开工了。而这时，长临高速公路还在筹划之中。

2009年，省道河潞线改建工程正式上马。这原来是上党六大古官道之一，沿浊漳河贯穿平顺县北部的东西全境。有史记载，秦始皇回銮，逆浊漳河而上，走的就是河潞线。浊漳河夺路而走，弯弯曲曲；河潞线依崖临谷，曲曲折折。1961年，这条路建成简易公路，1996年经过大规模改造，两年后建成油路。15年过去了，这条路不堪重负，急需改造。陈鹏飞书记、申纪兰主任，以及县委、县政府领导和有关部门反复与省交通厅联系沟通，在与长治公路分局的共同努力下，终于开工改建。2011年，河潞线改建工程全线完工。

为了确保长安高速公路和河潞线改建工程的顺利进行，平顺县专门成立了地方协调领导组。领导组经常在工地现场办公、解决问题，受到了施工单位的高度赞扬。陈鹏飞书记经常对同志们说："我们争取回这些项目不容易，一定要像支援上党战役那样支援重点工程建设。经济发展需要一个好环境，公路工程也需要有个好环境，我们平顺县就要创造一个良好的环境。"

2010年6月17日，山西省重点工程建设慰问演出文艺晚会在太原举行。在晚会上，山西省人民政府授予平顺县"支持重点公路建设优秀县（市、区）"光荣称号，授予陈鹏飞"山西省支持重点公路建设先进个人" 光荣称号。

现在走进工程工地，人们看到的已不是"抢锤头、斗石头"的景象了，而是大型筑路机械一字排开，重型运载车你来我往，高架桥横空出世，一派现代化施工的气象。

毫无疑问，新建的012国道平顺段、长安高速公路，以及河潞线的改造，都是平顺县高等级公路建设的起点，将会改变和优化平顺县的公路架构，大大提升平顺县公路的通行能力。

平顺县道路交通的发展变迁，是共和国山老区发展变迁的一个有着典型意义的缩影。新中国成立后，平顺县从只有古官道、羊肠小路、河滩路开始，经过不息的奋斗，发展到了高速公路贯东西、通市大道二级路、干线公路等级化、通村公路水泥化，形成了以高速公路、省道、县道为主骨架的"三纵五横"的现代公路网。

平顺县三纵五横公路架构示意图

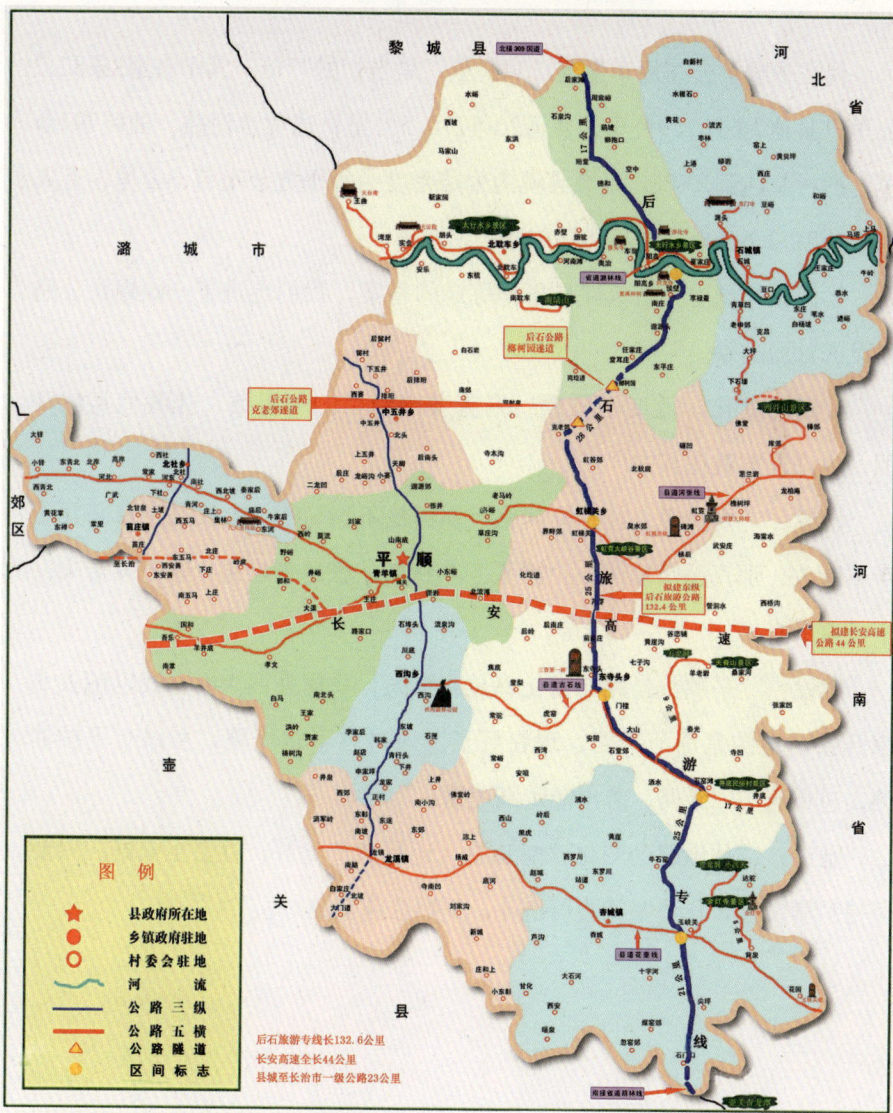

黎城县

河北省

潞城市

郊区

河南省

县

全球 309 国道

后石岱路椰柯园隧道

后石岱路克老郊隧道

拟建东纵后石旅游公路132.4公里

拟建长安高速公路44公里

图例

★ 县政府所在地
● 乡镇政府驻地
◎ 村委会驻地
～ 河　流
— 公路三纵
— 公路五横
△ 公路隧道
○ 区间标志

后石旅游专线长132.6公里
长安高速全长44公里
县城至长治市一级公路23公里

三纵： 后家滩村至石门口村
　　　留村至龙镇村
　　　北社村至苗庄村

五横： 长安高速公路平顺段
　　　实会村至河口村
　　　小铎村经县城、张井村至龙柏庵村
　　　土河村经县城、西沟古罗至井底村
　　　消军岭村至花园村

121

现在平顺县公路通车里程1234公里，是当初的77倍，其中省道2条82.2公里，县道7条267.9公里，乡道26条210.5公里；通村水泥路、油路797公里，通村率达到100%；平顺县境内公路密度为每平方公里77.3公里，万人拥有公路72.6公里，两项指标位居长治市第一。

我们在寻觅着太行天路是怎样炼成的答案，我们走进了一幅现代公路建设的壮丽画卷。

公路的变化，改变了平顺。老劳模申纪兰的一番话，让我们豁然开朗，也许答案就在其中。

她说："要我说，在平顺修路，那真是不容易哩。全民义务修路几十年不断头，那真是啃窝头、抢锤头、斗石头，难是真难来，苦是真苦来，干是真干来。"

她说："平顺县公路的变化真是非常大。我嫁来西沟时，我以前去北京开会，走的是那河滩路。现在好了，通村有了水泥路，乡镇有了柏油路，进市有了二级路，外出能走高速路。"

她说："从道路的变化就能知道，还是共产党好，社会主义好。只要坚持科学发展，只要坚持艰苦奋斗，平顺会越变越好。"

第四章
山上好大树

2007年4月7日，陈鹏飞书记从石门口到杏城镇，再经石窑滩、东寺头、虹梯关，在鸿昇石英砂公司调研后，上了西井山。

他这次是走了后石线的南线和中线。他在沿途看到了什么？

杏城一带，山上有林，绿绿的；向北走，山上没林，秃秃的。他对郭忠胜、段志刚说了一句："该叫平明则一起来，让他看一看，就知道今后造林绿化的任务有多重。"

平明则，是平顺县林业局局长。

在平顺县，不抓绿化的领导不是好领导。在平顺县，山地面积占了89.5%，人均12亩。不做好，或者做不好造林绿化这片大文章，老百姓是不买账的。陈鹏飞上任平顺县委书记，在2007年的"三干会"上，就把"山地兴林"和"创建全国生态强县"列入了"双五"战略和"五大"目标中来。

正因为如此，陈鹏飞书记的目光一定会盯着一山又一山，也深感今后的任务很重。他的那句话是说给平明则的，也是说给自己的。

在4月8日西井山座谈会上，陈鹏飞书记又专门讲到了林业。他说："要坚定不移地大搞植树造林。平顺的林业建设工作搞得不错，但是不修路就不知道有差距。新修了一条后石路，就暴露了我们的差距还很大。从今年开始，林业建设要把沿线造绿、荒山披绿的重点放在后石公路沿线和荒山上，迅速铺开，扎实推进。"

陈鹏飞书记在学习"6·25"讲话的辅导报告中，再次阐明了生态建设在平顺县极其重要的地位和作用。他说："创建全国生态强县，是山地兴林的目标，抓住了平顺山大沟深、气候多样、植被丰富的优势，不仅是可以使平顺再绿起来、美起来、富起来，而且是和谐发展、构建资源节约型和环境友好型社会的必然要求。"

大搞植树造林，是平顺县的既定方针。从2007年开始，平顺县呈现出一个逐年提升的态势。

在"创建全国生态强县"目标的鼓舞下，平顺县的生态建设又会是怎样的一道风景线呢？

一、山中那片好绿色

2007年2月13日，陈鹏飞书记在上任的第一天下午去西沟看望了老劳模申纪兰。

这是个腊月天，西沟山上一片一片墨绿的松林特别醒目。

陈鹏飞书记非常清楚，平顺县的植树造林一直在全省乃至全国都是赫赫有名的。他1992年第一次来平顺，就是来参观学习平顺的植树造林。

平顺县人民坚持植树造林，这不仅是响应绿化太行山的号召，更多的是自身生存和发展的需要。假如太行山不是荒山秃岭而是林草丰茂，人民何必又去费劲儿造林呢？

1970年8月22日，西沟的李顺达上了庐山，参加23日下午开幕的党的九届二中全会。他上到庐山的第一感觉，绝不会像毛主席那样预感到有什么政治的风雨，而是一看庐山的森林蔽日，就觉得西沟的绿化赶不上庐山，还得要好好干。

太行山原本就是荒山秃岭吗？不是，至少在上古时期是和庐山差不太多的。你信不信？不信？有两物为证。

一物是煤。上党是煤炭之乡。不要看平顺县没有煤炭资源，但周边的县市都有，所以日子就好过得多。煤炭的生成，就是因为地表的森林在地质运动时埋到了地下。换句话说，这里一定有过森林。这是正论。至于有人说，后羿射日时，天上的太阳掉下来变成了煤，你不要信。那是神话传说，除了给人们提个精气神外，就是逗你玩儿。

还有一物是人参。人参是长在自然植被优越的地方，最早的人参就生长在上党地区，叫"党参"。平顺县的特产有党参，可见这一带曾经也是草木葱茏的。后来，地质运动、天灾人祸，上党的植被日渐恶劣，人参去长在东北的大森林中了。

野生的党参现已不见踪影，人工种植的党参还在市场上叫卖。现在人们把人工种植的党参起了个新名："潞党参"。这不算画蛇添足，只是要与党参有个区别，也算是对过去好过的植被有个念想。

太行山什么时候变脸，我们无据可考。但可以肯定的是，申纪兰嫁到西沟来时就是这样荒山秃岭。

面对荒山秃岭，人们最好的选择就是植树造林。

人类是离不开树的。这不是说人类在类人猿的那个阶段是从树上采集果实、用树叶遮体得以温饱而离不开树，而是说就是到了农业文明、工业文明、信息文明的时代，人们已经衣冠楚楚，城市已经灯红酒绿，科技可以无土栽培、可以翱翔太空了，那也离不开树。

人类与树木是血肉相连的生存形态。对于植树造林、对于自然生态，人们漠视了，忽略了，或者以为是征服了，那都会危及人类生存的本身。恩格斯说得深刻。他说："我们统治自然界，绝不像征服者统治异民族一样，绝不像站在自然界以外的人一样，相反，我们连同我们的肉、血和头脑都是属于自然界的，存在于自然界的。我们不要过分地陶醉于我们对自然界的胜利，对于每一次这样的胜利，自然界都报复了我们。"

我们的确是曾经想征服过，也的确陶醉过一些胜利，当然也叫自然界狠狠地报复过，现在还在报复着。我们现在已经不再喊征服大自然一类的口号了，因为征服不了。我们现在是讲和谐，讲人和大自然的和谐。这就对了。这显然是人类认识自然界、认识自身的一个质变的提升。

人类离不开树，就必须植树造林，尤其是在太行山区。植树造林可以保水保土，调节小气候，这都是成熟的理论。当然，要让老百姓认识这个理论需要有个过程，这个过程来得并不轻松。

申纪兰嫁来西沟，当时合作社的一项主要任务就是在山沟里、在河滩上打坝造地，以增加土地面积来增加粮食产量。问题是，一下雨，山上就来水，冲塌了坝，冲毁了地。没办法，人们这才想到在山上植树造林。

"栽活一棵，不愁一坡"，这就是李顺达当时发动西沟人种树的口号。山上种松柏，沟底种杨柳，半坡种梨果，这是西沟种树的计划。申纪兰带领妇女上山种松籽，还自己编了新民歌，唱着给大家鼓劲儿："走一山来又一岭，小花背上来播种。今年种上松柏籽，再过几年满山青。"

经过几年的奋斗，西沟的生态环境有了很大的改变。山绿了，一坡一坡的小油松生机勃勃，拦了水，保了土，造福了百姓。

西沟人在20世纪50年代末就开始在河滩上挖坑、填土，种苹果树。用申纪兰的话说，那真是"两头见星星，一天两送饭，苦干加实干"。西沟有了苹果，太行山上才有了苹果。

中央华北局的领导在西沟栽过树，农业部的领导在西沟栽过树，山西省委、长治地委的领导在西沟栽过树。

改革开放后，当党和国家领导人来到西沟，看到满山松林，都是赞叹不已，为了这种精神，也为了松林满山。

羊井底的武侯梨也是因为植树造林而成为全国劳动模范的。1953年，国家林业专家郝景盛亲自帮助羊井底制定了一个《羊井底林业建设规划》。这是全国第一个村级林业规划。武侯梨就按照这个规划封山造林。小松苗出土了，羊井底人黑夜也守在山上，一会儿敲敲锣，一会儿打两土枪，生怕畜牲作践了小苗。十多年过后，羊井底有了万亩松林、千亩梨园。

武侯梨上了年纪，还要上山去种树，哪怕是刨几镬，歇一歇。他有一笔心债，羊井底离当年的"规划"还差得远，得赶紧种哩。

以申纪兰为代表的一代老劳模，是造林绿化太行山的先行者，都为植树造林作出了巨大的贡献，取得了卓越的成就。

　　有了这些榜样，后来者更是奋发图强。

　　留村种植花椒树，是桑林虎到西沟、羊井底学习参观后下决心干的。有意义的是，留村开始了干石山区的阳坡绿化，而且是以经济林为主。当时是"以粮为纲"，平顺有的地方开始砍树种粮，而留村却是悄悄地种树。桑林虎组织了一支老愚公队在沟地栽苹果树，他又带人在山上开山造地种花椒树。从1969年开始，留村是年年垒岸造地，年年种植花椒，10年下来，满山的梯田里种了12万株花椒树。

　　1985年，华北6省市干旱阳坡绿化学术讨论会在平顺县召开。专家们说，留村在阳坡上搞绿化，营造周期短、见效快的经济林，不仅有效地控制了水土流失，而且为全国干石山区治穷致富探索出了一条新路。

　　干石山区阳坡绿化，刘家村也是大名鼎鼎。

　　1984年，山西省林业科学院在平顺县进行太行山石灰岩山区干旱阳坡绿化造林试验，找了几个地方都不太理想，原因是这些地方都已经种植了一些树木，很难看出试验的效果来。就在这时，刘家村党支部书记牛来好找上门来，要专家们去看看刘家村的后沟怎么样。

　　刘家村属城关镇，在山坡上，村后有条沟，很长，说起来有15里长，实际不止。省林科院的工程师蒋世泽问："后沟有树吗？"

　　牛来好说："没有，也想种来，没成。"

　　省林科院的专家们到后沟一看，一条又深又长的大沟，一棵树也没有。蒋世泽说："我们找的就是这地方。"

　　1985年春天，刘家村成了省林科院阳坡绿化造林的试验区。按照省林科院的要求，一亩地刨320个坑，补助7元钱。每个坑深1米，长1米，宽90公分。收完秋，牛来好就带着村民到后沟的山上刨坑去了。一个冬天，刨坑2000多亩。第二年开春前又刨了1000多亩。在山上刨坑很辛苦，手都被冻裂了，裂开的口子淌着血。

　　1986年春天，省林科院的专家们在刘家村容器育苗50多万袋。雨季一到，容器育苗移栽上山，一亩补助3元。刨好的坑要垫土才能移栽，山上没土，得从山下往山上担。山下到山上5里多路，担着重担一溜上坡，刘家村的好劳力都把肩膀磨得又红又肿。

　　小松苗见雨就长，绿生生的，招人待见。刘家村人继续刨坑、垫土、育苗、栽苗。省林科院试验项目的计划是5年造林1万亩，实际上，刘家村3年造林12000亩，成活率90%。

1988年，牛来好被评为山西省林业劳动模范，省林科院奖励他4000元钱。牛来好用这4000元钱，给村里上山种树的每个村民买了一双解放鞋，奖励给劳动表现特别好的三户人家每户一条毛毯，剩下的钱给村里买了一台磨面机、一台脱谷机。后来，县领导知道了这件事，给了牛来好一个廉洁奉公荣誉奖。

牛来好当了23年村党支部书记，带领村民种了23年树，受到林业部、财政部的联合嘉奖，被称为"刘家的路子"。

□ 刘家村后沟松林

就在刘家村容器育苗绿化阳坡大见成效时，一个叫路爱平的汉子上杏城乡当了党委书记。

杏城乡在典型的高寒干石山区，平均海拔在1600米上下，全乡17个建制村，147个自然村。1988年9月，路爱平担任乡党委书记后，先以东罗川、赵城、十字河三个村为试点，推行容器育苗造林。当年容器育苗27万袋，造林1000亩，成活率90%。接下来，3年造林2万亩。路爱平一年穿破好几双胶鞋，发动群众，硬是把杏城乡建成了"无荒山乡"。

1993年7月，林业部造林司司长朱俊凤来看了杏城的荒山绿化，当场决定奖给路爱平"全国绿化奖章"。

1994年，全国太行山区阳坡绿化工作现场会在长治市召开，代表们在杏城乡参观了两天。杏城乡被誉为"太行山绿化示范乡"，路爱平获得了"全国绿化奖章"。

平顺县还有一位曾经当过党委书记，离休后开始植树，也叫平顺人心生敬佩的人。这个人叫刘科歧。

刘科歧，1927年出生在青羊镇草庄沟村，后迁居到青羊镇崇岩村定居，今年84岁了。他从小放过羊，当过儿童团长，参加工作后，当过乡镇党委书记、县水利局局长，主持修建过候壁电站，1988年从县经贸委离休。

□ 刘科歧上山浇树

他离休后第一年养了1头猪，第二年养了4头猪。卖猪卖了1000元钱，他用卖猪的钱买上蜗牛苗，送给村里的家户养，结果赔了个精光。他这才想去种树。村委会同意他种树，但没有产权。他说："我不要产权，只要能种活些树就好。"

1990年立春，刘科歧扛着锄头上石岭山刨坑去了。老伴反对他，可又不放心，便陪他一起上了山，从立春刨坑刨到立冬。1991年春天，他买了一车树苗栽下，只活了一半。第二年一开春，他又买了一车树苗栽好。为了浇树，他每天往山上担水。山路不好走，他又上了年纪，摔倒过几次，桶里的水全洒了。后来，他把水桶换成水壶，这样即便摔倒了也不会洒了水。老伴心疼他一个人挑水太累，就自己找了些饮料瓶往山上带水。他还在山上挖了个小窑洞，装门上了锁。他收集了好多好多饮料瓶，装满水，只要上山就带上，需要的时候浇浇小树，不需要的时候就存放在窑洞里。有一年到春天用水的时候，饮料瓶里的水都还冻着哩。

刘科歧就这样坚持种树，20多年如一日，把崇岩村没主的荒坡都种满了。

有人跟他开玩笑说："你都快死了，还种树干什么？"

刘科歧说："不怕，我死了，树还活着哩。"

刘科歧老人说，活着就要干事，干好事。不管贡献大小，有点就比没有强。

平顺县的造林绿化，平顺人的艰苦奋斗，使党和国家领导人都赞叹不已。

1994年8月，时任中共中央政治局常委、国务院副总理朱镕基来到西沟的东峪沟山，看了西沟的荒山绿化，听了申纪兰的介绍，高兴地对申纪兰说："纪兰啊，凭着你在西沟的植树经验和精神，真能当个负责绿化工作的总理助理。"

申纪兰说："总理你走了，见还见不上你哩，我去哪助理？我还是在西沟助理吧。"

朱镕基副总理爽朗地笑了，申纪兰高兴地笑了，满山飞着欢声笑语。

1995年4月7日，国务院总理李鹏来到留村。桑林虎向总理汇报工作，一口林县话，说得又快，还是编好的顺口溜："高山远山松柏山，低山沟凹花果园，背坡核桃地埂化，阳坡花椒连成片。"

李鹏总理一下听不懂桑林虎的话，于是说："你慢些，慢些。"

桑林虎说："总理，我不能慢，规定我只有20分钟汇报时间，慢了我说不完。"

李鹏总理笑了，说："没关系，你慢些。"桑林虎这才一字一板、抑扬顿挫地汇报了留村几十年来绿化的经过和现在的成绩。

李鹏总理高兴地为留村题词："发展科技，再创辉煌。"

为了植树造林，平顺人民艰苦奋斗几十年，有过风雨，历尽艰辛，经过折腾和反复，也有委屈和不平，但更多的是有了成就，有了收获，留下了山中那片绿色。这就留下了生机，留下了希望，留下了一种精神，留下了"创建全国生态强县"的坚实基础。

又一个生机勃勃的春天，来了。

二、活人不能栽死树

2007年4月7日，陈鹏飞书记走后石线、上西井山时没有叫上平明则，多少有些遗憾。要是让他一起走后石路，他就会看到沿路的山上还需要大规模地搞绿化，林业的任务还很重。

其实，平明则又不是没有走过后石路，林业的任务还很重，他心里清清楚楚。

2007年春节后一上班，陈鹏飞书记就到县林业局进行调研。平明则汇报了林业局近几年的工作情况和2007年林业工作计划，陈鹏飞书记感到很满意。

平明则是平顺县林业战线的一名老兵、老领导。他1975年在山西省林业学校学的就是植树造林专业，1977年毕业后，在平顺县大渠林场担任林业技术员。

第二年，他参与了平顺县东山育材林基地的规划工作。这一年，他跑遍了全县20多个乡镇，一年穿破了好几双胶鞋。规划工作完成后，他又到全县各个造林点去指导植树造林工作。那时候他还年轻，白天干活累了，在山上躺一躺就起来继续干活；到了晚上，走到哪个村就住在哪个村的大队部。他不嫌被子脏，因为自己也脏得风尘仆仆。

1984年，他被调到县营林站当站长，又要营林，又要负责全县的林业规划。就在这一年，山西省林科院的太行山石灰岩山区干旱阳坡绿化造林试验项目选在了平顺，计划用5年的时间完成阳坡造林1万亩。他协助省林科院专家们工作，在新城、龙镇、底河、扬威等6个村进行容器育苗试验，育苗50万袋。40多天他没回过家，自己也成了容器育苗的专家。

1985年，刘家村、老马岭村成了试验基地。这年夏天，容器育苗要移栽了，平明则和林科院的专家们整天在刘家村的后沟跑，指导农民进行移栽。容器育苗上山了，平明则和蒋世泽工程师整天泡在山上，仔细观察小苗的生长情况。这年雨季后，树苗成活率达90%，宣告了太行山石灰岩山区干旱阳坡绿化造林技术的试验成功。

1985年秋天，太行山阳坡绿化技术论证会在平顺县召开。从此，这项绿化造林新技术在太行山区108个县推广开来。1990年，"石灰岩山区干旱阳坡绿化造林项目"获得林业部科技进步三等奖。平明则获得长治市干旱阳坡绿化造林二等奖。

1991年，平明则被提拔为县林业局副局长。6年后，他又到乡镇工作了4年。2001年，他从龙溪镇党委书记的位置上被调回县农业局当局长。2002年，农业局分设为农业局、林业局、水利局后，他担任了县林业局局长。

2002年，平顺县实现退耕还林7.9万亩，荒山绿化8万余亩。同时提出了植树造林要和生态经济同时兼顾的规划，在大面积种植油松、侧柏的同时，要间种山桃、连翘、仁用杏等经济树种，形成多树种带状混交造林模式。2002年、2003年、2004年，林业部连续三年在平顺县召开林业工作现场会，推广平顺县绿化造林的经验。

后石路的路基拉通了，县林业局就在候壁电站到榔树园村的河滩上打坝造地，建起了10里生态长廊，栽种了核桃、花椒、红枣、柿子、石榴、苹果、山桃、梨、杏等多种经济树种，而且是大苗栽种，效果明显。

从树籽直播、小苗裸根栽植的阴坡造林到容器育苗阳坡造林，从单纯的生态林到混交经济林，平顺县的绿化造林工作在不断进步。但是，由于平顺县山大沟深，到处都是宜林荒坡，植树造林仍是大有可为。

在平明则向陈鹏飞书记的工作汇报中，县林业局决心在县委的领导下，使平顺的林业工作再上一个新台阶。

2007年元宵节一过，平顺县县委、县政府在太原举行了"推进平顺又好又快发展献计献策座谈会"。平明则参加了会议，并随同陈鹏飞书记等拜访了省林业厅领导，争取支持。

在平顺县召开"三干会"之前，青羊山、长李线等造林工程已经开工。一天，陈鹏飞书记和平明则局长同车去察看这些绿化工程点。

平明则后来对我们说，只要有植树造林现场，陈书记就要下车看看，跟植树工人谈谈话，了解他们的生活情况，用"活人不能栽死树"的话激励他们。在施工现场，陈书记还指导工人覆盖石片、修剪山桃。

平明则说，陈书记是个多面手，对植树造林懂得还真是不少。

"三干会"上，县委出台了实施"双五"战略、主攻"五大"目标，把"山地兴林"提高到了县域经济发展的战略高度，把"创建生态强县"确定为平顺县科学发展、和谐发展的重要目标。

这一年，平顺县植树造林的指导思想是："身边增绿、沿线造绿、荒山披绿、见缝插绿、庭院添绿，实现生态效益、经济效益、社会效益、景观效益的同步增长。"

这一年确定了五项重点工程，一是青羊山绿化工程；二是太行山水乡10里生态长廊双千亩建设工程；三是退耕还林配套荒山造林1万亩，太行山绿化1.5万亩，经济林1万亩；四是义务植树50万株，乡乡创建生态园林村；五是每村要有环村林带。

2007年5月16日，平顺县召开创建全国生态强县动员大会。

陈鹏飞书记在讲话中明确提出，林业工作的重点是"构筑三道生态经济

防护圈，建设四处生态旅游景观园，打造五条绿色通道风景线"。这就是简称的"三圈、四园、五条线"。"三圈"是指外环水保用材林防护圈、中环干果经济林产业圈、内环生态防护圈。"四园"是指西沟森林公园、太行水乡湿地公园、天脊山自然公园、虹霓大峡谷地质公园。"五条线"是指后石线、长李线、河潞线、龙花线、古石线。

平明则有个平顺县植树造林"三跨越"的观点。他把容器育苗阳坡绿化称之为第一次跨越，把多树种混交造林模式称之为第二次跨越，把创建全国生态强县称之为第三次跨越。

我们还应该看到，植树造林的方式也在随着时代的发展而不断地进步，从群众义务造林发展到了组织专业队造林，从各村自主造林发展到有规划地造林，把生态效益、林业产业逐步与景观效益、旅游产业结合起来，形成大林业的发展态势。

夏日，平明则又跟着陈鹏飞书记到绿化工程点进行调研。

走在后石线上，沿线的荒山绿化已经铺开，刷了白灰的鱼鳞坑远远就能看见。

陈鹏飞书记对平明则说："不能是做样子看。"

平明则说："有雨就移苗上山，你可以去检查，缺了苗找我。"

走到中五井乡绿化点，陈鹏飞书记指着远处的山说："凡是公路上看得见的山，都要有工程，一年做不完做两年。那山是哪个村的？"

平明则说："（中五井乡）排珩村，已经安排了，造林队也上去了，你过个把月再来看，肯定就变样了。"

走到青羊线庙岭隧道出口的路段，看到造林队正在挖坑植树，陈鹏飞书记下车也参加了劳动。

平明则说："咱县的通道绿化不能和其他县比，咱是有的地段宽，有的地段就窄一些。"

陈鹏飞书记说："通道绿化要实事求是。能宽的地方就宽一点，不能宽的就因地制宜。我是说，'五条线'要先绿化，不搞一刀切。当然，不只是'五条线'，而是路修到哪里，树就要种到哪里。"

来到西沟，看到申纪兰也在路边的景点植树，陈鹏飞书记紧走几步上前说："申主任，您不要动手了，看着他们就行。"

申纪兰说："我就动弹吧，还能弄成个甚啊。陈书记啊，这路一改，又把荒坡建成个公园，真是把西沟弄好了。我（嫁）来西沟那会儿，从河滩过来上庙圪廊，从丹麦回来也是这。现在一建设，河滩也没了，庙圪廊也没了，全变了，变好了。"

陈鹏飞书记说："咱就是要越变越好。"

申纪兰说："变好了，李顺达也瞧不着了。"

陈鹏飞书记说："前人栽树，后人乘凉。老劳模心里都一样，都是盼着平顺变好哩。"

8月23日，西井山"变作风抓落实"动员大会后的第三天，平明则又跟着陈鹏飞书记看绿化点。

这次他们先上了青羊山。青羊山的绿化工程，是今年的重点工程。

青羊山在平顺县是名山，明嘉靖八年，平顺置县，县治就设在青羊山下的青羊里。换句话说，平顺县委、县政府就建在青羊山的山坡上，平顺宾馆门口有台阶路可以直接走上去。

过去，青羊山上的植被稀疏。2007年，县委决定把青羊山建成森林公园，列入"两园"工程。这样一来，青羊山的绿化顺理成章地成了2007年的重点工程。

县林业局把绿化青羊山的工程交给了张文中。

张文中是林业局返聘的技术顾问。他是1954年出生在青羊镇山南底村，1970年平顺中学高中毕业，回家种地。他在山南底村当了一年会计，5年党支部书记，1980年10月份考上了城关镇的林业员，1997年当了城关镇的副镇长，2000年离职回村。

因为他当过林业员，当副镇长的时候又分管林业，所以回到村里继续植树造林，后来就被县林业局返聘为技术顾问，每月1000块钱工资。

张文中组织了两个施工队上了青羊山，一个施工队的头儿叫王志平，另一个施工队的头儿叫张文刚。王志平是青羊镇张井村人，张文刚是山南底人。两个施工队各自组织人马，在张文中的指导下，完成荒山绿化工作。

青羊山上长满了山皂角，一蓬一蓬的，既不是景观树，又影响了整地造林。于是，在刨大坑整地的时候必须先挖掉妨碍栽树的山皂角，挖挖一蓬一蓬的山皂角就竭力哩。鱼鳞坑的大坑是642（长6尺、宽4尺、高2尺），小坑321（长3尺、宽2尺、高1尺）。挖好鱼鳞坑，还得从山下的山凹里担土上山，客土回填。鱼鳞坑里栽植侧柏、白皮松、黄刺梅、山桃等，浇树的水也是从山下往山上挑。

陈鹏飞书记经常一早一晚上上山，既看了工程，又锻炼了身体。平明则也经常上青羊山，主要是督察绿化工程。他给造林队的张文中说过，青羊山工程绝对不能含糊，这是在眼皮子底下，只能弄好，不能叫吃了批评。

这次他和陈书记一起上山，看到工程已经是有模有样。陈鹏飞书记说："这可是你林业局的样板工程，要下点功夫啊。"

平明则说："陈书记，咱哪个工程也下功，咱林业局搞的都是样板工程。"

一起上山的县交通局局长郭忠胜背过脸对平明则说："你瞎忽悠吧。"平明则说："重点工程，哪个也不忽悠。"

从青羊山下来，到了中五井绿化点停车。平明则指着排珩村的山说："陈书记，效果快看出来了。"

□ 早春时节，中午井绿化点山桃花开

过张井村，盘山上了老马岭。这一带的植被很好，松树都有几十年的树龄了。平明则介绍说，老马岭村在1986年也是省林科院阳坡绿化的试验基地。陈鹏飞书记说："要抓住这个优势，把这一带建成虹梯关观光林带。"

快到虹梯关，陈鹏飞书记先去看了山水庄隧道。隧道正在施工，隧道口部架满了支架。林州工程队的领导杨怀有向陈鹏飞书记汇报说："围岩的情况不是很好，容易冒顶和透水。洞是贯通了，正在做防护和衬砌。"

陈鹏飞书记对郭忠胜和杨怀有说："一定要注意安全，进度要加快，质量要保证。防水设施搞好，该加水工布的加水工布，该做暗渠的做暗渠，千万不敢叫山上的渗水把隧道毁了。"

郭忠胜说："陈书记你放心，这都交代过了。老杨的工程队多年和咱合作，信得过。"

杨怀有说："平顺、林县，一家人。工程质量，领导就请放心了。做不好，我就不行。"

陈鹏飞书记说："剪彩那一天，我请你喝庆功酒。"

"那中。"杨怀有笑着说。

翻过山水庄岭，穿过九曲沟隧道，就进到椰树园村到候壁电站的10里生态长廊。

这段路在阳高乡叫南河沟。南河沟有8个村，走的是条河滩路。2004年，赵文贤在阳高乡当党委书记的时候，发动南河沟的8个村，在河滩打坝，把路改到沟岸上。南河沟的路坝有7公里长，坝里填上河石、砂砾，碾压后形成砂砾路。这项工程干了一年才干完。后来，这段路成为后石线的一段，县交通局把这段路修成了油路，林业局在这里建设10里生态长廊。

平明则说："这是去年开始建的，大苗种植，树种多样，想一次成型。"

陈鹏飞书记说："只要是给老百姓造福，只要是对平顺的发展有利，不管是哪任领导决策的，都要继续干下去，一任接着一任干，直到干好为止。"

陈鹏飞书记又说："要加大10里生态长廊的建设力度，使这里形成平顺生态建设、经济林建设的一个品牌。"

看过几个点后，陈鹏飞书记对平明则说："看来林业上动作快、力度大，成效也明显。忠胜你说，平局长是不是总能给我们带来个惊喜？"

郭忠胜开玩笑说："干得不赖，也能忽悠。"

平明则说："我今年就到站了，干到年底，就是屎壳郎搬家——滚蛋。"

陈鹏飞书记说："林业上必须有把好手来干。老平，咱说好，不管谁来接班，你都得扶上马送一程。（林业局）书记的位置给你保留，你不能松劲啊。"

平明则没有说话，只是看着车窗外连绵不断的大山。

2007年10月，平顺县举行大观摩活动，林业是个亮点。

全县植树造林4.74万亩，东寺头乡的后石线荒山绿化3万亩，鱼鳞坑布满山岭，十分壮观，被列为山西省林业生态建设示范工程；"五条线"通道绿化227公里，退耕还林荒山造林1万亩，山桃嫁接扁桃5000亩，西沟、车当等24个园林村绿化面积1500亩，虹梯关百里观光林带初具规模，10里生态长廊再添新景；初步形成了荒山绿化生态化、环城绿化园林化、通道绿化多样化、村庄绿化景观化的格局。

这年底，虹梯关乡党委书记申建国调任县林业局局长，平明则保留林业局书记的职务。

他们会给我们一个怎样的惊喜呢？

三、还是种树事要紧

2008年1月25日，农历腊月十八，平顺县2008年"三干会"隆重召开。

陈鹏飞书记在大会上作了题为《坚定不移实施"双五"战略，全力以赴主攻"五大"目标，为建设富裕、文明、和谐、宜居新平顺而奋斗》的报告。

报告中对林业建设提出了更高的要求：要以"创建全国生态强县"为目标，大打生态建设攻坚战，形成城乡一体、分布合理、植物多样、环境优美、总量适宜、结构稳定的生态体系。

会议上明确了2008年林业建设的重点工程：县城绿化，重点在"两园"；通道绿化，重点在青羊线、长李线的县城至中五井段、平龙线的县城至西沟段；要高标准要求，一次成型、一次成景、一次成林；环城绿化，重点是建成县城周边万亩连片生态防护林带，包括完善3.5万亩省级西沟森林公园建设；荒山绿化，重点是完成退耕还林配套荒山绿化2万亩，太行山示范工程造林1万亩；经济发展1万亩；村庄绿化，重点在交通沿线的村庄，绿化覆盖面积达到20%以上，全部建成园林村。

春节假期后一上班，陈鹏飞书记到林业局给干部职工拜年。在谈到今年林业工作时，陈鹏飞书记说："去年是实施'双五'战略、主管'五大'目标的开局年，林业上成绩很大，带了个好头。今年的任务更重，全省要在长治市召开林业现场会，要重点来观摩平顺。我们要按照'三圈、四园、五条线'的总体布局，突出重点，以良好的生态效益、景观效益，迎接现场会观摩。"

陈鹏飞书记说："过去，平明则局长干得不错。现在（申）建国同志来林业局工作，大家要团结一心，努力工作，在新的要求下，把工作做得更好。在咱们平顺，一个修路一个栽树，乡镇领导都是行家，都知道该怎么干。栽不了树修不了路的领导不是好领导。省林业现场会在平顺能不能开好，能不能有听的、有看的，全看同志们了。"

新任局长申建国表了个态："我会虚心向同志们学习，尽快进入角色，有决心把工作干好，不辜负领导的信任。"

平明则书记也表了态："陈书记放心，我是该怎干怎干，只能干得比过去好。"

2008年4月10日，又是满山的迎春花开。

这一天，长治市交通沿线荒山绿化工作推进会在平顺召开。武乡县、长治县、襄垣县等县、乡、村干部及林业部门的有关人员与会。

大家参观了青羊线羊井底绿化点、长李线中五井绿化点、后石线东寺头绿化点，看到满山的鱼鳞坑条条为一线，坑里的树苗返成新绿，确实是既美观又实在。

会议总结平顺县荒山绿化的经验是：等高线，品字坑，大坑642（长6尺、宽4尺、高2尺），小坑321（长3尺、宽2尺、高1尺），两季（春、秋）栽苗木，一次浇透水，树旁全覆盖，管护紧跟上。

2008年4月24日，陈鹏飞书记带领县委四大班子领导，以及县林业局、青羊镇、西沟乡、中五井乡的负责人，一起沿青羊线、平龙线、长李线对荒山绿化与通道绿化进行调研。

陈鹏飞书记说："所有的鱼鳞坑里不准有死苗。林业局、各乡镇要组织人手，一个坑一个坑地检查，发现死苗立即补植补种。"

在青羊线万亩荒山绿化羊井底绿化点，陈鹏飞书记看到造林队正在施工。他问："这是哪儿的造林队？"

申建国局长回答："有两个造林队，一个是 '泽丰绿色林业有限公司'；另一个是'广丰工程有限公司'。两个公司都是青羊镇的。"

青羊镇党委书记路晓波说："'泽丰公司'就是张井村王红玉父子搞的造林队，最早在北流滩（村）搞过造林，干得不错，就一直干下来了。在这儿施工的是他的二孩子，叫个志平。'广丰公司'是山南底村的张文刚搞的造林队，张文刚是张文中的兄弟，技术方面的活儿主要是靠文中指导。"

他说着，看见了王志平，就叫了一声。王志平赶紧跑过来。

　　陈鹏飞书记问："工程能不能按时完成？"

　　王志平说："没甚问题，就是太竭力。"

　　王志平简要地向领导们汇报了造林队的情况。

　　这几年刨鱼鳞坑，是等高放线，品字排列，大坑642，小坑321。刨坑本来就是重体力活，坑刨出来后还要垒好坝，石头一律大小，一个鱼鳞坑大概要用0.2立方的石料。山上的石头不行，得从山下选好料往山上背。刨好坑，再客土回填。山上没土，还得背。填满一个大鱼鳞坑需要一方土，就是50斤重的面袋装40袋，1个人得山上山下跑40多趟。鱼鳞坑刷白的石灰水、浇树的水，还有树苗，都得从山下往山上背。山上又没个路，走得鞋破了、脚破了，都是常事。

　　羊井底这儿还好一些，半山上有个原来武侯梨的纪念亭，人们把水担到纪念亭，再用水泵往山上抽。

　　从春天开始，人们整天就泡在水里。早上是露水，稍走几步膝盖以下就全湿透了，鞋里头全是泥。晴天是汗水，太阳直愣愣地晒着，人出的汗都把衣服湿透了。雨天是淋水，天一下雨，山上没处躲，就得被雨淋着。

　　造林队挣的是血汗钱，受的是骡马罪。在牛石窑村造林，他们和驴睡一个圈。驴不习惯，一直叫，人和驴都没睡安生。

　　领导们听到这里都笑了。

　　"在羊井底怎么样？"陈鹏飞书记问。

　　"这儿好多了。" 王志平知道自己说漏了嘴，赶紧回答。

　　陈鹏飞书记说："志平，你告诉你的队员，咱眼下不吃苦，山就绿不了，老百姓就得过穷日子。咱吃了眼下苦，绿化了荒山，就为子孙造了福，以后就有好日子过。"

"这个道理我们也懂啊，就是竭力啊。" 王志平说。

陈鹏飞书记说："那好，回去告诉你爹，漂漂亮亮迎接了省林业现场会，我给你们庆功。"

2008年6月5日，山西省绿化委员会常务副主任、省林业厅副厅长霍转业，省造林局局长张云龙一行在市、县领导的陪同下，到青羊线万亩荒山绿化羊井底绿化点、县城绿化、环城荒山绿化、长李线中五井段绿化点进行了实地调研。这显然是要为全省林业现场会的观摩点打前站。

2008年6月18日，全省林业现场会在长治召开。

国家林业局局长贾治邦，省、市领导和全省各市县分管林业的副市长、副县长参加了会议。

□ 国家林业局局长贾治邦（中）参观平顺县绿化点

　　6月19日，与会领导和代表到平顺县观摩了青羊线万亩荒山绿化羊井底绿化点、长李线中五井绿化点。

　　站在羊井底的山头环目四周，连绵的几座大山全部进行了绿化，鱼鳞坑品字排列，横看侧看成线，坑内石片覆盖，树苗迎风翻绿，人们不由得心潮逐浪，感慨万千。

　　国家林业局局长贾治邦在山头上，见到了绿化点的造林队队长王红玉，知道他这几年为了荒山绿化是全家齐上阵，吃了苦受了罪做出了成绩。他问王红玉："你有信心把平顺县的荒山全都种上树吗？"

　　王红玉回答："有信心，也有决心，就是怕身体不给劲儿。"

　　"有什么问题吗？" 贾治邦局长关心地问。

　　"吃饭不行，也没劲儿。" 王红玉答。

　　"注意身体啊。" 贾治邦局长说。

　　到了中五井绿化点，近看，是多树种培植的园林景点，丰茂而精致；沿

□ 肖军岭绿化点

路登高，成片的核桃、山桃已成规模；远眺，长李线沿路绿化成带，高低错落；对面排珩山上刷白的鱼鳞坑醒目而大气。

贾治邦局长在观摩中激动不已。他说，平顺县在干石山区造林绿化本身就不容易，又能搞得这样好，成绩这样显著，真是经验宝贵、精神可嘉，是全国林业学习的榜样。

山西省造林局局长张云龙主持了这次观摩活动。他说："平顺县在绿化太行山上一直走在全国、全省的前列，现在在生态建设上又有了新的突破，取得了很大的成绩。平顺县这几年的绿化工作用几句话来概括，那就是'看通道，林带不断线；看荒山，鱼鳞坑绕山转；看丘陵，干果树地埂站；看村庄，园林景无限'。"

张云龙强调："平顺能做到的，全省其他地方都应该做到。关键是要有坚强的领导，要发扬艰苦奋斗的精神，要有科学的规划，扎扎实实地把工作做好。"

2008年6月20日，平顺县被山西省人民政府授予"全省绿化造林先进县"的光荣称号。

全省林业现场会后，平顺县召开庆功会，设宴招待造林队的项目负责人。陈鹏飞书记跟王红玉碰酒，说："工程干得好，要加油。下一步要掀起雨季造林的新高潮。"

王红玉喝下酒，很高兴。他想，现场会开过了，该去看看病了。

王红玉，青羊镇张井村人，与共和国同龄。1975年，他担任村党支部书记，带领村民打坝造地，种了1200亩花椒树，1万多株核桃树，1991年至1995年连续4年被评为山西省林业劳动模范。1997年他离开村党支部书记的岗位后，到青羊镇政府临时负责计划生育、民事调解等项工作。

2002年，青羊镇北流滩村有一项阳坡植树造林的任务。当时镇政府把这项任务交给一个造林队，可这个队没有能力完成任务，镇领导对王红玉说："你干干怎么样？"

这时，恰巧王红玉的二儿子王志平从北京打工回来完婚。王红玉就对儿子说："你不用去北京了，咱组织个造林队上山种树吧。你领人上山干活，我帮你管理。"

王志平听从父亲的安排，在村上发动了20多个人，组成了一支造林队，接下了北流滩村阳坡植树造林的任务，上山种树去了。北流滩村的植树造林任务完成得好，成活率高，受到镇政府的表扬和肯定。从此，王红玉的造林队有了点名气，每年都能接到造林任务。造林队的队伍也不断壮大，人数最多时达到400多人。

2007年，王红玉的造林队注册成立了"平顺县泽丰绿色林业有限公司"，培养了17名专业技术人才，为张井村解决了部分剩余劳力。王红玉的两个儿子、女儿女婿和他兄弟都在公司干活，女人做饭，男人种树。

2008年，山西省林业现场会要观摩平顺县的绿化点，公司承揽了青羊山万亩荒山绿化工程羊井底绿化点、长李线中五井排珩段整体推进综合绿化工程。这两个绿化点都是要观摩的点。

为了完成好县里交给的任务，地还没解冻，工程就开工了。王红玉每天早晨天不明就起床，冒着寒风，骑着小摩托车往排珩村、羊井底村跑，把当天的任务安排下去。等他把两个点的工作任务都安排好了，也差不多该到镇政府上班了。

这一年，青苗线开工，王红玉是青羊镇政府地方协调组成员。修路要占地、搬坟、杀树，这都需要地协组与老百姓具体协商，工作量很大。施工队开山放炮，震坏了山南底村和张井村老百姓的房子，地协组也要进行调解。那段时间，王红玉起早贪黑，早上顾不上吃饭，中午也是随便吃一点，下午从镇政府下班，还要骑上摩托车去两个绿化点检查。等他回到家，天已经黑咕隆咚了。

5月份，王红玉觉得自己有了毛病，胃疼得厉害，吃不下饭。他到长治和平医院检查，医生说他是胃癌，必须尽早动手术。

他吓了一跳，想要早点做手术。可是一回工地，他又觉得工程要紧，不能因为自己看病撇下工程不管，再拖了全省林业现场会的后腿，那就误了大事。现场会是有日子的，不能变；看病是由自己的，可以推一推；所以，他就带病坚持工作，胃疼了，吃个止疼片。

6月19日，全省林业现场会的领导和代表来到平顺，在羊井底绿化点停车观摩，肯定了绿化工程质量，贾治邦局长还与他进行了交谈，王红玉总算感到了一点欣慰。

现场会开过了，庆功会结束了，王红玉觉得自己该去治治病了。

就在王红玉准备去看病的时候，2008年7月4日，平顺县召开创建全国绿化模范县、国家卫生城、省级园林城的"三个创建"阶段总结表彰大会。陈鹏飞书记在会上讲话说："要抓住雨季造林的有利时机，做好补植补种工作。去年、今年新建的鱼鳞坑要做到100%的栽种，彻底消灭空坑、空地、空档，迅速掀起雨季造林高潮。坚决做到活人不栽死树，不栽一亩无主树，杜绝年年上山搞绿化、年年刨坑年年白搭、年年不见树、年年不成林的现象发生。"

王红玉去参加了这次会议，听了陈书记的讲话，他又把治病的事搁下了。一年只有一个雨季，错过这季就得等来年，还是先种树吧。

就这样，又拖过了4个月，2008年11月8日，王红玉才到北京301医院做了胃癌切除手术。

平顺人，特别能吃苦，特别能战斗。

四、再打攻坚漂亮仗

2009年2月7日，农历正月十三，平顺县城已经张灯结彩，欢度元宵节了。

这一天，平顺县2009年"三干会"隆重召开。

陈鹏飞书记在会上作了题为《高扬旅游龙头，主攻绿色生态，为夺取"双五"战略、"五大"目标新胜利而努力奋斗》的报告。

在陈鹏飞书记的报告中，对林业建设有了新的要求：将旅游开发和绿色生态融为一体，坚持景区在哪里树就栽到哪里，努力创建"城在林中、人在绿中、山清水秀、草木夹道、鸟语花香"的最佳宜居名城。按照"三圈、四园、五条线"的总体规划和"高标准、大规模、无空档"的总体要求，掀起新一轮造林绿化的攻坚热潮，迎接全国造林绿化现场会的召开。

"主攻绿色生态"这一提法，很快在人们中引起热议。特别是那些曾经在绿化工作做出过努力的劳模，更是感慨良多。

申纪兰对我们说："在平顺不种树不行，一般般说也不行，提'主攻'就对了。西沟是怎发展来？还不是主攻种树？要不是主攻种树，打的坝、造的地，早就叫冲光了，那还怎发展啊。要我说，还是那句话：要想富，少生孩子多种树。"

路爱平对我们说："主攻绿色生态，是'主攻'啊，这就突出林业了。还没有哪届县委领导这样重视过林业。"

桑林虎对我们说："主攻绿色生态，是抓住了平顺的根。不把绿化当成头等大事去忙活其他，那不中。"

从"山地兴林"到"主攻绿色生态"，显然是一个认识的提升。当然，县林业局的同志们更多感到的是压力。迎接全国造林绿化现场会，肯定是林业工作的重中之重。

2009年3月15日，平顺县召开"创建全国绿化模范县暨迎接全国造林绿化现场会动员大会"。

陈鹏飞书记在讲话中指出："主攻绿色生态，是符合人类社会发展规律和历史走向的，是符合科学发展观内在要求的，是符合人民群众共同意愿的；我们主攻绿色生态，就是要给平顺人民提供一个良好的生产生活环境，就是要为我县高扬旅游龙头创造一个优越的自然生态条件，就是要为平顺实现科学发展、转型发展、跨越发展和可持续发展奠定坚实的基础。"

2009年4月10日，又是一年春风来。

平顺县四大班子主要领导对公路沿线的羊井底、石埠头、消军岭等27个村的造林绿化及环境整治情况进行检查。

陈鹏飞书记指出："从现在开始，造林绿化和环境整治工作都要上力度、提速度、保成活、比效果，要按照'荒山绿化全覆盖、视线范围皆精品、全面配套有品味'三个标准，精心施工，努力在全国造林绿化现场会上，争当整体推进的典范，成为精细施工的现场，达到震撼人心的效果。"

2009年4月24日，山西省林业厅厅长耿怀英，在市、县领导的陪同下，检查指导平顺县绿化造林工作。耿怀英厅长一行深入消军岭、西沟、长李线、青羊线等绿化点，逐路、逐段、逐项，边检查、边听汇报、边指导。

消军岭，是个村名，也是个地名，在平顺县、壶关县的交界处。

消军岭绿化点，属于平龙线生态经济型太行山绿化工程的一个绿化点。平龙线生态经济型太行山绿化工程总面积12000亩，是2009年平顺县万亩以上的五大重点生态工程之一。工程是山上建体系，山下建基地，山上、山下同步治理，生态、经济同时兼顾。

消军岭绿化点，是一个生态经济型精品工程。工程涉及龙镇、消军岭、南垴3个建制村，把荒山造林、经济林建设、通道绿化、景点布设及地埂、皮坡、重点地段治理集为一体，造林面积5000多亩，核桃林1100亩，景点4个。

工程从2008年10月开始设计，当月开始整地，一直到大雪封山才停工。2009年2月18日开始整地，到4月10日，荒山、通道、村庄、小景点绿化基本完成。工程标准高，视野内荒山不留空当、连片治理、整体推进，鱼鳞坑全部是642大坑，专业队整坑，大苗栽植，石片覆盖，小景点点缀；核桃经济林优质栽植，网格整地，农林间作，地膜覆盖。

西沟绿化点，是平顺县园林村建设示范工程。

西沟村的植树造林，早已是全国闻名。西沟展览馆是山西省、长治市廉政教育基地。

2005年，西沟的村中路改建到了原来的河滩上。路平了，但临路的荒土崖全露了出来。土崖上长有零星的草木，崖底有过去打的几孔小窑洞。从路上看过去，这很像是西沟脸上的一块疤痕，既难看也让人难受。西沟园林村建设工程，就是要治理这脸上的疤，建成一处景观。

□ 西沟生态游园

园林村工程占地98亩，其中生态游园18亩，采摘园80亩。

生态游园把荒土崖垫切，整体做成一面斜坡，坡面上种植各种花草，形成一道彩色幕墙。崖底18亩，栽种各种苗木5000余株，包括名贵树木100余株，种植花草和灌木1.2万平方米，铺设游园道500米，安装下水道310米，修建毛主席题词碑1座。采摘园中有核桃树40亩，水晶梨树25亩，桃树、杏树、栗子树15亩。

公园建设做到了乔木与灌木结合，风景树与经济树结合，观赏性与实用性结合，实现了一次成林、一次成景，使西沟村的村容村貌有了极大的改善。

全省林业现场会已经观摩过长李线中五井乡段绿化点。这是通道绿化、荒山绿化、村庄绿化、单位绿化、经济林建设五位一体的综合绿化开发项目。

长李线中的五井乡段，是1974年从河滩改线到半山的平顺县第一条公路，地少、石头多。通道绿化按照适当加宽的要求，依地就势、垫土造地、乔灌结合、针阔搭配、大树点缀、打造景点，栽种各种树木14万株；沿线荒山规模治理、连片开发、补足空当，植树5000亩；沿线村庄按照园林树建设标准，环村林带、街道绿化、四旁植树、小景点建设共栽种各种苗木12万株；单位绿化以乡土树种为主，珍稀树种点缀，花灌草铺地，高标准绿化3500多平方米；沿线新栽花椒树500亩、核桃树500亩，形成新的经济林带。

长李线中五井乡段通过整体推进综合绿化，做到了山、路、田、村综合开发，形成了山上四季常绿，山下园林点缀，路旁绿带成阴，生态效益、经济效益、社会效益、景观效益凸现的总体效果，成为平顺北大门的一道靓丽风景。

全省林业现场会也观摩过青羊线羊井底绿化点。

羊井底绿化点，是青羊线万亩荒山绿化工程的精品点。

青羊线万亩荒山绿化工程，涉及青羊镇的吾乐、国和、羊井底、孝文、大渠5个行政村。按照规模治理、连片开发、协调发展的思路，从2008年2月开始，历时4个月完成荒山造林精品工程1万亩，2009年新栽矮化核桃500多亩，实行农林间作，增加沿线23个景观点。

这里的荒山绿化，是采取等高放线，"品"字排列，挖石垒岸，642大坑整地，客土回填的办法，进行大袋容器育苗栽植，侧柏、山桃带状混交，石片覆盖，担水浇灌；造林队分片承包，一包三年到底，保质保量，保栽保活，一次成林。

在荒山绿化的同时，造林队进行补空连片，使荒坡栽植和通道绿化有机结合，山、田、村、路的综合绿化得到了有效的体现。

耿怀英厅长逐路逐段检查完指出："在当前大规模苗木栽植任务基本完

成后，要把工作重心转移到以保成活为主的管护上来，做好浇水、整坑、修剪等基础性工作，确保栽植苗木成活、成景，确保全国造林绿化现场会成功召开。"

2009年6月16日，长治市四大班子主要领导、各县市区主要领导组成观摩团，到全国造林绿化现场会的观摩点逐一检查观摩。这显然不是一般的"坐着小车转，隔着玻璃看"，虽然有着相互学习、相互借鉴的意思，但更多的是要看出问题、挑剔不足，也好在现场会前补充和完善。

观摩团来到平顺县，观摩了绿化点。张保市长说，鱼鳞坑有没有缺苗、死苗，不是平顺县说了算，要派武警，一个坑一个坑地地毯式检查。

果然，没有两天，武警上了山。检查的结果是，平顺县绿化点视线范围内没有空坑和死树。

2009年8月7日，平顺县召开了迎接全国造林绿化现场会决战动员大会。陈鹏飞书记在大会上讲话。他说："我主要说两句话。第一句，用实绩树立形象。迎接全国的现场会，形象很重要。你的形象是好还是不好，是虚的还是实的，是吹的还是干的，是精神振奋还是灰头土脸，一看就八九不离十。平顺县过去植树造林成绩很大，我们这次要用新的成绩、新的实绩树立平顺的新形象。"

"第二句话，用特色展示风采。从参观者进入平顺到离开平顺，要达到和体现四种效果：一是科学谋划的杰作。无论是树还是路，无论是荒山绿化、通道绿化、环城绿化、景点建设还是现场布置，都要科学谋划，体现出平顺是一个讲科学的地方，不是一个盲干的地方。二是整体推进的典范。必须达到视线范围皆精品、视线范围皆样板的目标。三是精细施工的现场。每个现场都要精雕细刻，精益求精。四是震撼人心的效果。所有工作、所有工程，都必须按照打动人心这样的标准去安排、去部署、去落实。"

2009年8月18日，山西省副省长刘维佳到平顺检查指导全国造林绿化现场会的准备工作。

2009年8月21日，长治市市长张保到平顺检查指导全国造林绿化现场会的准备工作。

2009年8月25日，全国造林绿化现场会在长治市隆重召开。

26日上午，全国政协副主席罗富和、国家林业局副局长李育才、山西省副省长刘维佳、省林业厅厅长耿怀英、省林业厅副厅长霍转业等领导，以及与会代表到平顺县观摩绿化造林情况。长治市、平顺县四大班子主要领导陪同观摩。

从壶关县进入平顺县，第一个观摩点就是消军岭绿化点。

这里是生态经济型太行山绿化工程的精品观摩点。领导和代表对工程建设时间短、标准高、力度大、效果好，表示肯定和惊叹。

在西沟园林村建设示范工程绿化点上，老劳模申纪兰迎接着领导和代表们的到来。申纪兰说："全国绿化造林现场会在我市召开，对我们来说是一件大喜事。大家能来西沟，我更是感到高兴。多少年来，西沟人民发扬艰苦奋斗、无私奉献和'栽活一棵，不愁一坡'的精神，大搞荒山绿化，几代人的努力才有了今天的成果。今后我们继续种好树、修好路，小康路上迈大步。"

申纪兰话音一落，大家报以热烈掌声。随后，代表们在巨大的电子显示屏上观看了《劳模故里，生态家园》的电视专题片。专题片记录和展示了平顺人民挥汗如雨、劈山开石、爆破整地、客土造林的经过，给与会代表们以强烈的心灵震撼。

在青羊线万亩生态防护林工程羊井底绿化点，与会代表仔细察看了平顺县近10年来的造林档案，并听取了陈鹏飞书记的汇报。

陈鹏飞书记汇报说："我县山大沟深，石多土少，植树造林任务大、难度大。我们发动全县人民艰苦奋斗，主攻绿色生态，播绿色、栽富根，资金不足精神补，条件不好科技补，任务艰巨机制补，在干石山上连续奋战多年，特别是在'十一五'期间，荒山造林25万亩，建设经济林5万亩，通道绿化420公里，旅游路绿化700公里，绿化村庄98个，初步实现了生态、经济、社会、景观四大效益的协调发展，使一个只有3000亩森林、森林覆盖率只有0.13%的落后县，发展到现在拥有林地面积107万亩，森林覆盖率达到了42%。这些成绩是一任接着一任干，一代接着一代干才取得的。领导和代表到我们平顺县来指导工作，更加坚定了我们主攻绿树生态、建设美好家园的信心和决心。我们恳请领导和代表们对我们的工作多加批评指导。"

陈鹏飞书记的汇报只有短短的五六分钟，在汇报到平顺植树造林的艰苦、人民群众的顽强时，他动了感情，眼里闪着泪花，声音略有沙哑。

他的动情的汇报，引发了在场领导和代表们的感情共鸣。这次来平顺参观，确实看到了石头山、石头路、石头缝里栽绿树，完全可以想见，从山下往山上背土，从山下往山上背苗，从山下往山上挑水，从山下往山上修路，这一切所付出的巨大的艰辛。

长治市副市长许霞哭了，山西省副省长刘维佳的眼睛也湿润了，现场的领导和代表爆发出了热烈的长时间的掌声。

全国政协副主席罗富和对刘维佳说："你们的县委书记真好！"

现场会的领导和代表离开了平顺县，对平顺县的造林绿化工作留下了极其深刻的印象。很多代表是第一次来平顺县，观摩后激动地说，我们见过山大沟深，没有见过平顺这样的山大沟深；我们见过在山上造林绿化，没有见过平顺这样科学规划、规模宏大、整体推进、精品迭出、效果明显的造林绿化。

2009年9月，全国很多省市的林业考察团到平顺县参观林业建设。

2009年10月13日，全国人大常委会副委员长、民革中央主席周铁农视察平顺县造林绿化工作。

平顺"主攻绿色生态"，又打了一个漂亮的大胜仗。

2010年2月1日，农历腊月十八，平顺县"三干"会上提出，要坚定不移主攻绿色生态，围绕"外环加力、中环增效、内环添景、四园提档、五线扩绿"的建设思路，再掀生态建设新高潮。

这时，原西沟乡党委书记杨晓接任县林业局局长。他在着重思考着如何把林业发展与农民致富相结合，栽种经济林木，发展林下经济，让老百姓在造林绿化中得到实惠，尽快富裕起来。

2010年2月5日，平顺县召开林业工作会议。

陈鹏飞书记在讲话中指出，2010年是全面提升年，林业工作要以创建全国生态强县为目标，面对成绩不骄傲，坚定目标不动摇，大力推进我县生态文明建设的全面提升，为创建全国生态强县而奋斗。

□ 早春，造林队在作业

　　3月1日，西岭生态经济型太行山绿化工程开工建设。这又是一项重点工程、精品工程。

　　西岭，海拔1400米，是西出县城长李线上的咽喉。西岭生态经济型太行山绿化工程，是以青羊镇西岭村为中心，涉及青羊镇、北社乡、苗庄镇3个乡镇15个行政村，工程总面积16500亩，其中经济林1500亩，生态林15000亩。

　　工程于2月开始规划，3月开始施工，由20多家造林公司共同施工，人员多达1500名。工程采取大坑整地、大苗栽种、混交造林、石片覆盖等技术措施，栽种各种苗木170多万株。

　　张文刚的造林队上了西岭工地，整地结束后到了雨季，正是栽种的好时候。

张文中每天研究气象资料，不仅要看平顺县气象站提供的局部气象情况，而且天天看中央电视台的天气预报，还要上网查询气象的走向。一看近几天要降雨，就立即组织树苗，进行种植；一看有阴天，也要抓紧时间种植；如果连续十多天是晴天，那就白天休息，晚上带着发电机、水车，连夜种植；他怕小苗被晒死，就架起了遮阳网。即便是强对流的天气情况下，气象部门已经发布了雷电黄色预警，张文中也要组织力量穿上雨衣、雨鞋，上山种树。

在云杉栽植中，遇上了连续的晴天。他情急之下，就让兄弟张文刚到大同调苗，傍晚起苗，连夜运输，凌晨运到西岭工地；他组织劳力、水车等在工地，树苗一到，立即栽种，天亮时栽种完毕。由于科学栽种、管护，这些云杉一株也没死，成活率达100%。

王志平的造林队也上了西岭工地。王红玉来西岭少了，做了手术要养。可他闲不住，身体一有点力气，就把山上老化冻死的花椒树刨掉，栽了100多株山桃树。

老伴说他："你才好了些，歇着吧，栽树干甚哩？"

他对老伴说："我是给你栽哩。家里32棵核桃树分给儿子了，每人12棵，剩下8棵给你留着。有了那8棵，再有上这百把棵山桃，就是哪天我不行了，你也能生活呗。核桃收一点、山桃收一点，差不多够你花了，也不用和孩子们张嘴要了。"

老伴哭了。他说："往后年纪大了，收也收不动了，就叫人帮你收收。有了这些树，我不管怎，也就歇心了。"

一天，小阳春，王红玉来到西岭。他对儿子说："再竭力，也要把好质量关。"

2010年3月28日，在人民大会堂举行的第二届县镇绿色发展论坛暨第二届中国绿色名县（镇）推介成果发布会上，平顺县荣获"中国绿色名县"光荣称号。

陈鹏飞书记上台领奖，副县长孙伟作了经验介绍。

2010年6月23日，全国生态文明发展论坛暨创建全国生态文明经验推荐会在北京京西宾馆隆重召开。平顺县被评为"全国生态文明先进县"。

2010年11月19日，山西省召开林业工作会议。陈鹏飞书记荣获"全省林业建设优秀县委书记"光荣称号。

2010年12月19日，在长治市林业工作会议上，平顺县荣获全市"林业生态建设红旗县"光荣称号。

2011年，平顺县按照"生态建设产业化、产业发展生态化"的现代林业发展要求，构筑"三环、三带、三线、三园"的生态网络体系。

三环，就是环城荒山绿化，环高速公路绿化，环线通道绿化。

三带，就是百里滩优质核桃产业带，浊漳河百里花椒、核桃产业带，东南山区百里山桃、连翘经济林产业带。

三线，就是平龙线、青苗线、长李线绿化升级提档。

三园，就是祥龙公园、太行水乡湿地公园、神龙湾湿地公园。

2011年3月，陈鹏飞书记到环城荒山绿化工地检查指导工作。环城荒山绿化是"三环"的重点工程，农历正月十六，16支造林专业队进到龙峪沟工地，就近起灶、就地打铺，全面展开。

陈鹏飞书记在刘家岭工地见到张文中，问他："老张，你怎么老了？"

张文中说："没牙了呗。"他因为上火拔牙，上门牙松动，牙都掉光了，嘴一瘪就显得老气了。

陈鹏飞书记说："好你呀，没牙就去安一副假牙啊。"

张文中很快去安了一副假牙，花了1000多元。

没过几天，陈鹏飞书记又到了刘家岭工地，一见张文中就笑着说："这不就精神多了。"

张文中说："书记关心我哩，我还敢不去安？"

平顺县，山上好大树。从新中国成立初的3000亩有林面积，发展到现在的107万亩，从0.13的森林覆盖率，发展到现在的42%。这组简单的数字，表述着怎样的一个变化？记录着怎样的一个飞跃？这其中的艰辛、汗水、心血、智慧，怎又是我们这点文字可以了得？

我们有个朋友到了武汉，看见长江，受到了极大的震撼，仰天长叹："长江真长啊！"

我们笑话过他没出息。现在该轮到我们了，面对平顺县几代人植树造林的英雄壮举，面对平顺县植树造林的历史性巨变，我们只能把内心极大的震撼喊成一句话："山上好大树啊！"

2011年4月的一天，陈鹏飞书记、吴小华县长，去留村看望了老劳模桑林虎。

这时，迎春花黄，山桃花粉，树青草绿，又一个生机勃勃的春天。

第五章
阳光满校园

2007年的学校暑假，注定在平顺县的校园是不平凡的。

平顺县教育人事制度改革，在校园内外掀起了巨大波澜。

平顺县委、县政府决定，要在2007年暑假期间，实施中小学校人事制度改革。所有学校的领导和教师全员下岗，然后通过考试、考核，重新竞聘上岗。

这是平顺县教育界有史以来的第一次。

县委的说法是，中小学校人事制度伤筋动骨的大改革，要换来全县教育脱胎换骨的大变化。

老百姓说，这叫抹了桌子另调菜。

这场人事制度改革，引起人们的高度关注。

校园内的气氛首先紧张起来，这场改革，首当其冲的是学校的领导和教师。

　　有人神经紧绷。当校长的下岗了，交椅一抽，屁股立马就坐在了地上。自己还能竞聘上岗吗？在这个学校不行，要不要去竞聘其他的学校？校长竞聘不上，竞聘教师行不行？这真是才下心头又上眉头。

　　当教师的下岗了，还能不能竞聘上岗，这恐怕不单是一个人何去何从的问题，还要牵涉到一个家庭。本是悠然自得，顷刻间，变成了热锅上的蚂蚁。

　　有人兴奋不已。重新考试、考核竞聘，这等于大家站在了同一个起跑线上，是骡子是马真要溜一溜了。时隔三日，自己完全有机会展示才华和实力，实现自身价值，改变人生轨道，令人刮目相看。

　　校园内，几家欢喜几家愁；校园外，人们也都在瞪眼看着。

　　谁家里没有个孩子？孩子能不能上个好学校，这是全家唯此为大的事情。这次教育人事制度改革，是玩真的，还是一场作秀？是走走过场，还是要"拼刺刀见红"？人们自然想看个分晓。

　　中小学人事制度改革的大幕还未拉开，校园内外已是沸沸扬扬了。那么，就让我们回到那场改革的初始，去共同感受改革风雨的洗礼吧。

一、伤筋动骨为了谁

　　平顺县为什么要伤筋动骨地进行中小学校人事制度的改革？

　　这不像是急匆匆地搞什么政绩工程，因为中小学教育与当下的GDP无关。这也不像是在作秀，因为一碰人事问题，风险很大，作秀是没必要冒这样大风险的。

我们曾认真地阅读过陈鹏飞书记在2007年"三干会"上的报告。他在报告中指出："教育要重点抓好县一中和职中，搞好师资培训，提高办学质量。""教育事业大发展，首先要确立以人为本、全面发展的教育观，切实抓好应试教育向素质教育转轨；其次要本着既能有效整合资源，又要方便学生就读的原则，科学调整中小学布局。"

我们没有在"三干会"的报告中查到教育人事制度改革的内容，那么，是什么事情促使平顺县委、县政府下决心进行中小学校人事制度改革呢？

我们请教过平顺县分管教育的副县长赵文栋。

赵文栋是平顺县石城镇石城村人，1987年毕业于晋东南师范专科学校，在平顺一中当过10多年的语文老师，2001年通过全市公开招聘民主副县长的考试，担任了平顺县副县长。

赵文栋很斯文。他说："我理解你们提的问题。陈书记说过，群众关注的焦点就是县委工作的重点。陈书记在大调研中肯定是听到过群众对学校教育的不满，这才促使他下的决心。至于具体是什么事情我不知道。我不知道这样回答你们满意不满意？"

我们又问过县委办副主任宋爱民。

宋爱民是平顺县北社乡大铎村人，毕业于晋东南师范专科学校，在平顺一中当过10多年的老师，曾在县教育局担任过党组书记。

他说："我没有跟着陈书记调研过学校教育，也不知道人们是怎么说的，不能瞎说。我在教育上工作多年，也关心这方面的一些动向，只能提供一些信息。老百姓对县里的中小学教育有意见，有的学校管理太松；有的老师出勤不出力；有的老师干脆就不出勤，花钱雇人代课，自己干其他事赚钱。这些都不是秘密，已经上了网上的'平顺吧'。陈书记看没看过'平顺吧'我不知道。"

我们上到"平顺吧"浏览，确实看到了网民对平顺教育不满和愤怒的帖子。

比如，2007年1月25日，"天之脊"网民发帖子说："古话说得好，有钱能使鬼推磨。只要用钱买下校长这个宝座，就可以胡作非为、为所欲为吗？这些教育上的败类难道没人管吗？"

比如，2007年1月27日，"犀利的鹰"网民发帖子说："今年教育局评职称一片混乱，没有见过这种做法，混蛋到家了。"

比如，2007年5月12日，"22楼"网民发帖子说："平顺的老师素质普遍低下，有的甚至是弱智！害了一代又一代好少年！我什么都不想说了，关注教育难道不是每个人的责任吗？"

网络很神奇，既是虚拟的，也是真实的。"平顺吧"的帖子一看就很情绪，这又靠不靠谱呢？

有一点毋庸置疑，至少，我们希望校园是块净土；到底，校园应该是块净土。

从孔子杏林设坛开始，老师就是"传道、授业、解惑"，为人师表，诲人不倦。

我们不否认在几千年文化传承的过往中，有过一些滥竽充数、不负责任的老师；也不否认我们曾经在"文化大革命"十年中对教育进行过粗暴的摧残；但是，从来没有人否定过教育是百年大计，而且是越来越受到高度的重视。再穷不能穷学校，再苦不能苦孩子，我们确实认清了教育兴国的本质意义。学校教育是教育的基础，这个基础打得好不好、扎不扎实，无疑是事关重大。

从历史的观点看问题，平顺县的学校教育曾经有过辉煌。

1956年，平顺中学50名高中毕业生中，有37名被大中专院校录取，取得了当年晋东南地区的最好成绩。1984年，平顺中学文、理两个班130多名学生，有91名被录取，升学率达到76%。

但从上世纪80年代中期以后，平顺的学校教育就让平顺人脸上无光了。在这20多年的时间里，平顺在高考中剃过光头；高考升学率一直徘徊在全市13个县市区中倒数第一、第二的尴尬位置上。

这不是拿高考说事，是老百姓太看重这个指标了。生活在城市的孩子，没有去高考也是生活在城市里；山里娃高考没指望，还指望拿什么让他突破"放羊——娶媳妇——生娃——娃再放羊"的生活怪圈？即便不能成龙成凤，就是外出打工，不也需要一个高些的学历吗？老百姓认清了这个理，让孩子读书升学，是下一辈走出大山的指望。

每年暑假一到，长治市或平顺周边县区的学校就来平顺招生，两张小桌子街头一摆，小旗儿一竖，就有很多学生家长去打探情况。新学年一开学，很多平顺学生就到外地上学去了。

这是个无奈的选择。孩子小，离家上学，家长们只得跟到市里租房陪读。要交择校费，又要租房起灶，实在是一笔不小的开支，很多家庭不堪重负。但是，为了孩子有个好学校，为了孩子能有个出息，家里就是砸锅卖铁也得干。

这种现象在平顺很普遍，陈鹏飞书记一定亲耳听到了人民群众对教育改革的呼声，于是，他在2007年3月15日全县大调研活动情况汇报会上的讲话

□ 陈鹏飞在学校进行调研

中特别提到教育。他说："平顺的教育，全县人民很关注，社会上有看法、有争议。教育部门要认真思考这个问题。我们要认认真真开一次教育工作会议，要大打教育翻身仗，振兴平顺的教育。否则，我们平顺的发展就不会有后劲，老百姓就会对我们失望。"

4月25日下午，在教育工作座谈会上，陈鹏飞书记在讲话中提到了教育的人事制度改革。他说："平顺的教育，现在不是人民满意的教育，也不是广大教职工能够充分展示自身价值的教育，更不是全面实施素质教育的教育。平顺要想发展，要想富民强县，必须进行教育人事制度改革。"

也许我们已经走了弯路，本就不该去探寻什么具体事件对陈鹏飞书记的刺激，站在平顺县科学发展的高度看，站在平顺县教育的现状看，必须改变学校教育的落后面貌。

2003年，全国中小学人事制度改革工作会召开，但平顺县动作不大，学校内部管理机制还在沿用老一套管理办法，校长是任命制，教职工是"铁饭碗"，职务能上不能下，人员能进不能出，工资能高不能低，干多干少一个样，干好干坏一个样，城镇所在地教师人满为患，乡村小学、条件差的学校教师紧缺。有的学校纵容一些教师长期脱岗，在外搞第三职业，不讲课也领工资。这些都严重挫伤了教师爱岗敬业的积极性，严重制约了教育教学质量的提高，影响了教育事业的发展。

改革30年，从1977年到2007年，平顺参加高考的学生共有8861人，二本达线的共有560人，占报名人数的6.3%；2003年以来，5年实考人数为2632人，二本以上达线数为222人，占实考人数的8.4%。这不仅低于黎城的35%、沁县的32%，而且低于壶关的11%、武乡的15%。从中考成绩来看，按照参考率、平均分、优秀率、及格率四项统计，平顺县在长治市的排名，一次倒数第四，两次倒数第一。

要改变学校教育的落后面貌，就不能容忍校园这块净土上良莠不齐，就必须对中小学人事制度进行改革。这个道理并不复杂，这也不是哪一个人的主观意志，而是形势所迫，潮流所致，大势所趋。

4月初，赵文栋副县长曾带队到晋中市的榆社县、左权县等地进行教育人事制度改革的学习考察。

晋中市主要领导曾经在电视媒体上向全市人民公开鞠躬道歉，就是因为这年高考的成绩不好。于是，晋中市开始抓教育人事制度改革，是全省教育人事制度改革开展最早的地区。

到榆社、左权两个县考察还有一个原因，是这两个县也都是山区县，与长治市接界，也与平顺县的环境、条件比较接近。

考察的第一站是榆社县。赵文栋他们到了榆社的时候，天气已经黑了。因为榆社县正在召开一个大型会议，所有的宾馆、旅店都住满了人，他们只好返回到与榆社县搭界的武乡县住了一夜。

第二天一早，赵文栋一行赶往榆社县，参观了几所学校，与学校改革后聘用的校长进行了交流。随后，他们又去榆次市、左权县等地学习考察。

学习考察结束后，陈鹏飞书记组织会议，听取了考察情况汇报。陈鹏飞书记说，一定要学习榆社县、左权县等地的好经验、好做法，结合咱平顺县的实际，制订一套切实可行的方案，以确保教育改革的成功。

至于教育人事制度改革阻力都很大，有的地方走了过场、有的下岗老师们上访引起社会波动等改革中出现的问题，陈鹏飞书记说："教育人事制度改革，必定会触动一些人的利益，引起有些人的不满，这很正常。我们一定要充分估计改革中的困难，既坚决、大胆、积极，更要注意讲究方法，关键是我们要一把尺子，一个标准，公开、公正、公平、公道。"

陈鹏飞书记说："搞教育改革，必须要以伤筋动骨的大改革求得脱胎换骨的大变化。改革的方法一定是全员下岗，再竞聘上岗。通过考试，合格者上岗，不合格者下岗。平顺县要面向全省高薪聘请优秀校长，一中校长的年薪10万元，二中校长的年薪8万元，实验小学校长的年薪8万元。"

在以后的多次会议上，陈鹏飞书记都提到了教育改革，一再强调，教育人事制度改革是大事，要从思想上、组织上做好准备，一定要做到组织严密，考试严格，程序公开，竞争公平，聘任公正。

赵文栋副县长根据陈鹏飞书记的指示，深入到全县各个学校进行了长达一个多月的调研，对所有学校和所有教学点的学生教师比例、教师工作量、教学方法、课堂形式等都做了详尽的调查。

赵文栋副县长说："其实，陈书记自己了解到的情况也很多。有时候，他会独自到学校去和学生交流。有时候下乡去调研到了农民家里，他也要问问他们孩子上学的情况。"

赵文栋跟我们谈起这些的时候一再说："平顺县教育改革成功了，与陈书记个人的领导素质有很大关系，这是要有胆识、有气魄的。"

2007年4月30日，平顺县成立了中小学人事制度改革领导组。这表明中小学人事制度改革已经被列入了平顺县委、县政府的议事日程。

平顺县中小学人事制度改革将成为全县人民关注的一件大事。

这场改革必然伴随着撞击、阵痛和新生。

二、走马换将正当时

2007年初夏的一天，张安庆正在青羊镇张井村下乡，突然接到县委办的通知，说陈鹏飞书记要见他。

张安庆，青羊镇党委书记。他不知道陈书记找他有什么事，他只管立刻上车回县城。

张井村离县城不远，但就要进县城的时候，路不通了。县城的东迎宾路正在改造施工，刚铺了一层灰土正在碾压，便道上堆满了沙石，根本没法走车。

张安庆不能等，弃车步行，赶往县委。心急，天热，他走得一头大汗。他见到陈鹏飞书记赶紧解释说："修路哩，过不来。"

陈鹏飞书记要见张安庆，是征求他对工作调动的意见。

张安庆说："镇长、书记我都干过了，回来吧。"

陈鹏飞书记问："想过没有，去哪儿？"

张安庆说："听领导的安排。农业局我不去，其他去哪儿也行。"

陈鹏飞书记说："去教育局吧。"

张安庆连连摆手说："不不，教育局我不合适。现在的局长以前和我搁过伙计，人家还比我年轻，我不能去那顶走他。"

"这不用你考虑。"

"那我也不去。陈书记，叫我当交通局局长，我三个月能修条路；叫我当林业局局长，两个月我能造片林。当教育局局长哩，三年两年能看见个甚？"

陈鹏飞书记说："你考虑考虑吧。"

谈话结束，张安庆心里沉沉的。他知道，恐怕得到教育局了。

张安庆，北耽车乡实会村人，1977年毕业于平顺县实会中学，留校当了民办教师，两年后转为公办教师。张安庆在本村教书，方便了自己种地。他还和人合伙养了两头驴，放学回家，路上也顺便为牲口割点草。回到家，他是先给驴铡草。

1985年，他到山西省教育学院学习了两年教育行政管理，1987年学习期满后，调到县委办工作；2001年担任青羊镇镇长，2003年担任青羊镇党委书记。

6月29日上午，张安庆又准备下乡。县委组织部来电话，叫他到县委开会。

他上了楼，看见县委组织部部长杜玉刚在会议室门口。杜玉刚部长对他说："县委定了，你去教育局主持工作，先党组书记，行政职务按程序走。本来是该把你送到教育局，现在急得开会哩，就把你送到会上吧。"说完，两人进了会议室，杜玉刚部长在会上宣读了对张安庆的任命通知。

张安庆这才知道，他是以县教育局党组书记的身份，来出席县中小学人事制度改革领导组的会议。

后来有人说，县委把科局级干部送到会场，张安庆在平顺县是空前绝后。

会议是针对中小学人事制度改革的具体工作和操作程序进行讨论。讨论进行得很热烈，也有不同意见的争论，张安庆只是默不作声地听着。

张安庆开了一天会，听了一天会。晚上，大家吃了包方便面，会议接着开。到了9点来钟，县中小学人事制度改革领导组组长、县委常委、宣传部长赵小平说："安庆，你是教育局党组书记，你说说。"

张安庆说："我是第一天参加教育的会议，好好听听，不准备说什么。要我说，就说两点。第一，中小学人事制度改革是好事，好事必须干好。第二，好事怎么就算做好了？一定要保证9月1号正常开学。开学的时间不能变，这是时间底线。那么，我们改革的一切工作就必须在8月20号前完成，说什么都不能误了开学。"

陈鹏飞书记说："好！就按安庆同志讲的意见办。这次教育人事制度改革，时间上两头掐死，暑假后开始，开学前10天完成，新聘任的学校领导和老师到岗，做开学前的准备工作。我们的时间不宽松，但改革的任务很重，头绪多，情况复杂。这就要求我们抓紧时间，环环相扣，认真地把工作做好。"

2007年7月5日，平顺县中小学人事制度改革动员大会召开。

这个大会很隆重，县四大班子主要领导、县中小学人事制度改革领导组成员、各乡镇党委书记、各学校校长、县城学校全体教师、各乡镇中小学校教师代表共1100多人到会。

县长唐立浩做动员报告，人事制度改革领导组组长、县委宣传部长赵小平代表领导组做了表态发言，人事制度改革监督组组长、县委常委、县纪委书记杨立宏代表监督组做了表态发言，教育局党组书记张安庆也做了表态发言，最后，陈鹏飞书记讲话。

他说："这次改革是全县人民的热切期盼，也是广大教师和教育工作者的热切期盼。这次改革不是可改不可改的问题，也不是小改大改的问题，更不是真改假改的问题，而是要通过伤筋动骨的大手术，改出脱胎换骨的大变化。"

在讲到改革的目的时，陈鹏飞书记说："改革就是保护勤奋敬业、认真干事的人，就是要革掉偷奸耍滑、敷衍了事的人，就是要聘'香'优秀的，聘'慌'平庸的，聘'跑'差劲的。把外面的人才引进来，把本地优秀教师提起来，把占着茅坑不拉屎的赶下去。年薪10万聘请一中校长，年薪8万聘请二中校长，年薪8万聘请实验小学校长，就说明了平顺县对于教育改革的决心。"

在讲到改革的目标时，陈鹏飞书记说："通过改革人，做到位对其人、人尽其才、才尽其用，真正使竞聘上去的满意，落聘的服气，让广大教师满意，让全县人民放心。"

会议上，平顺县人民政府出台了《关于进一步深化中小学人事制度改革的实施意见》。在这个实施意见中，提出了这次中小学人事制度改革的指导思想、总体目标、主要任务、实施步骤；完善了县、乡（镇）教育人事管理体制；核定了学校机构和岗位设置；对中小学校长的管理，对教职工聘任、未聘人员的分流等都做了具体详尽的安排部署。

以7月5日动员大会为标志，一场中小学人事制度改革的攻坚战打响了。

动员大会后，县教育局根据县政府《关于进一步深化中小学人事制度改革的实施意见》，很快就相继出台了《关于公开选聘中小学校长的实施办法》、《平顺县中小学教师考试工作的安排意见》、《平顺县中小学教职工全员聘任办法》等一系文件。中小学人事制度改革进入实质性的操作阶段。

2007年7月9日，县教育局组成考核领导组，对全县45个中小学校及幼儿园的教职员工进行全面考核。考核结果将作为中小学教师晋升、聘任、辞退及奖惩的重要依据。

7月11日，竞聘中小学校长、机关幼儿园园长的开始报名。县纪检书记杨立宏率领监督组，对197名中小学校长竞选者进行严格的资格审查。

7月15日，由张安庆任组长，教育局组成四个民主测评工作小组，在县纪委和电视媒体的监督下，分四路深入全县中小学和机关幼儿园，对原任校长和竞聘校长岗位的人员进行民主测评。

7月20日，竞聘各乡镇中小学校长的人员者进行闭卷考试。

7月23日，公告中小学校长笔试成绩，并按1∶3的比例确定入围人选。

7月24日，参加竞聘平顺一中、平顺二中、平顺实验小学校长的29名人员进行笔试，当天公布成绩。

7月25日，竞聘中小学教师的人员进行考试。应考人数1352名，实考人数1336名。

7月27日，公告教师考试成绩。

7月29日，平顺县政府根据考试、考核成绩，对全县所有中小学校长重新任免。

8月3日，平顺县针对152名考试不及格和缺考的教师举办了培训班。8月15日培训结束，进行补考；8月16日公布补考成绩，进行再聘任。

8月11日，平顺县举办"中小学校长培训班"。

8月20日，所有学校的校长和教师到岗，做开学前的准备工作。

9月1日，学校按时开学。

我们单把教育改革的主要事项和工作时间大致罗列了一下，自己都紧张得透不过气来。不夸张地说，每一个时间点的背后，都完全可能决定一个人的命运。

改革波及面最大的是1336名教师的考试。这次考试，是分级分类，你教什么考什么。你教小学语文，就考试小学语文；你教初中数学，就考试初中数学。考试成绩及格的，应聘上岗；不及格的，下岗培训；培训完再考试，还不及格，卷铺盖走人。考卷命题、阅卷判分，都由外地的专家在外地进行，既保密又公正。

第一批考试成绩出来后，张安庆局长去向陈鹏飞书记汇报。

"多少人不及格？"陈鹏飞书记问。

"152人。"张安庆答。

"面太大。"陈鹏飞书记说，"你赶快安排不及格的，去进行培训，然后再考试，再聘任；考试还不及格的，再转岗分流。"

张安庆说："先把考试成绩公布了，我就组织培训。"

陈鹏飞书记说："行，要抓紧。"

7月27日，教师考试的成绩公布在平顺广场上。

□ 竞聘中小学教师人员在考试

□ 县领导巡视考场情况

平顺广场，是块凹地，人们也叫三角地。广场有个舞台，很多大型的文艺演出活动都在这里举行。早上有人们在这里打打太极，晚上有男女在这里跳跳舞。

教师的考试成绩在这里一公布，人们把公告栏围了个里三层外三层。有人笑，有人哭，也有人骂娘。但无论怎样，这场考试，确确实实把平顺震撼了。

成绩及格的，潇洒而去；成绩不及格的，一批又一批地去找学校、找教育局、找县领导。

苗庄学校有一个女教师，带着七八个人围住了张安庆局长，说自己干了多年教师，没有功劳也有苦劳，凭什么叫她下岗？

张安庆说："凭考试，叫考试成绩说话。你的成绩是多少？"

这个女教师耷拉下了眼皮。张安庆一查分数，她的考试成绩是倒数第二名。

张安庆问："你教的课程你都考试不及格，你拿什么教学生？全县倒数第二，你还有脸来找？你准备参加培训吧。"

女教师一脸羞愧，扭头走了。她也不参加培训，以后不上讲台了。

还有一位女教师要求查卷。她怀里抱着孩子，由丈夫陪着。

张安庆问："你及格了吗？"

女老师说："及格了，也能上岗了。"

张安庆问："那还查什么？"

她流着眼泪说："我是及格了，可名次太靠后，很丢人。我考这样差的成绩，以后还怎么去要求学生？我觉得我的成绩应该比公布的要高，就让我查查吧，只想知道我是不是真的这样差。"

一查她的考卷，公布的成绩并不错，但有个情况是，她有的题目只是写在了草稿纸上，没有抄到答卷上。如果把草稿纸上的答案也算成分数，总分肯定比公布的要高。

那位女老师破涕为笑说："我说我做对了嘛。"

张安庆批评她说："你还当教师哩？不知道答案写在草稿纸上不顶用？"女老师不好意思地笑笑走了。

8月3日，平顺县针对152名考试不及格和缺考的教师举办了培训班，8月15日培训结束，进行补考；8月16日公布补考成绩，进行再聘任。

通过培训，大部分教师补考及格，二次竞聘上岗。

一天，北社小学一名50多岁的老师找到陈鹏飞书记，很有情绪地问："我当了30多年的老师，就这样叫我下岗了？"

陈鹏飞书记知道，他是二次补考不及格的，语文考试成绩38分，数学考试成绩18分；他就是个小学毕业，当时小学没有教师，就让他去教了书，后来就转成了民办教师。

陈鹏飞书记说："你是二次考试不及格的吧？考试不及格，可以分流转岗，要不，可以按政策给予补偿。这不是说走就让你走了。"

这位老师说："我不转岗，我也不要补偿，我就是要教书哩。"

陈鹏飞书记说："你教什么考你什么，培训过再补考，你语文考了30多分，数学考了十几分，你还要去当老师，不觉得心里有愧吗？"

陈鹏飞书记停了一下，又说："你回家问问你的儿子、女儿，看看他们愿不愿意让你教你的孙子、外孙。你的儿子、女儿愿意叫你教，我给你发全工资。"

这位老师站起来，什么也没有说就走了。

8月18日，县教育系统召开转岗聘任会。教师落聘后，还可以竞聘20个后勤岗位。落聘的教师们开会，大家是一堆牢骚，骂什么的都有。

在会上，面对过去的同学同事，张安庆说："在座的各位，在这种场合与大家会面，我感慨万千，无以言表。我能理解大家的心情，但大家也不要偏激，要以一个好的心态去面对改革、面对竞争。县委、县政府并没有一考定终身，大家还可以进修学习，重新考试、重新上岗，也可以选择转岗。今天，咱们有20个各个学校的后勤岗位竞争上岗，希望大家慎重考虑，把握好这次机遇。"

张安庆的话刚刚说完，提意见最多的那个人急忙站起说："我竞争炊事员岗位。"

这是张安庆的老同学。张安庆看着他抢先去竞争炊事员的岗位，心里突然一阵酸楚。

2007年8月9日，平顺县举办了为期三天的"中小学校长培训班"。8月11日晚上，培训班结束时召开了中小学校长座谈会，陈鹏飞书记在座谈会上讲了话。他说："我们要突破贫困，没有人才怎么突破？我们要缩小与外界的差距，没有人才怎么缩小？人才哪里来？只有靠教育。所以，平顺伤筋动骨大改革是正确的。"

对于新上任的中小学校长，陈鹏飞在会上提出希望，要他们尽快转换角色，争取做到"六型"校长。他说："一要尊重教育规律，争当'研究型'校长；二要实行以人为本的科学管理，争当'人文型'校长；三要加强以法治校，争当'法治型'校长；四要确立质量意识，争当'质量型'校长；五

要走特色办学之路，争当'特色型'校长；六要有严谨的办学作风，争当'务实型'校长。"

平顺县中小学人事制度改革紧锣密鼓地进行了50多天，开学前夕， 2007年8月30日，召开了全县中小学教师岗前动员大会。

根据县委、县政府的安排，要张安庆以教育局党组书记、局长的身份在会上讲一讲。

张安庆该讲，也想讲，就算一个与老师的集体见面吧。在教育改革的50多天里，他和全县教师一道经历了伤筋动骨的大考验。在这场考验中，不仅选定了全县几十个学校的新校长，同时也砸碎了不少人的饭碗。回想起改革中一场接一场的会议，一次又一次的考试，一轮又一轮的竞聘上岗，桩桩件件，点点滴滴，或感人、或伤心，一起上到心头来。

张安庆教过书，种过地，和人合伙养过驴，深知教书人的苦衷。作为教育局长，亲历了伤筋动骨的改革，深知教育改革的深远意义。他讲些什么才能讲出教书人的情义、信心和希望呢？他一直在想，却找不到突破口。为了写这个讲话稿，他一夜没睡，一直到凌晨4点多钟，才来了灵感，摸起手边一张纸写了下去。

第二天到了会场，县人大主任苏和平见他拿着一大张红纸，不解地问："你来开会，拿着一中喜报干什么？"

他一看，还真是平顺一中的报喜喜报。张安庆说："我把讲话稿写在上边了。"

苏和平主任赶快叫人去打印，还说："开什么玩笑，局长第一次对全县老师正式讲话，还能没有讲话稿？"

张安庆的这次讲话很成功，赢得了热烈的掌声。

我们问他讲了些什么？他说："原话记不得了，肯定跟改革有关，说了些实话、真心话。"

陈鹏飞书记在会上总结了这次教育改革的三大成效，一是选出了人才，二是匡正了风气，三是赢得了民心。

他对竞聘上岗的老师们提出了希望和要求，要开展"五比五看五争"活动。他说："一是比学习，看素质，争当业务尖子；二是比创新，看效果，争当教改先锋；三是比爱心，看细节，争当师德楷模；四是比管理，看业绩，争创一流名校；五是比发展，看规划，争创崭新业绩。"

9月1日，各校按时开学。学生能感觉到一个新的氛围吗？

三、脱颖而出担重任

2007年的平顺县中小学人事制度改革，经历了一场暴风雨般的洗礼后，使一批年轻人脱颖而出，担当起了振兴平顺教育的重任。

张一笑，新聘任的平顺一中校长。

平顺一中位于平顺县城的东山脚下。这里原来有座寺庙，叫东藏寺。1912年，平顺县立第一高小就创办在东藏寺里，1952年第一高小改建为平顺中学。平顺人常说"识字不识字，住过东藏寺"。显然，这是平顺读书人自以为豪的地方。平顺有了二中后，这里叫做一中。

迄今为止，平顺一中仍然是平顺县的最高学府，是唯一的高中学校。有人形象地说，平顺学生就这么一个出口。

2007年，平顺县进行中小学人事制度改革，面向全省招聘一中校长，年薪10万元。这条信息在全省的主流媒体发布过，在全省各地市的媒体上也发布过。主持这项工作的县委常委、县政法委书记贺思宇，还担心很多地方看不到，于是组织几个小组分别到有关地市、高等院校去张贴布告。

贺思宇给我们说："就这样去发布，知道的人也不会太多。比如在长治电视台飞播这种信息，有多少人关注？人们都急着看电视剧哩。"

年薪10万元，这在平顺工薪族中就是一个小天文数字，一年能顶科级干部四五年的工资，某种意义上讲，这是个标志，标志着平顺教育改革的决心。

当时报名的有20多名，经过资格审查，参加考试的只有10名。

张一笑报了名，也参加了考试。

张一笑，1965年12月出生在平顺县龙溪镇井泉村的安上自然庄。他父亲在惠丰机械厂工作，他的童年是随母亲在安上庄度过的，2000年担任惠丰中学副校长，2005年担任惠丰小学校长。

一天，他同学打电话，说平顺一中年薪10万元聘请校长，问他想不想去试一试。

张一笑说，我现在就是校长，在惠丰小学干得好好的，去平顺干什么？同学说："年薪10万元你不往眼里瞧，可家乡的事，还是要关心一下。"同学一句话，使张一笑想起了安上庄。

那就报个名吧，谁叫咱还是个平顺人呢？抱着这样的心态，张一笑报名竞聘。没想到，笔试下来，他竟考了个第一名。

张一笑并没有把这个第一名放在心上，平顺县教育局通知他面试的时候，他正为惠丰小学归属社会管理的事情忙得不可开交。那天中午他喝得有点高了，晕乎乎睡到下午4点多。他醒来猛然想起第二天面试的事，拍拍脑袋，开始写演讲稿。他觉得有好多话要说，只管洋洋洒洒地写下去。第二天面试演讲时，他竟超过了规定的时限，成绩后靠。

面试答辩，陈鹏飞书记亲自上阵。他问三个问题：你为什么要参加竞聘？你是什么工作经历？你准备怎样当一名称职的好校长？

张一笑在回答前两个问题时并不显山露水，但答到怎样做一个好校长时，优势明显展示出来了。他丰富的工作经验、深刻的理论认知、激昂的工作热情，博得了陈鹏飞书记等在场领导的赏识。

答辩结束后，陈鹏飞书记决定与张一笑谈一谈。

陈鹏飞书记与张一笑谈了些什么，张一笑没说，但肯定是打动了他。他向陈书记表态，为了家乡的教育事业，赴汤蹈火，在所不辞。

有必要用"赴汤蹈火"这样的形容词吗？张一笑说，当时就是有着那样的悲壮感。

张一笑要来平顺，他的上级、他的同事都想不通，他的母亲、他的妻子坚决反对。张一笑说："我向陈书记表过态了，大丈夫一言既出，驷马难追，你们谁也不要再说什么了。"

张一笑被聘为平顺一中校长，平顺人也不理解，说他无非是看中了10万元年薪，要不然，抛家舍子、别离城市，来平顺干什么？

张一笑听了这话，很委屈。为了表明心迹，他在8月8日的就职会上，当着平顺县委、县政府领导的面，当着平顺一中全体教师的面，决定头一年的10万元年薪全部捐给学校。他说，只希望大家能够信任我，支持我。

张一笑走马上任，全身心地投入到工作中去了。他从学校纪律抓起，实行签到签退制度。继而，对教师教案、课堂讲解、课后批改作业的情况，亲自监督检查，做不到位的批评。

2007年冬天的一个深夜，张一笑刚回到宿舍，泡点方面还没来得及吃，就接到了县政府的一个通知，要他去太原接回上访的教师。他一看表，晚上10点。他给司机打电话，司机感冒得爬不起来。他只得来个"单刀赴会"，自己开车赶往太原。到了太原，他再看表，凌晨3点。

他找到上访的老师们，知道他们心里有气，也知道他们对自己不放心，他坦诚地对这些老师们说："老师们啊，我来咱平顺一中当这个校长也不容易。大家说我是为了钱，我把头一年的年薪捐出去了。大家说我干不了几天就走了，我把工作关系也转到平顺一中来了。我生在平顺、长在平顺，现在工作在平顺，我还不是平顺人吗？我父亲死了，就埋在咱平顺的山里；将来我死了，也埋在平顺山里。你们说，要我怎么做，才能相信我？"

张一笑一番推心置腹，终于打动了那些上访者。上午，上访者们总算回到了平顺。

2008年春天，平顺一中的建设项目开工了。张一笑既要抓好教学工作，还要操心工程建设方面的事情，忙得焦头烂额。因为离开了家，学校又没有食堂，他天天吃不好饭。每天晚自习后回到宿舍，他觉得是又累又饿。他一次泡过三袋方便面，吃完了往床上一躺，还是泛不过劲来。

2008年高考，平顺一中的成绩没有下滑，稳中有升，这叫张一笑稳住了神。

2009年离高考100天的时候，陈鹏飞书记来到平顺一中，给高三全体师生开了个百日决战誓师大会。

在这次大会上，陈鹏飞书记讲了三句话：第一句话送给同学们，希望同学们惜时如金，顽强拼搏，金榜题名，成就梦想；第二句话送给老师们，希望老师们肩负重托，不辱使命，三尺讲台演绎精彩人生；第三句话送给学校，希望要强化服务，营造氛围，全力以赴抓高考，争取一中高考新辉煌。

会后，县政府拨出专款，在这100天内，为高三老师和高三学生每人每天免费提供两颗土鸡蛋。

2009年，平顺县的高考成绩大幅度提高，一本达线人数23人，是教育改革前的3倍；二本以上达线人数96人，实现了本科达线人数的历史性突破。李鹏飞同学以629的成绩被北京大学录取；张丽琳同学文科成绩595分，超过北大录取分数线；实现了平顺县本土培养的学生考取"北大、清华"名校的零的突破。这是张一笑两年来最开心的时刻。

平顺一中高考成绩的提高，大大提升了平顺人民对平顺教育的满意度。很多家长不再把孩子送到市里或外县的学校去了，有些在外地就学的孩子又

想办法转回到一中来，教师们都觉得脸上有光了。

2010年高考，平顺一中一本达线人数50名，二本以上达线人数164名，600分以上的3名，三项指标都实现了超指标、超历史的大跨越。

这时候张一笑觉得，应该让教育回归到它的本质层面上去了。从2010年寒假开始，平顺一中实施课程改革和课堂改革，每天下午和晚上都是学生自主学习的时间，学生可以选择老师，也可以选择课程。这种教学方式，极大地调动了学生的学习积极性，反过来也逼迫老师不断提高自己，以期自己的课堂上有更多的学生。

张一笑说，2011年平顺中学的高考达线人数力争突破200名，升学率高于往年不是问题。他们的教学目标是向素质教育转变，每一节课学生都可以选择老师，都可以开展师生对话。到那时，教师要有更高的素质，学生的学习积极性会更加高涨。把教与学两个方面的积极性都调动起来，校长还会为达线率、升学率发愁吗？

冯喜明，新任平顺二中校长。

如果说张一笑成为平顺一中新的掌门人还是竞聘上岗的话，那么冯喜明成为平顺二中的校长，就算是捡了一个漏。

平顺二中是1982年由城关中学改建的一所初级中学。2007年中小学人事制度改革，平顺二中面向全省招聘校长，年薪8万元。

尴尬的是，没人报名竞聘。平顺的人觉得二中的门槛不低，外地的人觉得又没多大吸引力，高不成低不就，跑标了。于是，安排冯喜明到二中担任校长。

冯喜明参加了竞聘，报的是实验小学校长。他1976年3月出生在平顺县青羊镇小东峪村，1995年长治师范毕业后分配到玉峡关小学工作。后来他在长治教育学院进修过两年，调到了玉峡关中学工作，1999年调回平顺一中任语文老师，担任过一中的教务处副主任。

他在竞聘中成绩优秀，笔试第一、面试第一、综合考评第一。因为没有人竞聘平顺二中的校长，他服从县里的统一安排，走马上任平顺二中校长。

平顺二中只有一座三层小楼，教室、办公室和教师宿舍都挤在里面，越来越没有学校的样子。

冯喜明到二中工作，先抓教学纪律，然后带领老师们去外地学习考察，使教学尽快步入正轨。二中还请太谷中学的高级教师来学校讲课，冯喜明也登台讲课并参加教研活动，教学风气逐渐有了好转。

2008年5月，平顺二中新校开工建设。新校建在东迎宾路西侧，平整的大道门前通过，对面是波光粼粼的鸳鸯湖。

新校的背后原来是土崖，土崖上是原来的平顺职高，现在成了二中的学生宿舍。这道土崖被列为地质灾害治理工程，要砌筑一面长1000米、高10多米的大挡墙。冯喜明最担心的是砌筑挡墙时下雨塌方，因为不仅影响新校建设，而且要危及崖上的学生宿舍。这年秋天雨多。雨夜里冯喜明睡不着觉，总要去工地看着，生怕有什么不测。

2009年10月，二中新校建成，三栋大楼既漂亮又结实，成了平顺县的标志性建筑，冯喜明心里有说不出的高兴。

2008年，冯喜明带着几个老师去山西师范大学、长治学院等学校招聘老师，一律本科生。县里给了20个指标，他只招了17个。

2010年，二中的学生人数达到2000多名，教师人数也达到了160多名，成了平顺县规模最大的初级中学。

□ 平顺二中

2007年，张伟竞聘茞兰岩中学校长。

张伟1969年出生于杏城镇蒲水村。他家里很穷，连书本都买不起。他的父母从来没有鼓励过他要好好学习，只希望他像根野草一样，长大就行。

张伟在好好学习，还想上大学。这个理想，他对谁都没有说过。1988年9月，张伟考上了晋东南师范专科学校（长治学院的前身），成了蒲水村仅有的一名大学生。

1991年7月，他毕业后被分配到平顺二中工作。二中仅有一座三层小楼，教师都住在三楼，家家起灶做饭，夏天很热也很脏。

他一心扑在教学上，1995年，他的学生王琰以长治市中考总分第一名的好成绩考进了长治二中。考入长治二中的还有一名学生叫曹亮，三年后考上了清华大学。

张伟在二中当了7年教师，1991年担任了教务处主任。他深知学习成绩不好的学生大部分来自乡下，小学阶段的基础就很差。他回想起自己的成长经历，对来自乡下成绩差的学生充满了同情和担忧。

2006年1月，张伟调到平顺县实验小学任副校长。他在这个位置上刚刚一年，平顺县中小学人事制度改革就开始了。

张伟说，人事制度改革使所有人的心理压力都很大。他知道县城学校校长岗位竞争很激烈，所以选择大山深处的茞兰岩中学校长竞聘。

张伟竞聘成功，要到茞兰岩中学去报到。他想，自己出身贫寒，能够适应山区的生活。当他到了茞兰岩中学，看到大山里学校破旧的教室，还是有些吃惊。他知道山里学校条件差，但没有想到这样差。

张伟到岗之后，为了在新学年里多招几个初一的学生，他将全校19名教师分组划片，挨家挨户动员孩子来上学。最终，茞兰岩中学招了52名新生。

2008年，芣兰岩中学新建教学楼、教师宿舍楼、学生宿舍，硬化了操场，扩大了校园面积。2009年，平顺县教育局大力推进平安校园、书香校园、绿色校园、文明校园的"四园"建设，张伟带领全校师生进行了校园绿化，芣兰岩中学总算有了点正规学校的样子，学生人数逐步增加。

2010年，张伟到了北社中学当校长。他说，北社中学的校园很大，非常适合办学。他要致力于提高学校的教学水平，集聚优势资源，使当地的孩子就近上上好学校。

申晓林，新任阳高乡小学中心校校长。

他1974年出生在平顺县北耽车乡车赤壁村。浊漳河从赤壁村前流过，波澜不惊。又是大河，又是赤壁，很容易使人联想到曹操横槊、孔明笑谈、周瑜使计的那场战争。但此赤壁非彼赤壁，只是个小山村。

1990年9月，他考上了长治师范学校，也是第一次走进城市。1992年他还没毕业，父亲就得了一场重病，成了偏瘫，家庭因此陷入困窘。就在这样的逆境中，他取得了长治市四所师范学校数学联考第一名。这是他至今仍感到最骄傲、最自豪的事。

1993年，他从长治师范毕业后，被分配在车当村小学当语文老师，一干就是8年。8年里，课堂上他是好老师，2000年还取得了专科函授的大专文凭。8年里，下了课他就是个大孝子，担起了全家人的生活重担，上山砍柴，下田种地。

一天，有个姑娘来车当村小学教师办公室，进门看了看，什么也没有说就转走了。有老师问："她找谁哩？"有老师说："恐怕是走错地方了。"

不几天，这个姑娘又来到教师办公室，还是没有说话，看了看就走了。

有老师注意到，姑娘一进门就看申晓林，于是问他："是不是找你哩？"他说："我不知道。"

姑娘来看的还真就是申晓林。她是来为自己相亲的。

姑娘在候壁电站工作，听阳高村的姑姑说起过申晓林的事，心上有了他，就来学校相了他两回。

几天后，姑娘给申晓林写了一封信。这封信把申晓林吓了一跳，他根本没想到还会有条件这么好的姑娘看上自己。他知道自己家里很穷，配不上姑娘家，于是就回信说明了情况。姑娘很快回了信，表示家庭困难可以克服，只要两个人好，日子就会好。

天上掉下个林妹妹，申晓林自是喜出望外，一个月后，申晓林借钱成功闪婚。2001年他任奥治村小学教学点校长，2005年任阳高乡阳高村小学校长。他挤出时间参加自考， 2005年12月获得了汉语言文学的本科文凭。

2007年，他竞聘阳高乡中心校校长。他在笔试中成绩名列第二，经过面试和综合考核，名列第一，竞聘成功。

教育改革给了申晓林新的机遇和平台。追他的姑娘叫付联英。

王国印，新任青羊镇小学中心校校长。

他1974年5月出生在平顺县虹梯关乡虹霓村。他不负父母的一番苦心，1990年考上了长治师范学校的定向委培生。这在虹霓村是一件了不起的事情，意味着王国印上学不用出学费了，以后也不用种地受苦了。

长治师范学校在长治市的东大街，著名作家赵树理就在这所学校上过学。王国印去长治念书，是第一次走进城市。虽说长治市当时还很不起眼，但他已经感受到了城市那种特有的繁华和躁动。

在长治念了三年书，他又回到了大山深处，1993年7月到茆兰岩乡槐树坪小学当老师。白天，他和学生在一起，教他们读书，教他们写字，偶尔也会把心中那城市情结流露出来，尽管小学生们都还不懂。到了晚上，他觉得就寂寞了，苍莽群山，黑黝黝的，似乎没有任何生息，让他有着一种既苍凉又高远的悲壮感。

还好，他的恋爱开始了。女孩儿是从平顺一中考到长治师范的，毕业后分配到茆兰岩中学当老师。两人在长治3年并没有太多的交往，只是回到大山里，才亲近了许多。从槐树坪到茆兰岩，再从茆兰岩到槐树坪，那条弯曲的山路上、树阴下、小河旁，留下了两人相亲相爱的倩影。

1997年，王国印到太原师范学院去进修，头一回去了太原。1999年他到兰岩中学当老师。他和妻子出入双双，小日子过得有滋有味。2002年，他担任了茆兰岩中学校长，这年他28岁。

2007年7月，王国印竞聘青羊镇中心校的校长。经过考试、考核、答辩演讲，他得了三个第一，成功上岗。

我们问他，你原来是茆兰岩中学的校长，为什么要竞聘一个小学中心校的校长？

他笑了笑说，青羊镇中心校虽然是小学，但靠近县城，交通便利，我想走出大山，想有更广阔的生活空间。教育改革给了我一个机会，让我从茆兰岩走到了县城。现在媳妇也调到了青羊镇中心校，我觉得真好。

他还说，知识改变命运，如果我不念师范，就只能在山村种地，或者扛着铺盖到城里打工。我是平顺县教育改革的受益者，我会为我的学校竭尽全力地工作。

王国印，小平头，壮壮实实，谈吐间，山里人的质朴。

加强教学研究提高教学成绩

□ 教改后新上岗的教师在备课、讲课

秦学良，新聘任的龙溪镇小学中心校校长。

他1965年出生在龙溪镇井泉村，1983年平顺一中毕业后，回村种地，当过村团支部书记、副村长；1985到西沟中学当了代课老师，1989年回龙溪镇中学当老师，1993年当副校长，1998年才转成公办教师。2002年任平顺职业中学副校长，2006年到平顺艺校当副校长。

2007年，有17人竞聘龙溪镇小学中心校的位置。这是所有中心校中竞争最激烈的一所学校，因为龙溪镇比较富裕。秦学良笔试第三名，面试、答辩、民主测评、综合考评第一名，成功应聘。

龙溪镇小学中心校，有14个教学点，500多学生，这在平顺县规模算是大的。

秦学良认为，学校办好办不好老师是关键。于是，他加大教师的培训力度，凡是省里有培训活动，他都要派老师去参加，从2007年到现在，包括幼儿教师在内，已经培训过340人次；14个教学点的年轻校长都外出学习培训过。

从2009年开始，秦学良为全校教师建立了成长档案袋。老师取得过什么荣誉、参加过什么培训都在档案中一目了然。他还为全校教师办了中国移动通讯集团号，每月5元话费，可保证500分钟通话时间。这样一来，就方便了各个教学点之间老师们的电话交流。他还在中心校建起了校园网，建了QQ群，为老师们交流教学搭建了一个现代化的平台。

2008年的一天，张安庆到龙溪镇小学调研。他在图书室看到图书都被锁在书柜里，书都是崭新的，没人翻动过。

他问："书都是新的？"

秦学良回答："学生们看书，不是扯了，就是丢了，不锁住不行。"

张安庆笑了，说："书不让看，要书干什么？书不要怕丢，丢了，也还是有人在看嘛；扯了，说明是抢着看哩。书不用，才是最大的浪费。"

秦学良说："那我把书柜搬进教室吧？"

张安庆说："那就对了。全县所有的学校，都要开展图书进教室、进食堂活动。学生在吃饭的时候看看书也很好嘛。"

2009年，龙溪镇小学中心校龙镇村小学被命名为省级绿色校园。获此殊荣的，平顺县仅此一校，长治市也只有三所学校。

原建平，新聘任的平顺县机关幼儿园园长。

她1972年出生在平顺县虹梯关乡虹梯关村。她自幼丧父，母亲是一位老共产党员，也是一位劳动模范。

1994年，她从晋东南师专毕业后，被分配到平顺一中任化学老师。后来她又参加自考，获得了化学本科文凭。

原建平的高中就是在平顺一中度过的。那时候，她喜欢朗诵，当过学校的播音员，在学校主持过文艺节目，老师们都很喜欢她。

3年后，她重回到母校，觉得很幸福。学校领导也很器重她，不久她就兼上了校团委、校妇联的工作，成为平顺县人大常委会委员。她忙，并快乐着。

2007年教育人事制度改革，她报名竞聘实验小学校长和机关幼儿园园长两个职位。当时规定一个人只能竞聘一个职位，她选择了机关幼儿园。通过考试，她名列第一，应聘上岗。

当了幼儿园园长，她才感觉到幼儿教育很重要。机关幼儿园是平顺县最好的幼儿园了，可幼儿教育理念还是很落后。她担任园长后，感觉到整个社

□ 教改后生机勃勃的校园

□ 春蕾幼儿园

会对幼儿教育还有很多误区。她决心做一名优秀的园长，把最先进的幼儿教育理念带进平顺县，使平顺县的儿童从小受到良好的教育。

2008年，平顺投资新建机关幼儿园，2009年竣工后整体搬迁，并更名为平顺县春蕾幼儿园。

春蕾幼儿园的整体建筑以六边形为基本单元，色彩上采用了红、黄、蓝三原色，亮丽而活泼，孩子们走进这里就走进了梦幻的乐园。

也是这一年，春蕾幼儿园招聘了一批年轻的幼儿教师，她们的到来，更给幼儿园带来一股春天般的气息。

孙佳静，就是原建平园长亲自从长治学院招来的。

孙佳静是个活泼的小女孩儿，一笑，眉飞色舞。她是长子县岚水乡人，1988年出生，2003年考入太原幼儿师范学校，2005年考入长治学院美术系，2008年5月应聘平顺县幼儿园教师。

孙佳静告诉我们，她非常喜欢幼儿教育，一看有机会到幼儿园工作就立即报了名。长子县来的一个女孩儿，平顺的大山会给她留有怎样的印象？她说她喜欢。

她对我们说："才来的时候，听不懂平顺小孩的话。孩子们说，老师，我要去'蹦坡坡'。我就不知道小孩儿说的是什么。后来才知道'蹦坡坡'就是滑滑梯。现在，小孩儿们不再说'蹦坡坡'了，都改说成滑滑梯。"

孙佳静在幼儿园教孩子们手工、折纸、玩橡皮泥、幼儿绘画。她当场给我们折了一个千纸鹤。我们在千纸鹤上给她写了一句留言："折一个纸鹤，放飞自己的梦想。"

我们分手时，她悄悄地对我们说，我不离开平顺了，在这里谈了一个对象。她说完，笑了，眉飞色舞，很阳光。

四、独上高楼望长天

2009年春的一天，陈鹏飞书记去查看学校的工程建设。

2007年中小学人事制度改革后，广大教师的竞争意识、危机意识、责任意识、使命意识明显提升，全县教育事业焕发出勃勃生机。但是，学校硬件设施的落后和缺乏，也是必须要解决的问题。一中的教学楼、办公楼不成个样子，二中挤在个三层小楼里很难发展，机关幼儿园将就下去也不行，还有的乡村学校急需改善条件。于是，2008年，一批学校工程开工修建。一中、二中、幼儿园，都是重点工程。

陈鹏飞书记来到一中、二中的工地，看到的不是热火朝天的施工场面，而是冷冷清清，只有十几个人零散地扒在脚手架上作业。

过了几天，陈鹏飞书记又来看了看，还是那个样子。他的脸色发沉了。

陈鹏飞书记脸色不好，是县委办主任宋忠义陪他查看时看出来的。陈鹏飞书记很少这样，即便是工作上遇到了困难，他也是谈笑风生，从容面对。他的脸色发沉，肯定是遇到了一个"很竭力"的大难题。陈鹏飞书记什么也没说，看了看就回办公室了。

很竭力的问题是明摆着的，工程资金缺口太大。

平顺一中，教学楼、综合办大楼建设总面积43400平方米，投资6400万元。平顺二中，教学楼、综合办公楼总面积为17300平方米，投资3400万元。机关幼儿园，建筑面积5937平方米，投资1200万元。这三项工程静态总投资1.1亿元。还不说需要投资242万元，新建、改建石城小学、中五井小学、东青北小学、西沟小学、杏城小学等6所寄宿制学校；投资287万元，扩建整修北耽车中学、龙溪中学、石窑滩小学、白家庄小学、井底小学。

平顺县开工建设学校工程，是有准备和预测的，虽是"举全县之力"，但还是能够承受。2008年，县财政收入在前3个季度达到2亿多，这在平顺县的经济发展史上是从来没有过的，形势很不错。

但是，谁也没有料到，以美国次贷危机引发了一场全球性的金融危机。这场危机在中国最先波及到的是东南沿海地区的出口加工企业，后来很快就波及到了平顺县的矿产行业，使之整体下滑。2009年，平顺县财政收入比上年减少了一半。

在这种大背景下，学校建设资金的短缺和不到位就是自然的了，脚手架上冷冷清清也是自然的了。

平顺县本来就是个国家级贫困县，现在去哪儿拿这么多钱？在平顺，一说劳模，人们扬眉吐气；一说钱，立刻英雄气短。贫困县，想要办成点事，实在是太难了。

宋忠义主任观察到，陈鹏飞书记有一个月的时间很少在平顺，而是跑太原、跑北京。

一个月后，学校建设工地上轰轰烈烈，满脚手架上扒的是人，工程明显是一天一个样。宋忠义知道，这是陈书记把资金运作来了。

8月，学校建设工程竣工，逐步交付使用。陈鹏飞书记再去看新校、新楼，又是谈笑风生。

陈鹏飞书记说："不抓教育和抓不好教育的书记、县长，就是不称职的，就是对平顺历史、对平顺人民不负责任。只有在教育上下真功、下实功、下硬功，发展教育、振兴教育，才能无愧于历史、无愧于平顺人民。"

为了平顺教育的长远发展，县委、县政府决定，要毫不动摇地把教育放在优先发展的战略地位，加大财政对教育的投入力度，软硬齐抓，全力兴

教，努力在全社会形成"党以重教为先、政以兴教为本、民以支教为荣、师以从教为乐"的崭新局面。

从2008年1月1日起，按教师从业区域、条件的不同，分类按月给予补贴，县城及周边的10元，乡镇所在地的20元，偏远山区的30元。在全县开展争创名师、名班主任、名校长的"三名"工程，一年一评，被评为名师的，每人每月增发50元津贴；每年至少评选10名扎根山区的教育标兵。

2009年2月21日，平顺县召开教育工作会议，要全面实施"围绕大面积提升教育教学质量一个中心；实施高中课程、中小学课程两个评价体系；突出师资建设、基础设施建设、规范办学行为建设三大重点；开展书香校园、绿色校园、平安校园、文明校园四园建设"的"一二三四工程"。

陈鹏飞书记在会上讲话。他说："我们重视教育就是重视平顺的可持续发展；我们重视教育就是重视平顺人民的幸福安康。我们关爱教师，就是关爱平顺一代又一代优秀孩子的健康成长；我们关爱教师，就是关爱一代又一代平顺人文化水准和道德素养的不断提升；我们关爱教师，就是代表勤劳朴实的、英雄的17万平顺人民对辛勤园丁和'蜡烛精神'的崇高敬意。"

平顺县每年要评选200名教学能手、100名名师、10名扎根山区献身教育的标兵、10名名校长、10名优秀员工。

被评为名师的，每个月增发100元奖励工资，以后连年被评为名师，奖励工资递增，每年100元，第五年500元，只要在平顺工作，每月500元奖励工资终身享受。同理，被评为师德楷模的，每月增发200元奖励工资，第五年1000元，只要在平顺工作，终身发放。

原子朝，就是扎根山区献身教育的标兵。

原子朝是西井山村小学老师。1956年，他出生于山下的棒峧村。

1973年，他从东寺头中学的高中班毕业后，回村种地了。后来，棒峧村学校缺老师，他又是村里唯一的高中生，就让他当了民办教师。

那时候，棒峧村学校有100多名学生，从小学到初中只有3名老师。原子朝教五年级的数学、七年级的语文、物理，每天都很忙。春种秋收，他还要参加生产队劳动。这样，他一年能挣300个工。

1986年，棒峧村学校撤销了初中班，他被调到苎兰岩村小学，教全校各年级的地理课。另外，他还负责学校文件、报纸的收发，还干些刻刻蜡板、印印考卷等杂事，同样是很忙。1990年，他被调到库峧村小学，教一、二年级的语文和数学。

1996年，原子朝上了西井山小学，一直到现在。

西井山12个自然庄，两个教学点，一个在西汕，一个在三岔口。原子朝老师在西汕，西汕是村委会所在地。西井山小学是个单师复式学校，30多个学生坐在一个教室里，1～5年级的学生都有。原子朝每天从8点钟开始讲课，在给一个年级讲课的时候，另外几个年级写作业。他一个年级接着一个年级讲，讲一个上午不得停息。

到了中午，路远的学生回不了家，他还得给学生们生火做饭。

饭菜是学生带来的，菜装在罐头瓶里，面条是擀好的，热热菜、煮煮面就行了。麻烦的是，夏天天热，孩子们带的饭菜会变馊，馊了不能吃，他就得给学生们重做；冬天最冷的时候，孩子们带的面条冻住了，拿到教室里暖和过来就成了一疙瘩，他还得把面条和了重擀。

最头疼的是雨雪天。他怕不安全，要把学生一个一个送到家。冬天一下雪，山路不能走，他就一个人扫雪，等扫出路来，再接学生们来上学。

有学生的时候，原子朝很忙活；学生放学回家了，他觉得很寂寞。

他寂寞的时候，就对着天上的星星抽烟，一根接一根地抽。他想，我得回家，回棒峧村，总不至于连个说话的人都没有吧？14年过去了，他还在西井山上教书。

原子朝说，我没有回家，还是离不开孩子们。我放寒暑假回到棒峧村，不用两天，就想西井山的孩子们。几次都想下山，可14年了，就是下不了山。

2008年4月25日，小学生石瑞丽在日记里写道："今天学校来了位叔叔，和原老师谈了很久，可能老师要调到山下去教书。下午自习课，好几个同学都哭了。我们真不想让原老师走，不想让原老师离开我们。"

原子朝有寂寞的时候，也有开心的时候。有几个走出了大山的学生，在上海、深圳给他打电话，这是他最开心的时候。有个学生对他说，原老师，这么多年了，我最难忘的是下了雪你背着我送我回家，你给我们煮的面条，是最好吃的面条。

陈鹏飞书记上了西井山，问原子朝："你上山几年了？"

原子朝说："11年了。"

"一个人在山上教书，你觉得苦吗？"

原子朝憨厚地笑笑说："苦倒也不苦，就是下一趟山不容易，有时候会觉得冷清些。"。

"你想调到山下吗？"

"想过。可是，没有人愿意来这儿，我不能走。"

陈鹏飞书记说："好你啊，了不起，该你当个模范。"

原子朝笑了笑，说："还当模范哩，当好老师就行。"

2009年，原子朝被评为全国模范教师，到北京出席全国教师节表彰大会。陈鹏飞书记为他送行时说："原子朝老师，不仅是平顺教育的光荣，也是上党老区人民的光荣。"

9月7日晚，原子朝等全国模范教师在人民大会堂受到了胡锦涛、温家宝、习近平等党和国家领导人的接见。他还在北京师范大学出席了第四届全国师德论坛大会，在会上做了交流发言。

原子朝没有去过北京，也没想过这辈子还能亲眼见到这么多党和国家领导人。他在人民大会堂买了两盒人民大会堂烟，然后，坐火车回到长治市。他来北京开会，因为赶时间，坐的是飞机。他没有坐过飞机，这回坐了。回家时坐火车，因为没有坐过火车。

回到西井山上，他把人民大会堂烟发给乡亲们抽。西井山人都羡慕他，说他又坐飞机又坐火车，真是了不起。

2011年春天，我们见到原子朝老师。他告诉我们，陈鹏飞书记上了西井山就在住他的办公室。"那你去哪儿睡？"我们问他。

"找个地方吧。"

"是不是去了张寡妇家？"我们故意开玩笑。

原子朝老师很认真地说："西井山只有光棍，不可能有寡妇。"

我们话入正题，问他："媒体上都说，你扎根山区教育几十年很不容易，你自己觉得难不难？"

他说："没个甚不容易。我就生长在山里，在山里教书，比老百姓强。国家按月给我发工资，我没有任何后顾之忧。我觉得当个老师好，只要我能站在讲台上，我就不下西井山。"

2010年1月的一天，寒冬腊月，国务院副秘书长项兆伦，要从河南林州到平顺县来，调研农村小学教育的情况。

陈鹏飞书记、张安庆局长在井底与林州的交界处，接到项兆伦副秘书长一行，沿路考察了井底村小学、石窑滩村小学、东寺头村小学、西沟村小学、龙镇村小学，并听取了平顺县中小学人事制度改革的情况汇报，了解了全县农村小学的发展现状。

项兆伦副秘书长对平顺中小学人事制度改革给予了高度的评价。

时过不久，平顺县教育局接到山西省教育厅的通知，要求平顺县派一名小学教师，去北京参加国家中长期教育发展纲要座谈会。

派一名小学教师去北京参加座谈会不难，因为平顺县优秀的小学教师有的是；难的是这名小学教师不但在教学上要有较高的水准，而且要有相当的阅历、对教育发展有一定的见识，还要有清晰表达的能力。派谁去更合适，更能代表平顺县的教育发展？这倒叫县教育局的领导一时拿不定主意。张安庆局长请示县委、县政府主要领导后，决定来个公平竞争，从全县预选出10名优秀农村小学教师进行演讲，优胜者去北京参加座谈会。

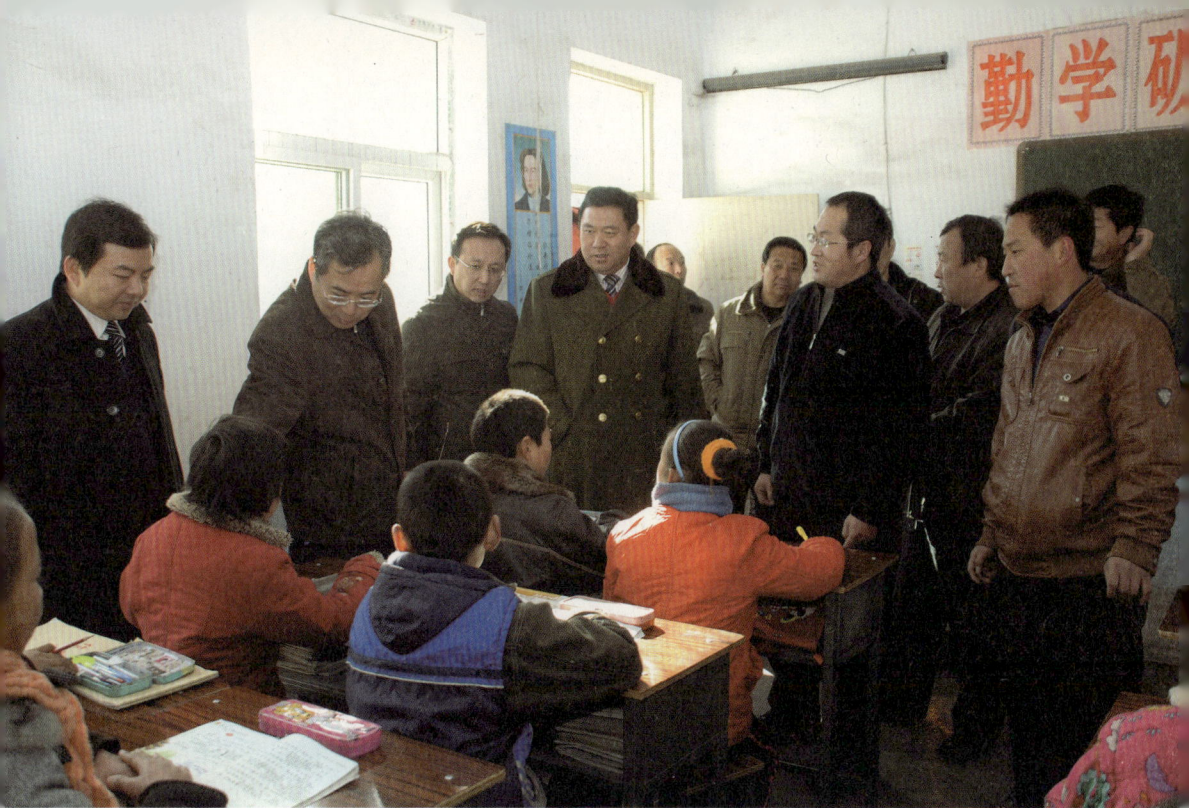

第二天上午，10名教师齐聚县教育局会议室，县委、县政府的有关领导、县教育局的领导也都按时到位。张安庆局长要求老师们思考10分钟后开始演讲，要讲出一个自己对农村小学发展的见解，演讲时间不超过5分钟。

教师们有些紧张，一下不知从何说起。10分钟后，张安庆局长点名演讲。演讲结束后，在场的领导们进行了评议，认为有两名教师旗鼓相当、难分伯仲。该谁赴京参加座谈会？县教育局把两名教师的材料都上报到省教育厅，由上级定夺。

过了几天，省教育厅来了通知，确定由王利青参加座谈会。省教育厅领导特别说明，平顺县的这两名教师省里也定不下来，又是把两人的材料都报到教育部，王利青参加座谈会是由教育部确定的。

王利青，平顺县北耽车乡中心校实会小学校长，高高个头，头发稀疏，戴副眼镜。

　　王利青1976年出生于平顺县北耽车乡马家山村。马家山村在一条山沟里，山沟有五六里长，里边有马家山村的五六个自然庄，王利青出生的马家沟自然庄有十来户人家。

　　王利青上小学，一学期学费18元。就是这18元学费也不是父母给的，而是他利用课余时间上山打酸枣、刨柴胡、捉蝎子挣来的。

　　1992年，王利青考上了长治师范学校。长治师范要一次性收取三年的杂费600元，这叫他的父母伤透了脑筋，无奈之下，一咬牙一跺脚，卖掉了家里仅有的21只羊，总算凑足了这600元钱。王利青带着这600元钱去上学，心里非常难过。

　　1995年，王利青长治师范毕业，被分配到阳高中学教英语，一教就是6年。之后，他被调到石城中学教英语，一干又是6年。在两所中学教了12年英语，他还先后兼任过班主任、教务处主任等职，2006年自考毕业，获得汉语言文学专业的本科文凭。

　　2007年，县中小学人事制度改革，王利青报名竞聘实会小学教学点的校长。老师们对他的这一选择很不理解，这不是从中学降到小学了吗？夫妻都在石城中学教书，孩子还不满三岁，以后怎么办？

　　王利青作出这样的选择，自有他自己的想法。

　　马家山村的孩子上小学，最近的就是去实会小学。可是，实会小学的教学质量不高，让家长们不放心。为了让孩子上个好点的学校，有不少马家山村的人都托王利青找关系，把孩子送到城里去念书。王利青是从马家山村出来的老师，村里的孩子不能就近上一个好学校，这让他觉得很难堪。

　　他知道，农村的孩子去城里上学，不但择校费、住宿费都是一笔不小的花销，而且孩子还往往不被学校所重视。孩子们的学习成绩上不去，家长又花了不少冤枉钱，王利青觉得很心疼。

他非常清楚山里人的几个钱是怎样的来之不易，所以，他要竞聘实会小学校长，为家乡办点实事，让孩子有个好的学校上。

为了尽快提高实会小学教师的教学水平，王利青提出了"教学共为、行为共约、心理共建、资源共享、财务公开"的教学管理模式，改变了教师队伍的拖拉懒散状况，促进了学校教师专业化成长的进程；为了全面提高学生的综合素质，王利青致力探索小学生自我教育和自我管理的途径；为了填补英语教学的空白，王利青曾独自承担了不同年级八个班的英语课，使英语教学发展成了这个学校的特色。

3年过去了，实会小学得到了当地百姓的普遍认可，方圆30里的农村孩子都来这里上学，王利青也成了当地百姓最可信赖的小学校长。

那天在教育局演讲，他结合自己的工作实际，就农村应当大力发展寄宿制学校，以及寄宿制学校的管理，教师的素质和责任，小学生自我管理、自我约束、习惯养成等综合性问题讲了自己的见解。

他没有想到，自己会被推荐为参加国家中长期教育发展纲要座谈会的代表。

2010年1月30日，王利青飞到了北京。这是他平生头一回坐飞机，头一回去北京，住在西西国际大酒店。

王利青到了北京后才知道，全国来参加座谈会的教育代表只有8个人，他是农村小学教育唯一的代表。教育部部长袁仁贵召集8位代表开了一个短会，让大家认真学习《国家中长期教育改革和发展规划纲要（2010～2020）讨论稿》，要提出自己的修改意见；有什么不清楚或者需要解释的地方，可以与教育专家进行直接沟通，专家就住在宾馆里，打电话就能见面。

王利青开始从兴奋中冷静下来，认真仔细地研读《纲要》。他觉得有几个问题需要与专家沟通，比如有关农村教师的工资问题、农村小学高标准建设问题、素质教育问题、农村教师的培训问题等等。

教育专家就这些问题与王利青进行了意见的交换，同时表明，你有什么想法都可以在座谈会上谈。

2010年2月4日上午，春寒料峭，王利青和代表们一起乘车去参加座谈会。他没有想到，车子开进了中南海，在紫光阁前停下。王利青和与会体表步入紫光阁，只见国务委员刘延东、教育部部长袁仁贵、副部长崔小娅等有关部委的领导和专家们已经就座。代表们一进会场，就见温家宝总理微笑着从一个房门进来，热情地与代表们握手，请大家入座。

王利青没有想到，温总理会亲自来参加座谈会，自己一个山村小学教师能见到国家的总理，激动的心情无以言表。

代表们落座后，温总理非常和蔼地主持座谈会，讲到《纲要》的重要性，讲到召开这个座谈会，就是要听听来自基层教育工作者对《纲要》的意见和建议。

温总理讲完后，由代表发言。王利青在发言中提出的第一个问题，是农村教师的待遇问题，有些民办教师工作多年还转不成公办教师，工资很低，《纲要》能不能有个统一的规定？

温总理随即解答说，这要看民办教师能不能适应现代教育的需要，是不是在一线工作，有没有教师的资格证，如果具备这些条件，要择优录用，转为公办教师。

王利青提出的第二个问题，是农村寄宿制学校的建设问题，不是有教室、有宿舍、有食堂，把学生简单地集中起来就叫寄宿制学校，而必须有一个高起点、高配置、高保障，要有高素质的教师队伍，才能有高水平的教学质量。贫困地区的财力有限，要建设高水准的寄宿制学校，还需要中央财政给予一定的资金补贴，对农村学校的教师培训也应该制订一个国家培训计划，提高农村教师水平。

温总理听完，对在座的有关领导和专家说，你们要认真研究一下这个问题，去农村的学校多走走多看看，采用有效的措施解决这个问题。

座谈会一直开到中午时分，温总理、刘延东国务委员、袁仁贵部长与8位代表并共进午餐。温总理端着葡萄酒与大家碰杯。

午餐结束后，温总理与代表们一一握手，送上了汽车，挥手告别。

汽车启动了，王利青隔着车窗向外望去，温总理站在寒风中向他们挥手。后来王利青才知道这一天是立春。

2011年4月，王利青对我们回忆起这一动人的时刻，仍然激动地说，我一个农村长大的穷孩子，能向温总理汇报我对农村小学教育的一些思考和建议，是我巨大的幸福。没有那场学校的人事制度改革，就没有我的一个新平台，也不会有机会去北京。我会好好干的，为了家乡的孩子，为了县委领导的重托，为了总理对山村教师的期望。

平顺人还能记起2007年的那个暑假吗？

伤筋动骨的中小学校人事制度改革，给了平顺县校园一个脱胎换骨的大变化。

2007年以来，累计投入3.1亿元，新建各类学校35所，改造校舍、危房50多所，使全县城乡学校面貌焕然一新。平顺一中、平顺二中、春蕾幼儿园成了县城新的地标建筑、对外交流窗口和名片。

2007年以来，全县新聘教师355名，其中外省的9名，外县的206名。

□ 又考好了

　　就在我们准备结束这一章节的时候，2011年6月25日晚上，平顺一中门前，鞭炮齐鸣，烟花怒放。有人告诉我们，这是一中又考好了！

　　6月27日早上，我们拿到了平顺县2011年高考达线的情况统计表、平顺县教育改革后高考成绩统计表。

　　2011年平顺县高考达线人数221名，其中，一本达线人数53名，二本达线人数168名；应届生72名；文科最高分578分，理科最高分619分。

　　2011年高考达线人数221名，是教育改革前2007年44名的5倍。2011年应届生达线人数72名，是2007年9人的8倍；比2010年的37名翻了一番。

　　校园里充满生机，充满欢笑，充满理想，充满了阳光。

第六章 ▶
龙头高扬起

2007年，平顺县在提出实施"双五"战略、主攻"五大"目标时，把"旅游兴商"确定为全县五项重点工作之一，把"创建全省旅游大县"确定为五大目标之一。

这很明确，平顺县要大力发展旅游了。

2008年，平顺县提出，要在做精做强旅游产业上突破，力争使旅游产业逐步跻身全县主导产业行列。

这也很明确，平顺县要由旅游资源大县迈向旅游产业大县。

2009年，平顺县提出，高扬旅游龙头，主攻绿色生态。

这就更明确了，平顺县要把旅游产业放在全县"核心产业和经济引擎"的地位。

这在平顺县发展史上是从来没有过的，具有石破天惊的意义。

人们不禁要问，平顺不就是个山大沟深的贫困小县吗？把"旅游"叫得这么响，不是发烧吧？

在平顺县，要说植树造林，要说义务修路，那没有问题。再难再苦，啃窝头斗石头，饿着肚子裂着口子，人们也干。那是老百姓觉得就该去干，也是看得见、摸得着的好事，不这样就不对、就不行。

在平顺县，说要开发旅游，人们觉得稀罕，但并不太上心，好像那是没事干的人去干的事。现在说旅游要成为老大，要高扬旅游龙头，很少出去旅游的平顺人能接受、能认可吗？有没有这样的提法是一回事，对不对、该不该是另一回事，行不行、成不成，那就更是另一回事了。平顺人能像修路、种树那样扑倒身子跟着干吗？

陈鹏飞书记知道，这的确是个问题。

思想的撞击是不可避免的，我们看到的，将是一场跌宕起伏的连台好戏。

一、只缘身在此山中

2007年的那个腊月天，陈鹏飞上任平顺县委书记的第二天去了井底村。

那天，雪停了。雄奇峭拔的山褶上都挂了白，山谷的矮树显得青黑，谷底的村庄越发明媚，祥云湖不动声色，祥和而宁静。

陈鹏飞书记站在祥云湖的堤坝上，听了井底村党支部书记周海玉的简单汇报后，明确地说："井底的主要产业应该是抓旅游，其他工作都要围绕旅

218

游产业展开。"

肯定地说，这是陈鹏飞书记在平顺县第一次提及旅游。

旅游，在中国是个新型产业。

中国在改革开放前，没有旅游。准确地说，是没有旅游产业。

在漫长的自然经济和农耕文明中，有人在旅游，但那不是经济学的概念。名山大川风光迷人、名胜古迹声名远扬，自会是高山流水，知音相悦。寄情山水，寻仙问道，很高雅，很阳春白雪，但肯定与经济不粘锅。

谁去寄情山水？不是普通百姓，也不是官场中人，多是那些文人骚客。普通百姓，懂不得，也顾不上。三亩地一头牛、老婆孩子热炕头，就是他们的心事。官场中人，意在步步高升，忙得钩心斗角，也没有这份闲情逸致。倒是那些文人，年轻时，走进山水，求得见识，以博功名；失意时，放荡山水，在半醒半醉间，把自己心中的块垒、纠结、郁闷、积愤，"一樽还酹江月"，以换得"宠辱皆忘"。

以诗仙李白老先生为例。他26岁时，"仗剑去国，辞亲远游"，到了庐山，"飞流直下三千尺，疑是银河落九天"便成绝句。才俊有成，入仕做官，除去《蜀道难》外，少见李白有诗流传。他没有想到官场并不好玩，远没有喝酒作诗那样随意纵横，时间不长，便生出了"欲渡黄河冰塞川，将登太行雪满山"的惆怅来。李白后来倒了大霉，流放夜郎。不料，他在半路被赦，才有了"两岸猿声啼不住，轻舟已过万重山"的放松。

李白这叫旅游吗？心事重重，提心吊胆，仰天长吟，也只是借景抒情罢了。

当然，借景抒情中，墨客方家也留下了许多至今都不乏引人深省的丽言名句。范仲淹根本没有去过岳阳楼，受朋友之托，闭门造车，一不小心，竟作下千古名篇《岳阳楼记》，其中"先天下之忧而忧，后天下之乐而乐"就是后人励志的座右铭。

北国风光，江南烟雨，"江山如此多娇，引无数英雄竞折腰"。但细细数来，恐怕只有明末的徐弘祖算一个旅游的大家。徐弘祖是谁？他的号"霞客"，那就是用34年的时间在旅游的大名鼎鼎的徐霞客。

在计划经济年代，也没有旅游这一说。即便是"上有天堂，下有苏杭"，人们也是在出差办事的时候，顺便"到此一游"。无论断桥边的白娘子是如何的风情万种，无论寒山寺的夜半钟声是怎样的撩人情思，你只是想象，领导不派你出差，你是不可能到苏杭一游的。

北京故宫，元明清三朝皇宫，价值连城。在上世纪六七十年代，进故宫参观的门票竟不到一元钱。这太是个象征了，几乎是敞开午门，欢迎天下翻身做主的人们随意在金銮殿上行走。万里长城，世界奇迹，当时也只在德胜门外北郊市场发有班车，一天两班。

说实话，当时能借出差的机会敢去名山大川、名胜古迹的地方转一转，就算是有品位、有知识的人了。大部分出差的人，是忙着背白面买大米带点心，肚子还吃不饱，跑那些闲地方做甚？

旅游真正成为经济产业，是在改革开放以后。实施家庭联产承包责任制，解放了土地；乡镇企业异军突起，解放了农民；企业推向市场，解放了企业；实施社会主义市场经济，解放了体制。我们选择走有中国特色社会主义道路，温饱问题解决了，步入了全面建设小康社会的新阶段。

在这个大前提下，旅游产业开始迅速兴起。有人戏称，旅游就是吃饱了撑的。

人们一开始旅游，还是在开眼界、还夙愿的初级阶段。去北京、去上海、去泰山、去黄山，可劲往大城市跑、往名山大川跑，"上车睡觉，下车拍照"，花钱受罪，乐此不疲。

旅游一热，文章可作。开发项目的，新建景点的，打造品牌的，纷纷出手。

去长城早已不是一天两班车，而是到处都有旅游车，"哇哇"地叫你上车。故宫的门票一涨再涨，仍然挡不住人们纷沓的脚步。人们买票就可以登上天安门城楼，向下面挥挥手，也过过高瞻远瞩的瘾。

当然，有条件的，还要去美国看看自由女神，去法国看看埃菲尔铁塔，去德国看看马克思，去泰国看看人妖。

后来旅游，人们挑拣起来，城里人去山村，大冬天去海南，逐步升高到深度游、休闲游、体验游的新阶段。

长治的旅游是"外向型"。长治人出外旅游的多，外地人来长治旅游的少。早年，山东的、江浙的在长治拉车钉鞋、卖馄饨打家具，把钱挣走了；一开放，长治人一窝蜂地登泰山拜孔庙、逛苏杭买丝绸，又把钱送给了山东人和江浙人。

几年一过，长治人开始反思，怎样才能让外地人把钱花到长治来？

1994年，长治市政协副主席王怀忠挂帅，带着人在太行山考察，看看哪里能开发成旅游景点。这一看，不得了。原来壶关的太行山大峡谷、黎城的黄崖洞、平顺的井底村，都是得天独厚的旅游好资源。

这些资源原来就在，我们为什么视而不见？只缘身在此山中。

太行山大峡谷里有条公路，从长治县的荫城通往河南林州，叫省道荫林线，1997年改建成了油路。修路并没有多考虑到旅游，而是大小车辆，奔驰而过，烟尘滚滚，为的是拉煤。

□ 井底写生

　　大峡谷的旅游开发是在2000年以后，2001年才拍卖景点，允许民间资本介入，开始成了气候。壶关常平集团投资八泉峡，在这里又搞了一次国际攀岩赛事，大峡谷声名鹊起。

　　黎城黄崖洞的开发要稍早一些。1985年3月22日，邓小平为黄崖洞题写了"黄崖洞"三个大字；1995年建成了泊龙山庄，著名诗人贺敬之题写了匾额。"当一天八路军"成了黄崖洞旅游的一个品牌。

　　井底村也是在2000年前后开发旅游，来的多是些画家、作家。

　　1996年，山西省作家协会主席焦祖尧就来过井底村。他爬了爬哈喽梯，衣服的扣子磨掉好几个。2000年秋，长治市文联组织青年作家来井底采风过，《漳河水》文学杂志为平顺县出过一个专刊，还在这里挂了个创作基地的牌子。那时，井底已经开办了一两家农家旅馆，祥龙湖上也有了塑料小游艇，但还不具备大规模的接待能力。

就是在这前后，平顺县开始说开旅游了。把旅游作为产业之一，第一次被列入了全县的发展规划。

2000年夏，西沟展览馆重新开馆。西沟原来有个展览馆，一进大厅就是毛主席接见李顺达的巨幅照片。后来下大雨，屋顶漏了，大雨冲坏了展板；一根大梁落架，正砸在巨幅照片的毛主席头上。2000年，县政协副主席杨显斌挂帅，汇聚平顺县的精英，重新策划布展。显然，这次复展，从主题立意、内容选择、设计布展，都较以前的好了许多，生动又大气。

与此同时，在西沟村对面的山上修建了"金星峰"，以纪念西沟李顺达荣获"爱国丰产金星奖章"的功绩；还把通往老西沟的路铺成水泥路，路两侧种植了大苗侧柏；李顺达故居的窑顶上树立了互助组"老六户"的雕像。

有人说，这是平顺红色旅游的开始。

□ 参观西沟展览馆

在这之前，平顺县也有领导说过红色旅游。当时留村的名气也很大，一位县委领导说，西沟、留村连在一起，就是一条旅游线。至于怎么连怎么游，领导没有说。领导没说，这事就拉倒了。

2001年12月21日，平顺县成立文物旅游发展中心。这就把旅游的牌子正儿八经地挂了出来。

2003年8月，中五井乡党委书记段志岗出任中心的主任。段志岗上任后，先是为办公地点奔波。这一年，文物旅游中心先后搬了5次家，到了年底，才总算在县政府大院的三孔窑洞里安顿下来。段志岗这年瘦了13斤。

既然是文物旅游中心，总得在旅游上干点什么吧？段志岗想在水上做文章。浊漳河在平顺县境内是三源合流后的主流，自西向东流经北耽车、阳高和石城三个乡镇，形成了53公里长的峡谷走廊，被称为太行水乡。过去，这里山势险峻、水流湍急。如今，下游修建了水电站，抬高了水位，使得水流缓和了，河道宽阔了，形成了或溪流潺潺，或高峡平湖的一道景观。段志岗想在太行水乡搞漂流。

有人漂黄河，有人漂长江，还没人漂漳河。漂黄河、漂长江，那是挑战极限；漂漳河、漂太行水乡，那是放松休闲。

2004年4月，平顺县文物旅游中心组建了华野太行水乡漂流公司，注册资本10万元。华野公司成立后，段志岗去请教专家。有专家说可以搞一次华野漂流活动，时间定在"五一"假期为宜。

要搞漂流，码头需要建设，河道需要清理，设备需要购置，信息需要发布，这都是缺一不可的。这些事有钱也好办，可他们总共只有10万元，够东不够西，一动作就捉襟见肘。时间紧张，资金不够，这就把段志刚忙乱得一塌糊涂了。

□ 准备开始漂流

清理河道杂草，没钱雇人，段志岗就带领全体职工自己干。

在清除杂草的时候，有人说，这河里可淹死过不少人。说者无意，听者有心，段志岗赶紧上岸跑到保险公司，为华野公司购买了一份安全保单。他刚回到离劳动不远的地方，就见一个小孩儿落水了，他一纵身，跳到水里捞人。小孩儿捞着了，但他已经没有力气游回岸上。这时，县文物旅游中心的职工们闻讯赶来，七手八脚才把他们拉上岸。小孩儿吐了一肚子黄水，段志岗也躺在岸上好半天起不来。还好，有惊无险。

漂流活动定在4月25日，4月10号清理完河道水草，段志岗赶紧派人出去购买了100个漂流汽艇，100顶帐篷，4个蒙古包。

购置了漂流设备，他们就再也没钱去打广告发布信息。段志岗亲自跑到太原，通过关系找到山西永泰广告公司的老板，多次恳求之后，永泰的老板才答应做广告后付款，算是帮助华野公司渡过了难关。

广告打出去了，会有人来吗？段志岗他们又为此担起心来。

2004年4月25日，华野漂流迎来了第一批客人。绿柳如烟的河岸上欢声笑语，碧波荡漾的河面上水花片片，游人们尽享着水乡漂流的乐趣。

这年五一假期，太行水乡游人如织，漂流活动接待了2万多人。这件事轰动了整个平顺县，华野公司也成了人们关注的焦点。

段志岗很高兴，这事总算没有办砸锅，来的人也不少，也没有出什么事故，大家也还满意。可是他一算账，油水不大，原因是，来人中有90%的是免票。

他不是愿意免票，可领导来了，朋友来了，不免又不行。就这，他还是很高兴，因为毕竟是花钱赚了吆喝。吆喝就是广告，就是在告诉大家，平顺的华野漂流不错，有时间一定来漂一漂。

平顺的旅游业就算是从太行水乡漂流为起点，正式上路了。

也是在这一年，2004年，中科院地理研究所的专家调研了平顺后，做了一个《平顺县旅游发展总体规划》。这个规划认为，平顺县的旅游资源类型多样、品味较高，集中了长治市乃至山西省大量的旅游资源，不论是自然资源还是人文资源，都堪称旅游资源大县，可以满足各种类型、不同层次的消费需求，市场潜力巨大。

第二年，漳河沿岸各乡镇也都先后成立旅游公司，忙着来切这块蛋糕。

一个叫成泰山的老板挖煤有了钱，也有些见识，便来投资平顺的旅游，开发天脊山。

天脊山，草木深深，险峻奇特，瀑布飞流。成泰山打出的宣传语是："爱我，带我去天脊山。"还别说，真还有小青年往天脊山里钻。

□ 鸳鸯飞上天脊山

227

旅游中心成立了，太行水乡漂流了，天脊山也有点名气了，但是，旅游在平顺县的产业中还是排不上队。说这是不务正业有些离谱，但要么地看重了也不现实，充其量是个补充。因为人们怎么也看不惯，旅游在平顺能成了主业？

陈鹏飞书记来到平顺，显然有了认识上的大不同。他第一次来井底，就明确指出，井底的主要产业应该是抓旅游，其他工作都要围绕旅游产业展开。

这不是偶然的突发奇想，也不是随意地说一说，而是思谋已久，成竹在胸。平顺县怎么发展？平顺县发展什么？这肯定是陈鹏飞书记思考的最为重要的问题。

长治人们可能还记得，在2000年的时候，长治市委举办了一场公开选拔竞聘正处级领导干部的演讲活动，让竞聘者在电视媒体上演讲自己的施政方略。当时，平顺县县长的岗位也是竞聘的岗位之一。竞聘平顺县长的人们，在讲到如何发展平顺时，几乎是同一个思路，那就是要尽快上马大型的炼焦企业、炼铁企业。

人们为什么会是这样？太简单了，因为长治市日子过得好些的县份，不是挖煤就是炼焦。

平顺人以前没有这样想过？显然不是。炼焦不现实，平顺没有煤，那就炼铁。结果闹了个小炼铁厂，还被长治市郊区的长信集团兼并过，也没有成了气候。因为平顺的资源、区位、交通等条件决定了不能走初级的超重型工业发展道路。

还好，主张炼焦、炼铁的竞聘者没有来平顺县当了县长，要不然，还不知道在这个思路上要折腾多久呢。

那么平顺的发展能走什么路呢？大山是平顺的资源。连绵的大山制约了平顺县初级经济发展的步伐，但也保留了这一方没有受过污染的青山秀水。依靠山、发展山、跨越山，成了平顺发展的必然选择。所以，选择发展旅游产业，就选择了一条正确的发展道路。

可见，陈鹏飞书记在井底村讲旅游，是有的放矢。

陈鹏飞书记把旅游放在会议上讲，第一次是在2007年2月25日的县委常委会上。他说："就旅游开发来说，重点景区的基础设施还比较落后；品牌战略、整体开发推进力度不大；旅游同新农村建设、移民扶贫、工业发展的结合还不到位。以上这些问题，只是我在这些天了解情况的基础上提出的粗浅的看法，说得对的，大家就要一方面一方面地认真研究，制定强有力的措施，切实加以解决。"

这次讲话，多少有些投石问路的意味，是在试水温。

2007年3月5日、3月9日，平顺县在长治、太原召开的"推进平顺发展献计献策座谈会"上，陈鹏飞书记讲话就理直气壮了。

他说："平顺是一块古老而神奇的土地，充盈着浓厚的文化底蕴，它的历史与华夏文明等长，有1566处文物古迹，10处'国保'，5处'省保'，长治市第一；有山水兼备的旅游资源，面积之大、景观之奇，在山西省独领风骚。"

顺理成章，在2007年确定"双五"战略、"五大"目标时，"旅游兴商"被列为五个重点工作之一，"创建全省旅游大县"被列为五项目标之一。

陈鹏飞书记在2007年"三干会"的讲话中指出："大力实施旅游兴商战略，在加快旅游开发上打攻坚、求突破。要坚持'规划为纲、市场为先、线路为形、文化为魂'的指导方针，瞄准建设'全省旅游大县'目标，大力实施'旅游活商'战略，彰显特色，提高品味，打造'四色'旅游品牌，加大重点景区开发力度，使我县成为全省旅游业发展最快、最具活力的地区之一。"

平顺的旅游，在平顺县的发展战略中排上了队，而且有了重要的位置。

平顺的山还是那座山，平顺的河也还是那条河，怎么就成了旅游的潜力资源了？只缘身在此山中。

改革开放30年了，平顺才打出了旅游牌。晚不晚？晚了。晚不晚？不晚。这就要看平顺县发展旅游的路要怎么走。

后发也有优势，那就是可以生发跨越。

依托山，发展山，跨越山，这就是平顺县的后发优势。

二、深山美景知多少

2007年4月18日，平顺县召开"创建全省旅游大县动员大会"。

会议上，平顺县人民政府出台了《关于推进旅游产业发展的暂行规定》；县委、县政府重奖了文物旅游先进集体和个人，获得先进集体的以奖代补1万元，先进个人奖2000元。

对旅游进行奖励，在平顺的历史上尚属首次。这表明了县委、县政府把发展旅游作为战略重点来抓的态度和决心。

陈鹏飞书记在会上讲话说："我未来平顺之前，对平顺的印象是穷山恶水，满目贫瘠。来到平顺后，在有限的时间里，我走遍了全县的12个乡镇。特别是近两个星期，我利用周末，穿越了横贯南北的后石旅游公路，从金灯寺到风门口，从石门口到西井山，还到了被称作'世外桃源'的下石壕村。我走一路，看一路，震撼一路，陶醉一路。我对平顺有了一个全新的印象，这里非但不是穷山恶水，反而是青山绿水、灵山秀水。"

谈到古文化和古代建筑遗存，陈鹏飞书记说："我们平顺县有源远流长的历史，丰富的文化底蕴。这里流传着大禹治水、王莽赶刘秀、李白登太行等优美神话、史实传说，保留着10处'国保'、5处'省保'等1566处文物古迹。据最新普查，我县仅五代以前的建筑就有13处。大云院五代壁画为国之仅有，天台庵为全国仅存的木构建筑之一，龙门寺为我国现存唯一的集五代、宋、金、元、明、清六朝建筑于一体的木构建筑，堪称'中华古代建筑博物馆'。"

谈到山水自然风光，陈鹏飞书记说："我们拥有山水灵动、风景如画的奇观胜景。有着保持了"第一自然"原始风貌的世界级太行山大峡谷群；有着'华北第一漂'的太行水乡；有着落差达346米的天脊山华夏第一高瀑；有着太行山地质结构自然生成孕育出的'华北平原天然巨型雕塑盆景'。"

谈到红色旅游资源，陈鹏飞书记说："我们拥有全国闻名的红色旅游基地、山西省爱国主义教育示范基地的西沟。毛主席曾为西沟人民所感而动情挥毫，胡锦涛等党和国家领导人都曾踏上平顺这块英雄的土地，留下了一串串闪光的足迹。"

他说："优美的自然生态，独特的山水风光，厚重的人文古迹，构成了我县丰富的旅游资源。2004年中科院地理研究所做的《平顺县旅游发展总体规划》中，评价我县的旅游资源类型多样、品味较高，堪称旅游资源大县，市场潜力巨大。特别是虹霓大峡谷属'特品'级旅游资源，在国内有很高地位，整体上具有世界意义，由其转化出来的产品可以吸引国内外远程目标客源市场。太行水乡、大云院等'优良级旅游资源'，整体上价值很高。这些丰富的旅游资源为我县发展旅游、创建全省旅游大县创造了条件，提供了可能，发展旅游大有可为，也大有作为。"

谈到旅游产业的定位，陈鹏飞书记说："从长远来讲，旅游产业将是我县最大的支柱产业，是既能富民又能利县、最具发展潜力的朝阳产业，是我县科学发展的必由之路和最佳途径。这也充分说明了县委、县政府提出的创建全省旅游大县这一战略定位是正确的选择，是科学的决策。因此，我们必须站在经济和社会发展全局的高度，统一思想，形成共识，把旅游作为一大支柱产业紧紧抓在手上、大手笔策划、强力度落实，倾全力推进创建全省旅游大县进程，努力搭建好这一推动平顺实现科学发展、争先发展的重要平台。"

怎样走发展旅游之路，陈鹏飞书记说："思路决定出路。抓旅游要明确方向，突出重点，依托'三色'，创建特色；精品做精，基础做实。力争在三五年内，把虹霓大峡谷打造成国家级地质公园，把太行水乡打造成'百里水乡，太行江南'，把天脊山打造成北方张家界，把西沟、留村打造成全国农业旅游示范点。精心打造一批具有心灵震撼力、永久吸引力的旅游特色精品，吸引源源不断的游客，在走进平顺、感受平顺、领略平顺的同时，投资平顺、开发平顺、建设平顺。"

在具体工作中，陈鹏飞书记要求："旅游产业发展，交通是第一位的。交通部门必须做到旅游开发到哪里，公路就修到哪里。要做到'路为景开、景随路建'和适度超前，形成大循环线路和小循环线路互相对接的大旅游交通网络。生态是旅游之本，因此，在发展旅游产业过程中，林业部门要科学规划，动员群众狠抓落实，真正形成绿色通道、百里画廊。要围绕旅游发展三产，不断开发娱乐项目，让游客游得畅快、玩得尽兴。要靠文化激活旅游，离开文化支撑，旅游就失去了吸引力和生命力。在旅游产业发展中，我们必须通过提升文化品位来提升旅游的质量和品位，通过旅游来拉动三产、富民利县。"

我们用了不小的篇幅来梳理陈鹏飞书记的这次讲话，是因为他的这次讲话已经标明了平顺县旅游产业发展的方向和轨迹，回答了人们疑虑的"对不对，该不该，行不行，成不成"等一系列问题。

那我们现在再从头开始，沿着陈鹏飞书记的足迹，用旅游的目光去审视平顺的山水、村落吧。

陈鹏飞书记上任下乡的第一站是西沟。

西沟有着丰厚的红色旅游资源。一代、二代、三代的党和国家领导人都接见过从西沟村走出来的劳动模范，不少领导还亲自来过西沟。申纪兰是全国唯一的一至十一届全国人大代表，亲历和见证了新中国农村发展的历程。走进西沟展览馆，就走进了浓缩新中国农村发展的历史时空隧道。西沟成为全国爱国主义教育基地之一。

2007年7月21日，西沟成为全国第一批廉政教育基地之一。

2008年4月14日，中共中央书记处书记、中央纪委副书记何勇，专程来到西沟考察廉政教育基地建设，并看望老劳模申纪兰。

何勇握着申纪兰的手热情地说："申大姐，我代表中央纪委看望你来了。"

□ 西沟是全国爱国主义教育基地和廉政教育基地

　　申纪兰激动地说："何书记啊，你能来西沟，我特别高兴。廉政建设是个大事情，党风好不好，影响着发展哩。当干部就要廉洁，不廉洁就不能当干部。咱平顺这几年变化很大，就是有勤政、廉洁的好干部。"

　　西沟爱国主义教育基地和廉政教育基地的建设，是红色旅游的一个品牌。

　　西沟深林公园、小游园、采摘园、生态农场的建设，更是形成了农村旅游的一大亮点。

川底村紧邻西沟，而且是全国第一个农业生产合作社的试办地，著名的文学大家赵树理参加劳动、调查民情、深入群众、体验生活，创作出了长篇小说《三里湾》。川底开发出了当年农业合作社的小院，村口有赵树理与老劳模郭玉恩雕像，与西沟的旅游连线配套，形成一体。

不要以为现在的人们只喜欢灯红酒绿，有志的年轻人也要从历史的风雨中汲取丰富的精神营养，在人生的路上跋涉前行。

□ 雕像：赵树理与郭玉恩

井底，是陈鹏飞书记去的第一个偏远的山村。

井底的旅游，是平顺县起步较早的那一批。早在1997年深秋"夜宿老洞沟"时，周海玉和其他村干部就在谋划井底旅游的事了。井底修筑挂壁公路的艰难，石阶路、石板房的古朴，山青水秀的风光，已经吸引人们走了进来。需要特别补充的是，这里的云雾景观，是太行山其他地方少见的。

井底的四周绝壁环抱，很容易形成独特的云雾景观。有雨过后，山外已是晴空万里，但井底却是云雾缭绕。山峰在云雾中或隐或现，自是多了几分妩媚，几分柔情。因此，中国古代的版图上，这里不叫井底，是叫白云谷。

"山色空蒙雨亦奇"，是说杭州西湖。若把句中的"雨"字改为"云"字，"山色空蒙云亦奇"便是说平顺井底了。

□ 井底金秋

陈鹏飞书记去过井底后便去了车当村。

车当村，村前漳河如带，村旁月亮山相伴，水乡风光自然是少不了的。这里曾经佛道盛传，有10座寺庙之多。其中值得一说的是国家重点文物保护单位的佛头寺。

佛头寺，建于宋代，背靠佛爷垴，因山似佛头而名。寺院主殿，面阔三间，进深四椽，屋顶举折平缓，四角如翼腾飞，整体外观古朴庄重，比较完整地保存了宋代建筑的特征，具有较高的建筑艺术研究价值。2006年，佛头寺被确定为国家重点文物保护单位。

但是，很长一个时期内，没有人把佛头寺当做一回事。不就是个寺庙吗？村里有的是。土改的时候，村里有个地主被扫地出门，就只好在主殿后面的副殿里栖身。在破"四旧"年代，主殿里喂过牲口，红卫兵还把檐华昂

嘴也给锯掉了。这座国家重点保护文物，实际上已经年久失修，十分破败。

还好，2007年6月9日上午，长治市第二个 "中国文化遗产日"活动在车当村隆重举行。在这次活动上，长治市有关领导为佛头寺修缮工程测绘设计工作启动仪式揭幕。

这就是说，人们不需要等太久，就可以来拜谒完整而有古色古香的佛头寺了。

2007年2月28日，中纪委、中宣部组织中央及省市媒体记者，上午采访申纪兰，下午去参观大云院。陈鹏飞书记陪同前往。

大云院，在北耽车乡实会村，前临浊漳河，背靠双峰山，依山傍水，大有虎踞龙盘之势。浊漳河蜿蜒东流，河边有多股泉水涌出，推波助澜；双峰

山上有九条山脊，号称 "九龙戏珠"。寺院东边的半山腰上有几十个连环洞穴，传说是三国名将马超的"藏兵洞"。

大云院，建于五代（938年）时期，原名仙岩院。983年，奉敕改寺名为大云禅院。寺院内现存的大佛殿、七宝塔、无头龟，均为五代建筑；院内的巨大碑刻，为宋代遗存。最为珍贵的是大佛殿的《经摩经变图》壁画，是我国迄今仅存的五代时期壁画，具有很高的历史研究价值。可惜，壁画已经斑驳，很难观其全貌。1998年1月，大云院被确定为国家重点文物保护单位。

从大云院溯浊漳河而上，在王曲村还有一处1988年1月确定的国家重点文物保护单位——天台庵。

　　天台庵是我国目前仅存的四座完整的唐代木结构古建筑之一，所以弥足珍贵。庵院不大，西临漳河，三面农舍，一望平畴，树木苍翠。院中有一唐碑，字迹已不清。

　　2007年3月，陈鹏飞书记到北社乡调研。北社乡有一座九天圣母庙是国家重点文物保护单位。

　　九天圣母庙位于北社乡东河村，建于一个高大的土台上，占地面积4449平方米。

　　九天圣母庙分上下两院。上院为供奉九天圣母以及各路诸神的木构殿宇。圣母殿为主殿，以下有献殿，两侧有耳房、药王殿、阎王殿、孔子殿、后土殿、龙王殿等。整个布局紧凑有序，错落有致。圣母梳妆台建于中轴线东侧，上下三层，角檐高挑，挺拔秀气，建筑精细，其构建形制实属罕见。下院有石窑分列两侧，倒也整齐。

□ 九天圣母庙文物维修工程竣工剪彩仪式

出山门，从下院仰望上院，接天连云，庄严肃穆，气势非凡。

九天圣母庙建造于隋朝，以后的唐、宋、元、明、清历代均有重修。现存圣母殿为宋代遗构，献殿为元代遗构，梳妆楼为明代遗构，其他建筑为清代遗构。庙内存有大量石碑、碣石，记载有丰富的社会史实。2001年被国务院公布为国家重点文物保护单位。

九天圣母庙自古以来香火旺盛，香客不断，特别是每年四月初四的古庙会更是热闹。古庙会时，上会的民间社火品类繁多，老百姓乐在其中，也是当地民俗文化的大展示。其中有四景车4辆、社楼24台、神驾、神马、高跷、社鼓等不一而足。

这些社火器物中，"四景车"最引人注目。四景车，造型大方，结构奇特，堪称稀世之物，曾走进央视"一年又一年"、"走遍中国"等栏目。

2007年4月初，陈鹏飞书记一进下石壕的那天，他是先看的太行水乡。

北耽车乡的柳树湾，是为一景。漳河流到这里，河面陡然宽阔，水流漫延平缓。水深成潭处，两岸垂柳成林；水浅成溪时，河岔中便有了连绵柳林。河就地势，柳随河长，如此水柳相伴，长长久久，随曲就湾，竟生出十里柳树湾来。

这在浊漳河的流域中极为罕见，乃为奇景绝笔。红尘中人，若泛舟其间，"举头"蓝天白云，"低头"碧水清流，春风吹拂，柳浪如烟，定然会是豁然开朗，心清气爽。

2007年，太行水乡风景区被山西省精神文明建设指导委员会命名为"2006-2007年度省级文明和谐风景区"。

241

□ 柳树湾

北耽车村的河对面就是南耽车村。南耽车村向南进山，有一个南垴山。南垴山上有娲皇宫，据传是河北涉县娲皇宫的行宫。娲皇宫建在太行山上，说明史前神话传说"女娲补天"的生发地就在太行山上。

南垴山有3000亩的白皮松，更是一大景观，半山腰上有棵"松裹柏"树，4个人拉起手臂难以合抱，松树的枝头上长出柏树来，乃世界奇观。树下香火不断，人们在祈福着自己，也在祈福着大自然。

沿漳河东流，阳高村有古寺一座——淳化寺。

淳化寺建造于唐开元年间，被称为龙门寺的下院。淳化寺现存宋代原构的一座佛殿，面阔三间，进深六椽，平面方形，单檐歇山顶。梁架用材规范，制作工艺精细，形制古朴大方，是全国仅存的128处宋代木结构古建之一，具有较高的建筑研究价值和历史研究价值。2001年6月，淳化寺被确定为国家重点文物保护单位。

佛殿西侧，立有两通宋代的青石经幢，3米多高，分别刻有陀罗尼经和心经，楷书阴文，清晰可辨。

民间传说，淳化寺大殿地下建有长长的暗道，直通村外河滩，一旦遇险，僧人可从暗道逃命。因为无人开发，有无暗道也不得而知。

淳化寺是龙门寺的下院，

□ 唐代建筑淳化寺

龙门寺在此处不远的石城镇源头村。

　村名为源头，定然与河相关。长治市的沁源县，是沁水河的发源地；沁县的漳源村，是浊漳河西源的发源地。石城镇的源头村也是一条小溪的发源地。源头村在一条山峦耸峙、峭壁悬崖的山谷里，山谷长8公里，处处有泉水奔突，聚成小溪，注入浊漳河。小溪源头的8个自然庄合称源头村。龙门寺就建在源头村的龙门山腰。

　龙门寺，山环水绕，极其幽静。一条小溪清幽见底，一条石径弯弯曲曲，拾阶而上，松柏森然，其间众多碑刻，真可谓"深山藏古寺，碧溪锁龙门"。

　龙门寺有八宝："龙门山前有龙门，宝石油灯昼夜明，金鸡啼鸣钟声响，帆杆预卜天阴晴，五槐闹檀映日红，菩萨含笑迎佳宾，石龙吐水流清泉，透明碑前整衣冠。"所以，又有"八宝龙门寺"的美称。

　龙门寺初名法华寺，又名惠日院，始建于北齐天保年间，北宋乾德年间改名龙门寺。寺院的殿、堂、廊、庑，布局严谨。其中，西配殿为五代925

年所建，是我国现存的唐至五代时期悬山式殿宇唯一的实例，堪称为"中华一绝"。大雄宝殿为北宋年间所建，其他均为明清重建。

一座古寺，居然汇聚了从唐朝以来的历代木构建筑，为我国现存文物中所罕见，被专家称为"历代建筑博物馆"。1996年11月，龙门寺被确定为国家重点文物保护单位。

拜道龙门寺，访水恐龙谷。

阳高乡候壁村的恐龙谷，一反柳树湾水墨丹青的写意，而是浓墨重彩的油画。景区内，绝壁对峙，悬瀑飞流，可谓是"潭弘绿水，景物奇秀"。

□ 恐龙谷

走进下石壕村便又是另一番景致。石岸石墙、石房石瓦、石阶石路，精致而纯粹，更像是挂在半山的素描，线条清晰而淡雅。

这里与城市的喧闹绝缘，与名利的追逐隔世，纤尘不染的古朴，原始生态的纯粹，足以沁人心脾、透人骨髓，荡尽心中的一切杂念。

我们完全可以想象，明月当空，清辉漫柔，坐在石房前的石凳上，"举头望明月"，肯定会情不自禁地发问，天上宫阙，今夕是何年？若再小酌两杯，神思一飞扬，产生出"我欲乘风归去"的雅兴也说不定。

陈鹏飞书记一进下石壕，就锁定这里是世外桃源，一定要珍惜保护，全力开发，成为平顺的一张名片。

2007年4月6日、7日、8日连续3天，陈鹏飞书记一行看杏城，走后石线，上西井山。

到了杏城一带，就到了平顺县东南部的风景区。

玉峡关，晋豫两省古代的咽喉要塞，是我国现存唯一的断山开凿、设于山顶的关隘。

玉峡关原名风门口，早年间，只有一人来宽，是山民们去林县歇脚的地方。明嘉靖年间置县平顺，才在风门口断山开凿，设立关隘，派军驻守，取名玉峡关。

玉峡关内，峡谷幽深，峰峦叠嶂，景色雄奇俊美；玉峡关外，壁立千仞，高耸云天，绵延百里为直立危崖。山中不乏嶙峋怪石，被赋予了种种神奇传说。诸如"刘秀心肝"、"鸦衔石"等奇石，多与汉代王莽追刘秀的故事有关。

陈鹏飞书记想去金灯寺，由于正在修路而不得成行。

金灯寺建造于北齐天宝年间，北依陡崖，南临深谷，由东往西七进院落，建筑有关帝庙、钟鼓楼、聚仙楼、大佛殿。山腰北崖有大小14个石窟，其中水陆殿为最大。

水陆殿又称水罗殿，面积约125平方米。上置平顶方型藻井，四壁雕造石佛众多，下有一池清泉，清澈见底，旱不干涸，涝不溢出。水池上有十字形平面青石桥直通佛台，佛台上有莲花佛座，佛座上立三尊石雕佛。佛像高3米，面相庄重含笑。佛居水上，泉涌佛下，别样的佛光氛围。

金灯寺现存历代碑碣40通，石塔46座，浮雕壁画90幅，为山西省重点文物保护单位。

□ 金灯寺

　　从金灯寺向西北，不远处，到了一个叫西迤上的自然庄。从这里下山，进入了峡谷，沿石阶路，可以到达青龙洞景区。这里是溶洞群，著名的有青龙洞、黑龙洞。进得洞来，别有洞天，完全可以与著名的"七星岩"有一拼。

　　如沿峡谷石阶路前行，有山花相伴，溪水相从，可直通井底老汪沟的山顶。老汪沟是井底一个新开发的景点，走栈道从上而下，定叫你步步为景，赞叹不已。出老汪沟，便又是湖水清波，白云悠悠。

　　陈鹏飞书记一行沿后石线到了东寺头乡。东寺头乡的天脊山景区，已经是有些名气了。

　　天脊山景区总面积1419公顷，森林覆盖率达90%以上，山势海拔由500米至1800米呈三级绝壁分布，山峰险峻，高入云天。景区内各种瀑布、溪泉遍布山谷，"风经绝顶回疏雨，石倚危屏挂落泉。"其中天泉飞瀑，落差高达346米，"疑是银河落九天"，堪称"华夏第一高瀑"。

东寺头在抗战时期有小延安的美誉，八路军一二九师一部、抗日军政大学六分校、太行第四军分区都在这里驻扎过。"上党战役"的后勤指挥部也设在这里。这方水土为革命做出的贡献永不磨灭。

陈鹏飞书记一行过虹梯关乡，傍晚上了西井山。

西井山也是石房、石瓦的小山村，是与下石壕村、井底村不同的另一道景致。井底村卧在山脚，下石壕挂在半山，西井山隐在山巅。井底村山清水秀，以景迷人，惹人陶醉；下石壕简洁纯粹，物人通灵，使人宁静；西井山与天为党，可揽星月，令人忘我。

第二天，一早看日出，上午座谈会。下了西井山，陈鹏飞书记一行从梯后村进入虹霓大峡谷。

"虹霓"，颇有一说。

虹梯关有河，叫虹梯河，源出东寺头乡，流经虹霓大峡谷、虹霓村、茱兰岩村、龙柏庵村，从和平讪峡谷出境，入河南林州马家岩水库，全长43公里。

虹梯河缓缓流来，在虹霓村突然跌落深谷，形成了宽20米、落差30米的大瀑布。瀑布玉珠飞溅，水汽升腾，在阳光的照射下，常常有壮观的虹霓景象。于是，虹梯河改名虹霓河，村叫虹霓村，峡谷也叫虹霓大峡谷。

虹霓大峡谷，长26公里，面积54平方公里。峡谷悬崖壁立，谷底清泉迸流，主要景点有南天门、三叠瀑、牡丹寨、凤凰台、莲花峰、盘蟒崖、龙曲水等10多处。

峡谷两岸地质复杂，奥陶季、寒武季、中元古界地层，在这里都有比较完整的地质剖面、地貌景观。中国社会科学院旅游专家组考察后认定："虹

250

霓大峡谷完全符合国家地质公园和世界自然遗产标准，是旅游极品资源。"

虹霓大峡谷少不得有诸多人文景观，有商周武成王黄飞虎留下的师盔山、鞭山、牛头山，有汉光武帝刘秀留下的汉王寨，有唐太宗李世民留下的跳马涧等。

虹霓村的明慧大师塔，2001年被确定为国家重点文物保护单位。

明慧大师塔，是明慧大师的舍利佛塔。明慧大师是虹霓村海会院的住持高僧。海会院是当时声名鼎沸、香火旺盛的名寺。

可惜，海会院不知毁于何年。有幸，留下了明慧大师塔。

唐周乾符四年（公元877年）正月十八，僧徒报告明慧大师："保广要杀大师。"明慧大师神色不改地答："吾久于生死心不怖焉，若被所诛，偿宿债矣。"大师圆寂，五代后唐长兴三年（929年）弟子崇昭奉潞州节度使

□ 明慧大师塔

命，捧舍利为大师建塔。

明慧大师塔通体青石雕造，高9米，平面方形，单檐五迭四柱式，覆钵尖锥顶。塔身正同劈门，门左右浮雕金刚像，肌体丰满，刚劲有力，身资活泼，神态逼真。四周刻缠枝花边，刀法流畅，庄重大方。塔身左右雕直棂假窗，背面嵌有五代后唐长兴三年石碣一块。这是我国现存唯一的一座五代原构方形石塔，是唐代单层石塔的代表作，被《中国古代建筑史》引以为典范。

2007年5月12日，山西省、长治市百名摄影记者聚集豆口村进行摄影创作。陈鹏飞书记为豆口村民俗摄影创作基地揭牌。

豆口村，紧邻浊漳河，山清水秀，存有大量的很具气派的明清民居。那些木构木建、石雕石刻、青砖黛瓦、粉墙石壁的院落，在明白地告诉后人，他的先辈是做过大买卖的。

豆口村的街巷不宽，皆以石板铺成，弯弯曲曲地贯通着整个村子。

行走此间，没有晋中大院那种财大气粗的逼迫感，也没有下石壕那种古朴自然的回归感，像是在欣赏着一幅悠然淡雅的市井画卷，似乎能听到独门小院里算盘拨动的声响，年轻夫妇小别新婚的娇嗔，油灯下纺车"吱吱"的欢笑声。

记者镜头里的豆口村是怎样的？那就看要他们的"知识"了。

我们走马观花，草草浏览了平顺县颇具特色的重点旅游景点，尽管来不及细细品味、深度解读，就足以使自己流连忘返，陶醉其中，不知魏晋了。

我们知道，还有许多有价值的地方我们没有提到，比如小西天、苗庄九天玄女庙、花园口、石门口、张家凹、虹梯关等。其实，我们怎样说也说不完的，因为，整个平顺县就是一个大景区。

平顺县选择旅游业作为龙头产业，这有些和中医看病一样，切准了平顺发展落后的脉。

当然，对症下药，还需要时间，还要有一个过程。

三、掀起你的盖头来

2007年初夏，繁花去后，草木争荣。陈鹏飞书记第二次来到井底村。

这时，井底村的旅游业已不是自己小打小闹，而是与长治万博装饰公司达成协议，注册了井底万博旅游公司，共同开发老汪沟。万博公司的老总是李永平。

老汪沟，其实是一条大峡谷。进沟一开始，沿河而行，草木葱茏，蔽日遮天，河床上布满巨石，小溪如鸣佩环。峡谷尽头，峭壁高耸，瀑布悬挂，溅玉飞珠。

有人攀援而上，发现峭壁上别有洞天，仍有一道奇特而深长的山间缝隙。瀑布就是在这山间缝隙中聚集、跌宕、破壁而出的。沿缝隙进身，脚下泉水响，头顶一线天，似乎已经听到太行山的心跳。走到缝隙底部，可见山层断部有水渗出，那就是瀑布的源头了。若再向上攀爬，可到崖顶。这崖顶就是那青龙洞景区的谷底。

人们发现了这一秘密，就想进一步开发老汪沟。要进入到峭壁的缝隙中，必须在山谷向上的峭壁上修建一条栈道。于是，老汪沟旅游栈道工程动工了。

周海玉向陈鹏飞书记汇报说："栈道已经修了100米。"

"走，咱去瞧瞧。"陈鹏飞书记说。

到了谷底，只见峭壁上的栈道呈"之"字形进入了大山的缝隙。栈道是用螺纹钢成三角形锚进山体里，焊上三角铁，再铺上木板，加上护栏。

陈鹏飞书记抬头看看栈道，说："咱上去。"

这时有人悄悄告诉周海玉，陈书记有恐高症，还是不要上了。

周海玉赶紧对陈鹏飞书记说："陈书记，栈道施工不好看。咱等修好再来吧。"

陈鹏飞书记说："咳，就是来看栈道的，哪能不上去？"

周海玉在前，陈鹏飞书记随后，大家上了栈道。一登高，一望远，景色大不相同。远望群山，竟如泥丸；俯瞰谷底，一览无余。

"好你的啊，真好。"陈鹏飞书记脱口而出。

□ 井底老汪沟

进入峭壁的缝隙，竟然平缓了许多。泉水在青石上流淌，似有似无，低洼处成潭，叫人心静。

再往前走，工人们正在施工，钻机声声，焊花点点。

陈鹏飞书记从栈道上下来，坐在台阶上歇歇。大家开玩笑说，要是胖些的人上起来更费劲。陈鹏飞书记说，恐高的人最好不要上。大家一听都笑了。

陈鹏飞书记说，听说王相岩不错，咱去看看。

王相岩是河南省林州市的旅游景区，东出井底村不远。同在太行山脚下，又是近邻，王相岩的旅游开发得就早，至少在2000年时就已经成形了。很多游客是来了王相岩后，才知道向里走不远有个井底村也很不错，这才顺道进到井底看看的。

王相岩景区也是一道山沟，可它没有井底的一池湖水，但无论是吊桥栈道还是台阶山道，都搞得像模像样、规规整整。

陈鹏飞书记他们在王相岩景区里看过一圈后，已经是午后1点多钟了。周海玉说："陈书记，咱在这儿吃点饭吧？"

陈鹏飞书记笑着说："我是平顺的县委书记，还能在林县吃饭？"

回到井底，大家洗漱一把先吃饭，饭是手擀面。陈鹏飞书记问周海玉："看了看王相岩，有什么想法呀？"

周海玉说："我不知道去过多少次了，人家的一条沟成了景区，天天有人去旅游，咱的一条大沟比人家的还好，却很少有人来，心里不得劲呗。"

陈鹏飞书记说："都是太行山的一条山沟，人家早走一步就得了先机，我们迟了几年就吃了大亏。这就是教训。我们要迎头赶上，因为我们的优势也很明显。"

"唉，陈书记，早先县里没有开发旅游的意识，现在想开发了又没钱。客人不来不显啥，来了客人留不住，这都是困难。"周海玉说。

陈鹏飞书记说："咱迟是迟了点，但只要把景区开发出来，井底村还是有赚头。你村里有多少口人？"

周海玉说："有800多吧！"

"好，我给你算算账啊。将来景区开发出来的话，要有人开旅社，有人开饭店，有人打扫卫生，有人搞接待，还可以开超市，把咱的山货卖给游人。真把旅游业搞好了，你村800多人不够用，咱农民还用出去打工？只怕城里人得给咱打工哩！"

"那肯定好，只是村里穷。"

"不用怕，栈道修好，县里通盘考虑相关的配套设施建设。你要抓紧老汪沟的工程，争取早日具备接待能力。"

"那没问题。"周海玉说。

2007年6月25日，平顺县文化工作会在石城镇豆口村召开。

平顺县把文化工作会议开在豆口村，显然是别有新意。

在这次会议上，陈鹏飞书记指出，平顺文化的特质，是劳模文化、古韵文化、风景文化。

他说："文化是软实力，要和旅游产业发展紧密结合起来。要通过高科技手段复制全县各寺庙残破的珍贵壁画，使价值连城的千年壁画再现人世；要发掘整理现存的石刻、碑文、铭记，以及陈卿、石勒、马三保等名人的故事，要编写王莽赶刘秀在平顺的系列传说，宣传传统文化中的经典；要组织各种活动，再现和提升丰富的民俗文化；要保护和开掘平顺独有的石头文化；要把一些特色文化产品在旅游景点进行推销，在旅游解说词中融进特色文化的内容；等等，通过这些方式把文化和旅游结合起来，就能让旅游更旺，文化更活。"

"做强特色文化，要走出去请进来相结合，借风扬帆。要潜心研究，多管齐下，培育市场。从图书系列、音像制作、文艺作品、巡回展演等各个方面入手，做到每一种特色文化都有一书、一画册、一光盘、一故事、一种表演形式，让更多的人们了解它、认识它、熟悉它、传播它。"

2007年6月29日，平顺县举办旅游产品推介说明会，特邀请省城27家旅行社参加。

2007年7月29日，中央美术学院、中国传媒大学领导在平顺县举行绘画、写生创作基地授牌仪式。

2007年8月19日，平顺县举行第二届龙门文化艺术节暨太行水乡四项旅游开发项目竣工剪彩仪式。

2007年8月20日，"中国·长治平顺太行水乡首届全国新闻记者漂流邀请赛"隆重开幕。这是借助国家新闻出版总署在平顺扶贫的契机所举行的一项大型活动，请记者们走进平顺，感受平顺，宣传平顺，提高平顺的知名度。

当天，平顺县召开旅游产业开发与规划座谈会，省旅游局局长籍振芳出席。

10月，太行水乡被山西省水利厅批准为"省级水利风景区"。

2007年短短的一年，平顺的旅游产业已经显示出勃发的态势。陈鹏飞书记在2008年1月25日全县"三干会"上总结2007年旅游工作的情况时说："旅游产业活力四射，人气指数一路飙升。从夯实旅游基础设施突破，全县旅游开发新增投入3000万元，新建七条旅游循环路，后石旅游专线全线贯通并完成油面铺装；太行水乡、天脊山、虹霓大峡谷、井底等六大景区建设步伐加快，接待能力明显提高。全年各景区共接待游客35万人次，同比增长30%；门票收入达到263万元，同比增长66%；旅游综合收入达到1480万元，同比增长78.3%，均创历史新高。"

这一年开发旅游的实践证明，县委、县政府发展旅游的决策是正确的。陈鹏飞书记在2008年"三干会"上明确释放一个信息："围绕创建全省旅游大县目标，打好开放开发攻坚战，在做精做强旅游产业上突破，力争使旅游产业逐步跻身全县主导产业行列。"

2008年，平顺县的旅游继续发热。

2008年3月16日上午，县长唐立浩与龙滤山旅游开发有限公司董事长于喜凤举行了小西天景区转让签约仪式，标志着平顺县小西天景区正式进入开发阶段。

3月20日上午，虹梯关乡梯后村彩旗飘扬、鼓乐喧天。虹霓虹大峡谷、西井山景区开工建设启动仪式在此举行。县长唐立浩、县人大主任申和平等领导，以及相关部门负责人参加了启动仪式。虹霓大峡谷景区负责人成泰山、西井山景区负责人赵颜萍分别就两个景区的开发情况作了简要介绍。

2008年4月10日至13日，县文物旅游局组织全县各景区负责人参加了在河南郑州举行的中国国内旅游交易会。这是一年一度的旅游盛会，平顺县各景区负责人充分利用这个平台，寻求合作伙伴。

五一小长假，陈鹏飞书记到井底、天脊山、华野漂流等景区进行调研。

陈鹏飞书记再进井底，让周海玉喜出望外。

2008年，井底村想尽快建一个停车场，修一条5公里长的环村旅游路，加高祥云湖拦水坝。这些都列入了平顺县旅游开发建设项目的重点工程，但建设资金并没有到位。没钱，没有人设计，周海玉很发愁。

春天来了，是土石方工程施工的黄金季节，可陈鹏飞书记正在上海浦东干部学院参加中组部的干部培训。周海玉不知陈书记要走多长时间，很担心错过春季，工程恐怕就拖到第二年去了。

正在这时，陈鹏飞书记利用五一假期回到平顺，带着县发改委等相关部门的领导来到井底。周海玉没有想到，陈鹏飞书记会在学习期间挤出节假日的时间来井底。

了解情况后，陈鹏飞书记当即要求县发改委申庆斌主任考虑立项，争取县财政资金给予支持。

节后一上班，县发改委请来了设计师，对井底村进行了整体景观规划。很快，土石方工程开工，形成了景区建设的高潮。

一年后，井底村的停车场、环村路、拦水坝都修好了，一湖两岸、诸多景点串联在一起，发展成了一个设施完善、配套齐全的旅游景区。

一座新建的白云山庄，粉墙黛瓦，造型别致，主体面积6000平方米，可供300人商务旅游。后来，人们把"白云山庄"更名为"通海山林居"。

村民已经办起了28家农家旅社，16家农家超市，还有的购买了大、小客车接送游客。村里没闲人，家家都挺忙，日子越过越红火。

2008年6月26日，平顺县召开"全县旅游项目协调推进会"，陈鹏飞书记在会上讲话，强调旅游推进的认识问题、建设问题、文化包装、整体推进问题。

他说："今年对旅游开发而言是一个攻坚年。攻坚时刻，努一把力就上去了，一松手就下去了。上去了，那就是无限春光、滚滚财源、越做越强，成为又一支柱产业；下去了，那不但使近年来的努力付之东流，而且会错失良机。"

他说："搞旅游开发不同于其他项目，必须一次集中投资，一次建设到位。文化是旅游的灵魂，宣传是旅游的引擎，三产富民是旅游的目的。离开文化支撑，旅游就失去了吸引力和生命力。'酒香也怕巷子深'，只有丰富的旅游产品，没有有效的宣传，也只能是'深藏山中人未识'。旅游经济是人气经济，引不上人来旅游就是空谈。每个景点都达到'五个一'：一本书，一张光盘，一本画册，一个精彩故事，一支歌（民谣）。"

2008年7月25日，山西南部早期建筑保护工程在九天圣母庙启动。国家文物局副局长童明康在启动仪式上讲了话。他说："山西南部是我国现存元代以前早期木结构建筑数量最多、密度最大的地区，这批弥足珍贵的木结构建筑，不仅真实地反映了我国早期建筑的形式、布局、结构，而且保存了大量同时代的彩塑、壁画、彩画及砖、石、木刻等雕刻，具有很高的历史、艺术、审美价值。有效地保护好这批珍贵的文化遗产，对真实地保存并延续其蕴含的历史信息，对于研究我国古代建筑和艺术发展史，传承中华民族优秀的历史文化具有重要的现实意义和深远的历史意义。"

陈鹏飞书记在仪式上表示，一定会精心组织、科学施工、确保质量、到期完工，让千年古建筑在我们手中得到更好的保护。

9月3日，山西天脊作家之家揭匾仪式在天脊山风景区隆重举行。山西省作家协会党组书记翁小绵、平顺县委副书记崔江华、县人大主任苏和平一起为"山西天脊作家之家"揭匾。陈鹏飞书记作了热情洋溢的讲话，欢迎作家来平顺进行创作，欢迎作家宣传平顺。

　　9月7日，国家旅游局4A级旅游景区评定专家组一行，对天脊山景区进行了考察评定。在评定会上，专家组对平顺县创建4A级景区工作所做出的努力表示了极大的肯定，景区不仅展示了独特的旅游资源，在基础设施、功能设施建设方面也得到了较快的发展，管理和服务水平有了一定的提高，景区的发展后劲非常足。在交换意见时，评定组认为天脊山景区交通、游览、安全、通讯设施健全，资源利用与环境保护工作处理得当，同时要求实施"保护型开发战略"，打造国家4A级精品旅游区。

　　9月16日下午，首届名人名家进平顺活动启动仪式暨平顺县旅游文化研究

□ 首届名人名家进平顺

会成立大会，在彩凤公园举行。

启动仪式上，陈鹏飞书记在致辞中表达了县委、县政府要以旅游产业为龙头，依靠山、发展山、跨越山的发展方略；欢迎名人名家多来平顺走走看看，激发自己的创作灵感，创作好作品；希望各位名家丹青画平顺，妙笔写平顺，提高平顺的知名度。

在启动仪式上，20位作家、画家被聘请为平顺旅游文化研究会顾问、平顺旅游文化推介大使。山西作家书画研究院院长、著名作家、书法家王东满被聘请为平顺县旅游文化研究会名誉主席。

这次活动期为三天，名人名家参观了西沟、井底、天脊山等景点，有的书画家当即留下了诗词、墨宝。18日晚上，举行座谈会，大家们神采飞扬，议论纷纷，都对平顺的劳模文化、自然景观与发展之路感受很深，发表了许多独到的见解。

陈鹏飞书记在座谈会上讲了话。他说："平顺的旅游要有特色，就必须与文化紧密结合，名人名家进平顺就是很好的方式之一，还要连续办下去，每年一届。通过这种方式，让名人了解平顺，让平顺走向全国。"

9月21日上午，第二届全国新闻记者漂流邀请赛在太行水乡漂流景区隆重开幕。

这次漂流邀请赛规模更大，人民日报、光明日报、中央电视台、北京电视台、山西电视台、人民网、新华网、中国网、搜狐网、新浪网、京华网、中国新闻出版报、中国青年报、中国农民报、中国文化报等全国68家媒体的记者参加。邀请赛活动为期4天，包括漂流赛、景区采风、旅游产业座谈会等。

国家新闻出版总署机关工会主席陈艳如，国务院发展研究中心局局长王

□ 第二届全国新闻记者漂流邀请赛开幕式

佩亭、副局长林家彬，长治市市长张保，中国新闻出版社副社长田森，山西省旅游局副局长王文保，山西省机械设备成套局副局长王拥军等嘉宾出席开幕式。

陈鹏飞书记在开幕式上致欢迎辞。他说："记者们来到平顺，参加漂流邀请赛，要享受太行水乡的优美风光，放松自己的身心；到景区采风，足可饱览太行山的雄奇峻美，宣传平顺的灵山秀水；参加旅游产业座谈会，留下你们的宝贵意见，有利于平顺的进一步发展。"

2008年10月21日，国家旅游局4A级景区评定组到太行水乡进行评定、验收。专家组对平顺县把旅游产业作为县域经济支柱产业来抓的做法给予高度评价。经专家组综合评定，太行水乡景区高标准规划，高质量建设，高水平管理，达到了国家4A级景区的要求。

2008年11月，国家旅游局网站发出通告，首都博物馆等76家景区被批准为国家4A级旅游景区，平顺县的天脊山景区和太行水乡景区榜上有名。

在此前后，太行水乡被评定为国家水利风景名胜区。

海南，博鳌，海风吹拂，风景如画。这里面临南海，烟波浩渺。自从有了"博鳌论坛"，博鳌便世界闻名。

2008年12月26日，"2008博鳌国际旅游论坛"开幕。这是由国际旅游营销协会与联合国非政府组织和谐基金会、中国国际旅游网共同承办的当今世界旅游界顶级论坛之一。在这次论坛上，组委会授予平顺县"中国最具影响力旅游名县"荣誉称号。

2008年，平顺旅游收获颇丰。平顺县荣膺"中国最具影响力旅游名县"；天脊山景区、太行水乡景区被评定为国家4A级景区，在长治市三分天下有其二；西沟荣获全国农业旅游示范点，太行水乡荣获国家水利风景名胜区；五大"国字号"旅游品牌熠熠生辉，彰显魅力。全年新增旅游开发投入6700万元，九天圣母庙环境整治等四项重点文物保护工程进展顺利，青龙洞等新开发旅游景区建设步伐加快，太行天路、后石旅游线全线贯通。全年各景区共接待游客50.6万人次，门票收入近千万元，旅游综合收入突破5000万元，均创历史新高。

四、三进虹霓大峡谷

2009年2月7日，在平顺县"三干会"上，陈鹏飞书记作了《高扬旅游龙头，主攻绿色生态，为夺取"双五"战略"五大"目标新胜利而努力奋斗》

的报告。

2009年旅游工作的新提法是："主攻绿色生态，把旅游开发调整为全县的核心产业和经济引擎，在创建全国旅游大县上初见成效。"

2月20日，平顺县公布了《关于创建中国旅游强县的实施方案》，强调了旅游产业是平顺县经济社会的支柱产业和主导产业，指出了平顺旅游产业的鲜明特色是绿色生态；目标是高扬旅游龙头、主攻绿色生态，全力打造中国旅游强县。

2009年3月7日，平顺县召开"推进旅游产业发展暨创建中国旅游强县动员大会"。

陈鹏飞书记在讲话中指出："高扬旅游龙头、创建中国旅游强县，不是县委、县政府一班人的心血来潮，也不是好高骛远，而是从科学发展、可持续发展的角度，顺应时代潮流，听百家言，聚百家策，做出的非常慎重的选择，是应对时艰的根本要求。"

他再次分析了平顺发展的实际情况："平顺县自然生产条件差，农业的抗风险能力弱，效益不明显，仅可解决温饱。平顺的工业没有形成体系和产业链条，原始矿藏采掘、冶炼工业受市场价格波动影响较大，不具备比较优势。"

他说："在这种情况下，挖掘平顺丰富的旅游资源，打山水牌，唱旅游戏，就是平顺科学发展的必然选择。这些得天独厚的旅游资源，是老天赐给的、祖宗留下的、人民创造的。"

高扬旅游龙头，是科学发展的需要，是在吃透县情、吃透资源的基础上作出的科学决策。

陈鹏飞书记对于平顺县旅游资源的存在状况、发展潜力、市场前景，不是听汇报、看文件得来的，而是亲临一线、实地调查，做到了心中有数。

西井山，他几上几下；下石壕，他几进几出；这都是他亲自发现的独具特色的旅游景点。太行水乡、天脊山、井底风景区，他都经常去调研指导。虹霓大峡谷，陈鹏飞书记也是三次走进。

一进虹霓大峡谷，是在2007年4月8日。

那天早上他在西井山看日出，上午召开座谈会，然后，返回县城时，进了大峡谷。

当时，开发虹霓大峡谷的成泰山在梯后村迎候。梯后村是虹霓大峡谷景区的入口处，陈鹏飞书记一行步行进入峡谷景区。虹霓大峡谷壁立千仞，峰回路转；悬崖上山花绽放，云气缭绕；谷底深处小溪潺潺，草色青青；给人一种静谧安详、神清气爽的感觉。

二进虹霓大峡谷，是在2009年3月4日。

陈鹏飞书记这天一大早，就来到了虹梯关乡政府，听取了虹梯关乡的工作汇报。然后，又到苎兰岩村、槐树坪村、虹霓村进行调研。上午10点钟，他来到梯后村小学校。

这个小学校只有四五间房子，课桌、课椅残缺不全，他告诉有关部门，要给梯后小学2万元钱，用于改善教学条件。

在小学校的教室里，陈鹏飞书记召开了周边10个村的村干部和学校负责人座谈会，认真倾听了各村的工作打算和面临的实际困难。陈鹏飞书记在座谈会上说："乡村两级干部，要抓住墒机，不误农时，为老百姓办实事，说实话，出实招，见实效。"

中午，他们在梯后村吃了碗面条。饭后，陈鹏飞书记说："我上次从梯后（村）进去过大峡谷，但走了不长就回来了。我想把大峡谷彻底走一遍，大约得多长时间啊？"

虹梯关乡常务副乡长张云红说："有3个小时差不多。"

陈鹏飞书记说："走，咱们去走走。"

要走透虹霓大峡谷，必须从梯后一直走到东寺头乡东寺头村的谷堆地自然庄，全程大约有30公里。

陈鹏飞书记一行进了虹霓大峡谷，峡谷间开始还有条小路，走着走着，就成了荒草河沟。他们只能扒开树枝草丛，一直向前走，走了两个多小时，进到了峡谷的深处，虹梯河也显露出来，有深有浅、哗哗流淌。水浅的地方，他们涉水而过；再往前走，有了一潭水挡住了去路。陈鹏飞书记挽起裤腿就想过，县政协副主席杨红梅说："可不行，太冷了。女同志要趟冰水，不要趟出毛病来。"

陈鹏飞书记一行只好避开潭水，绕着山脚走。山上似乎有人走过，草丛中留下了痕迹。他们走着走着就看见了一个新焊的铁梯栈道。陈鹏飞书记说："有路了，从这里上。"

他们沿着栈道趴上去，栈道上面就有一条小路。这时候，雪越下越大，他们沿着小路往前走，看到一户人家。张云红说："咱进去喝口水，歇一歇。"

这户人家是在芦芽村窑上自然庄一个叫牙豁的地方。敲门，进家，迎出来的是一个妇女。

陈鹏飞书记问："你家里几口人啊？"

这个妇女说："在家就我一个人。"

张云红一看，一个妇女在家，就连口水也喝不成了，于是，聊了几句，就离开了。过后，才知道这个妇女叫谷秋娥。

　　沿着小路再往前走，就到了窑上自然庄，进了一户人家。这户人家的主人叫申天付。申天付一看来了很多领导，赶快把自家的梨拿出来让大家吃。

　　大家走了半天路，爬了半天山，又渴又累，吃个冷梨也很高兴。

　　从窑上自然庄出来，就上了后石公路，车辆在后石公路等着。这时，天已经黑了下来。

　　坐到车上，人们才说："真是走懵了，谁说3个小时就能到？这就足足走了6个小时。"

　　还有人说："这还是半路就爬上来了，要走到谷堆地，还不知道走到甚时候哩。"

　　车进虹梯关村，陈鹏飞书记说："乡政府就不进了，咱直接去虹谷峧。"

　　陈鹏飞书记一行沿后石公路北上，穿山水庄隧道，到了虹谷峧村。

　　陈鹏飞书记专门去看了年已94岁高龄的老党员张更生、张东生。这是一对孪生兄弟，分别在1945年、1946年入党，是平顺县年龄最大的老党员。陈鹏飞书记以前就来看望过他们，这次来是第二次。陈鹏飞书记拉住他们的手，嘘寒问暖，并送给每个人300元慰问金。

陈鹏飞书记一行还去看了虹谷峧小学校，在村党支部书记王秋柱家吃了晚饭，这才冒雪返回县城。车进县城，子夜时分。

三进虹霓大峡谷，是在2011年6月8日。

这天下午，陈鹏飞书记到东寺头乡进行调研。东寺头乡党委书记吴月红汇报了东寺头乡工作。

陈鹏飞书记说："今年'一提两升'工作重点是双五战略的丰富和发展，乡镇干部要深入到基层，参加劳动，住到村里，这样你的工作思路也好，落实措施也好，都就和这个地方的实际紧密结合起来。月红啊，理论联系实际，密切联系群众，是我们党工作的法宝，一定要记在心上，落实到行动中。"

陈鹏飞书记又说："我先后两次进到过虹霓大峡谷，都没有走到头，就剩下了东寺头这一段了，我想去走一走。"

吴月红说："今下午就能去。沟里的风光可好了。"

陈鹏飞书记问："走一走得多长时间？"

吴月红问："你上次走到哪儿了？"

陈鹏飞书记说："走到一潭水那里，过不来，上山走了，那里有个新焊的铁梯栈道。"

吴月红说："我知道了，栈道对面就是咱龙曲水小庄。咱要走到龙曲水，个把小时差不多。"

县委常委、组织部部长贺思宇说："月红，你可不能忽悠陈书记啊。上回去西井山，说是走一两个小时，那走了多长时间？"

申建国也陪同陈鹏飞书记在东寺头调研，他这时已经成为县财政局局长。申建国一听贺部长旧话重提，笑着说："我可不是故意忽悠的，当时那段路我也没有走过。"

吴月红说："咱这不怕，一个多小时差不多。"

陈鹏飞书记说："走，咱们去走走。"

出门，上车。车走了就没有几分钟，没有路了，下车步行。人们从山上往下走，就进了虹霓大峡谷的九曲沟。这里的九曲沟与椰树园的九曲沟异曲同工，也是曲里拐弯。

半山上有条小路，一看就是很少有人走，长满了草、灌木和树。大家只能"披荆斩棘"地往前走。这里的风光确有迷人之处，大家停下脚步，照相留念。申建国说："我去前面给大家探探路。"于是，他先走了一步。

大家稍事休息后，继续前行，这时天色渐渐暗了下来。县委办公室的李慧波走在最前面，突然看见一块石头上划了一个小路标，有一个箭头向山上指去，旁边有三个字"龙曲水"。他以为是申建国局长留下的标记，可是仔细一看不像，因为箭头和字都是拿石头划上去的，而且不是新的。

李慧波把吴月红叫来问："这个对不对呀？"

吴月红说："恐怕对，我也没往这儿走过。"

这时，陈鹏飞书记走过来，看了看路标，说："就从这里上。"

李慧波说："路标不像是申局长留下的。"

陈鹏飞书记说："那就是以前的人留下的，错不了。"

人们开始沿着这个路标向山上走，走了不长的距离，就发现这是两山间的缝隙，只有这条小路。又往上走了不远，突然看见有人拿着手电照路向山下来。走近一看，原来是龙曲水村党支部书记李林玉。

李林玉说："陈书记，我来接接你们。"

陈鹏飞书记说："好你的啊，你是不是见到申局长了？"

李林玉说："没有。我知道你们要来，等不上来，就赶快来接接。"

陈鹏飞书记说："这建国去哪儿了？"

吴月红说："他恐怕就没有看见这个路标，往前走了。"

陈鹏飞书记说："想办法联系他，叫他快回来。"

他们打着手电，在李林玉的带领下，爬上了山，到了龙曲水。过了一会儿，申建国回来了，他笑着说："我就没看见什么路标，又往前多走了三四里路。这回叫吴月红把咱忽悠了。"

吴月红说："以前我就没有从这儿走过。"

陈鹏飞书记笑着说："你没有走过，就敢说个把小时能到了？"

吴月红说："你们歇歇，让我快去弄饭。"

晚上吃了饭，召开村民座谈会。

龙曲水是东寺头乡谷恋铺村的一个自然庄，6户人家，20多口人。这个小自然庄最多的时候有50多口人，后来走了一些。这个自然庄的主要经济收入是种土豆和采挖中草药材。

一听说陈鹏飞书记要开会，一下来了16个人。

陈鹏飞书记问："你们村急需要解决的问题是什么？"

李林玉说："主要是修路，没有路，什么产品也运不出去，卖不上个好价钱。"

陈鹏飞书记问："你们去谷恋铺没有路？"

李林玉说："有路，是条土路呗，一有雪一有雨，谁也出不去。"

陈鹏飞书记问："有多长？"

李林玉回答："粗算算，七八公里。"

陈鹏飞书记问："平日看病去哪儿？"

有位村民说："老百姓一般不生病，小病自己胡乱吃点药，真不行了再去县城瞧瞧。"

陈鹏飞书记问："村上最发愁的事情是什么？"

有一位村民说："一个是路不通，一个是没信号，买个手机也不算。"

陈鹏飞书记问："年轻人成个家容易不容易？"

一个叫王永明的村民说："不容易，原来村上有个小学校，现在也迁走了，好多年轻人也走了。"

陈鹏飞书记问："你们还有什么问题？"

有位村民说："就是刚才提的那些，其他没个甚。再说，书记来了，我们也想见见。"

陈鹏飞书记说："早就听说这儿风光好，早就想来看看大家，今天才算来了这儿。我们走了走九曲沟，龙曲水确实是个好地方，到处都是景致，是很好的旅游资源。龙曲水还很贫困，我们就是要依靠山、发展山、跨越山，积极发展旅游，早日富起来。"

　　陈鹏飞书记又说："大家提的意见，我觉得都很好。沟里面的路我走了，要进行整修，建成2米宽左右的步游道。县财政补贴东寺头乡5万元，9月1日，步游道要修通。在峡谷窄的地方，架一座小桥，形成一个小循环。出村的路要硬化，由（县）交通局负责，也要在9月1日完成。"

　　王永明说："陈书记啊，硬化那七八公里路，三五万可不够。"

　　陈鹏飞书记笑了，说："你们放心，就是花30万（元），也要铺通。"

　　他接着说："医疗问题，县卫生局要给这里配备医疗设备，对村上的医

□ 龙曲水村民座谈会

生进行免费培训，而且要作为全县巡回医疗的一个点，县医院的医生必须每一个月来一次，来一次住几天，为村民们体检、看病。"

□ 龙曲水陈书记慰问村民李喜莲

他又说："9月1日，我再来走九曲沟，看看步游道修好了没有，看看出村的油路修好了没有，看看大家体检了没有？"

他说到这里，十几个村民一起鼓掌。

陈鹏飞书记说："龙曲水就是神仙住的地方，旅游发展了，道路修通了，外面的人就会往这里跑，村上就会富起来，其他地方的姑娘就会往这里嫁，那时候，我来给大家贺喜。"

大家站起来热烈鼓掌。

当天晚上，陈鹏飞书记就住在王永明家。第二天一早，陈鹏飞书记出村看了看那段土路，一直走到山顶。他对县委办公室的李慧波说："把昨天晚上我的意思通知县交通局、县卫生局，加紧落实，9月1日我要来看路。"

陈鹏飞书记三进虹霓大峡谷，就是要实地察看景区的情况。尽管他数次被"忽悠"，但依然兴致勃勃。因为只有亲自走一走，才会对任何一条路、任何一个点、任何一个景都做到了然于胸，在开发建设中作出判断和决策时，才能做到实事求是，才不会被"忽悠"。

说到三进大峡谷，我们一不小心把2011年的故事都讲了。现在还让我们回到对于开发大峡谷有着特殊意义的那个日子——2009年4月12日，山东，烟台。

五、平顺是个大景区

2009年4月12日上午，山东，烟台。

平顺县四大班子领导，在烟台东山宾馆，会见了烟台塔山集团董事长曹庆礼、总裁李为政等高管，并就塔山集团投资平顺旅游的合作意向进行亲切交谈。

陈鹏飞书记向塔山集团高管介绍了平顺县"高扬旅游龙头，主攻绿色生态，推进'双五'战略、'五大'目标"向高峰挺进、纵深拓展的治县战略，介绍了平顺独特的山水风光、厚重的人文历史、对外开放的优惠政策等，真诚欢迎塔山集团到平顺投资发展。

平顺县能与山东烟台塔山集团拉手，背后自有缘源。

长治市近郊有座老顶山，传说炎帝神农曾经在此"尝百草、制耒耜，教民耕种"，所以山上塑有一尊炎帝像。

离炎帝像不远的山坡上，开发了一个滑雪场，使得长治人也能去潇洒一把。滑雪场的老板叫史晓东。他的老家在平顺。

史晓东在老顶山的滑雪场很成功，就又在山东烟台投资兴建了一个滑雪场。烟台这个滑雪场正好建在塔山集团的地盘上，于是交道就有了。他知道塔山集团是房地产起家的上市公司，资金实力雄厚，现在有意投资旅游业。他积极向塔山集团高管推介家乡的山水，并带着塔山集团老总曹庆礼到虹霓大峡谷来看过一次。

那是在2008年夏，当时虹梯关党委书记是王喜萍，是她领着曹庆礼董事长进到虹霓大峡谷里的。峡谷里的虹霓河或浅或深，浅处穿雨靴，深处坐划艇。

曹庆礼董事长相中了这块旅游资源，王喜萍相中了塔山集团的实力，两厢一见钟情，通过史晓东，开始接触。

王喜萍把这个信息汇报到平顺县委、县政府。陈鹏飞书记委派县委组织部部长杜玉岗到烟台考察。杜玉岗部长祖籍是山东人，他带着虹梯关乡的有关领导回到山东，多渠道考察了塔山集团，这才正式提出合作意向。曹庆礼董事长有了积极的响应后，平顺县四大班子领导才有了烟台一行。

4月12日中午，平顺县在烟台举行午餐会。山东省工商联副主席栾鲁阁、烟台市工商联领导以及烟台的大成通州集团、怡和集团、元生集团、金王集团、安得水产集团、鹏翔置业集团等七大集团董事长出席午餐会。

陈鹏飞书记在午餐会上致辞，向各位领导和老总推介了平顺的旅游资源。吴小华县长真诚邀请老总们到平顺做客观光，寻求商机，合作共赢。

塔山集团老总代表各位董事长感谢平顺的邀请，表示一定会在适当的时机到平顺实地考察，发挥各自优势，选择项目，共同发展。

平顺县县长吴小华与塔山集团总裁李为政签订了平顺旅游产业的开发意向。

5月8日，山东烟台塔山集团总裁李为政一行来到平顺县，进行了为期3天的观光考察。他们考察了天脊山景区、太行水乡景区、井底景区、金灯寺景区、虹霓大峡谷景区等。

奇峰深壑，绝壁千仞，悬瀑飞泻，林木苍翠，白云缭绕，都给李为政一行留下了深刻的印象。他们对平顺的奇山秀水、深厚的文化底蕴赞不绝口。

6月16日，山东烟台民营企业家联谊会的15位企业老总，在平顺县就旅游投资开发项目进行了考察。

□ 吴小华县长（中）与山东烟台塔山集团有限公司签约

8月28日，长治国际东明大酒店。县长吴小华代表平顺县与山东烟台塔山集团有限公司成功签约。

山东塔山集团在多次考察、洽谈的基础上，决定拿出5.2亿元投资虹霓大峡谷旅游开发项目，并以烟台纪念品总公司为依托，成立平顺专门的研发机构和生产公司，进一步丰富平顺县旅游市场，增加农民收入。

9月1日，平顺第三届太行水乡全国新闻记者漂流邀请赛在平顺广场隆重开幕。在此前后，第四届龙门文化艺术节和名人名家进平顺等一系列旅游推介活动成功举办。

2009年11月9日，云南，迪庆藏族自治州，香格里拉县，温暖如春，鲜花盛开。

"2009全球旅游度假论坛"，在香格里拉的天界神川大酒店隆重举行。

本届论坛是由联合国挚友理事会和国际旅游营销协会主办的当今世界关于旅游度假的国际化论坛。

陈鹏飞书记应邀参加论坛，并接受了中外记者的采访，系统介绍了平顺县丰富的旅游资源和"高扬旅游龙头，主攻绿色生态"旅游产业发展思路。

平顺县被论坛组委会评为"国际最具特色旅游胜地"。

这一年，各景区共接待游客55.05万人次，同比增长8.5%；旅游综合收入达到5589万元，同比增长32.6%。

2010年，平顺县加快了由旅游资源大县向旅游产业大县乃至旅游经济强县的转变。

2010年4月22日，虹霓大峡谷彩球高悬，彩旗招展，热闹非凡。虹梯关通天峡景区开发项目启动仪式在这里隆重举行。

烟台塔山集团前期进入虹霓大峡谷景区开发后，对峡谷的命名提出了不同意见。他们认为，虹霓景观是在虹霓村的瀑布上，而峡谷名称应该与之有所区别。峡谷在天脊上，是气可通天的，所以他们提议，改虹霓大峡谷为通天峡。

通天峡景区的开工仪式，标志着景区建设的大幕正式拉开。

时过不久，7月25日，塔山集团董事长曹庆礼一行来到平顺，就通天峡大酒店规划设计方案与平顺县四大班子领导进行商讨。

塔山集团投资5.2亿元开发通天峡景区，工程的前期规划、设计、施工等工作进展顺利。通天峡大酒店是塔山集团在平顺县投资的又一重点工程项目，总投资3亿多元。大酒店占地面积300余亩，是集餐饮、住宿、养生、高尔夫等休闲项目于一体的高标准星级酒店。初步选址规划在平顺县新建滨河路延伸路段，目前已经进入前期规划设计阶段。工程分三期进行，建成后，对平顺县创建全国旅游大县、进一步提高旅游接待能力和水平、提升县城的城市品位，都具有极大的促进作用。

2010年7月26日，陈鹏飞书记、吴小华县长等四大班子领导带领有关部门和乡镇负责人，深入通天峡景区，就景区在建设中遇到的实际问题进行现场办公。

在通天峡景区，塔山集团董事长曹庆礼介绍了目前景区的建设情况，并提出了需要政府配套解决的基础设施建设等相关问题。

吴小华县长针对这些问题，要求有关部门和乡镇要高度重视，逐个落实，限时办理，为景区的顺利建设创造良好条件。

□ 吴小华县长（中）深入大峡谷调研

陈鹏飞书记指出，旅游是全县工作的重点，通天峡景区自招商成功以来，投资商行动迅速，短时间内启动了景区内的各项前期工程建设，取得了良好开局。此次现场办公，景区大干真干、行动迅速的工作成绩进一步坚定了县委、县政府发展旅游的决心。

他要求各部门要明确工作重点，积极与景区建设项目进行对接，主动工作、主动上手、主动服务，为景区建设提供优质的环境；投资方要按照开发与保护的原则，精心操作，提前准备，加紧施工，确保工程能按时、保质保量完成。

在塔山集团资本进入的时候，许多长治的企业家也争先恐后。

2010年7月7日，山西煤炭运销集团副总经理张银元、山西潞宝新能源集团董事长韩长安、山西三元煤业股份有限公司董事长方志有等山西知名企业老总走进平顺县，就旅游开发工作进行考察。

老总们通过实地考察，希望能与平顺县加强交流与合作，不断扩大合作领域，实现互利共赢、共同发展。

三元煤业钟情于太行水乡。方志有董事长曾经多次亲自考察太行水乡。他有一个更大的想法，不仅要进一步开发平顺的太行水乡，而且要把浊漳河在黎城段、潞城段统一协调开发，形成一个大太行水乡景区。

2010年7月24日，"第一届中国低碳旅游建设峰会"召开。这是由亚太旅游联合会、国际度假联盟组织、中华生态旅游促进会联合举办的会议。

吴小华县长向峰会介绍了平顺县旅游发展的情况。峰会组委会鉴于平顺县以低碳旅游发展理念、坚持创建循环型旅游目的地，经专家严格考核，组委会授予平顺县 "中国低碳旅游示范区"荣誉称号。

8月4日至8月6日，陈鹏飞书记、吴小华县长等带领相关部门负责人进京，向专家教授讨教。在中国旅游协会休闲度假分会，他们拜见了中国旅游研究学术委员会主任、全国休闲标准化技术委员会主任、著名旅游经济管理专家、博士生导师魏小安。

魏小安听取了平顺发展旅游的情况介绍后指出："平顺旅游资源丰富，平顺县提出的旅游发展思路、发展目标都不错。做大做强旅游业要搞好规划、做好策划。长远看规划，短期看策划。旅游规划的生命力在于招大商、引大资，不要贪多、求全、图快，这样会把整个景区破坏掉。旅游的核心是打品牌，好品牌就有好人气，有人气就会有财气。"

魏小安强调，要登高望远，跳出平顺看平顺，跳出旅游抓旅游，做好自然生态、文化包装两篇大文章，为平顺旅游发展注入活力。

魏小安还就平顺旅游纪念品的开发、后工业时代旅游的发展、旅游营销、休闲旅游、旅游扶贫、自驾游野营地、露营地建设和平顺县正在打造的中国最佳低碳旅游目的地建设谈了自己的看法。

陈鹏飞书记力邀魏小安亲临平顺指导。魏小安表示尽力安排。

8月6日，陈鹏飞书记专程到宋庄画家村，拜会了中国书法研究院教授、一级书画大师缪法宝教授，亚洲艺术科学院院长、中国山水画研究院副院长、一级美术师武剑飞教授，就"名人名家"进平顺活动征求意见。两位艺术家表示，可以考虑在9月走进平顺。

9月17日上午，"中国 长治平顺太行水乡第四届全国新闻记者漂流邀请赛暨平顺低碳旅游文化节"在平顺广场隆重开幕。

"体验低碳生活，领略梦幻山水"是这次活动的主题。来自中央电视台、新华网等全国70多家新闻媒体的120多名新闻记者、自驾游俱乐部、驴友骑游旅行团和2000多名群众参加了开幕式。

陈鹏飞书记在开幕式上致辞。他说："全国新闻记者漂流邀请赛今年是第四届，每举行一次，平顺的旅游业都有跨越式的发展。希望大家来平顺体验低碳生活，领略梦幻山水，为平顺的发展加油鼓劲。"

活动期间，平顺县与三元煤业有限公司正式签订了投资旅游开发项目。

10月，平顺旅游购物一条街全部完工。

旅游购物一条街位于县城东口的小东峪村口，南临状元路，东接迎宾大道，交通便利，地理位置优越。建筑整体为红顶、白墙的两排两层小楼，错落有致、整洁大方，中间主通道9米宽，总投资1400余万元。这项工程于2009年5月正式动工修建，城关村通过勘察、设计，采取集体提供场地、村民自建、集中管理、地下泄水渠由集体实施的方式建设。建设门面房71套，总面积12780平方米。

旅游购物一条街的建成，为加快平顺县城乡一体化发展进程、促进物资流通有重要意义。

10月30日下午，著名旅游学家魏小安一行来到平顺。

他从潞城市沿浊漳河而来，边走边看。

在太行水乡景区，魏小安对景区周边环境进行了考察。他看到对面山上许多的洞穴时问："那些洞穴是干什么的？"

工作人员告诉他，那是藏兵洞。相传为三国马超屯兵所凿，现存大小81个洞穴，总长4500米，共分上下三层，利用出入口高差自然通风，被誉为"空中地道"。

魏小安说："国内搞漂流的地方很多，但都大同小异，没有什么名气。做得最好的是'清江闯滩'，仅'闯滩'一词就极具诱惑力，是'中国特色旅游三十佳'。平顺搞漂流要搞出自己的特色，比如，可以依托藏兵洞搞一些军事化的娱乐项目，以此来提高知名度。"

在恐龙谷，魏小安问："这里有恐龙化石吗？我怎么没听说过？"景区人员解释说，这里有一块大石头，形状很像恐龙，所以叫成了"恐龙谷"。

从晃晃悠悠的铁索桥上走进主景区，魏小安被这里独特的地貌所吸引，望着眼前飞流直下的瀑布，听着水流冲击岩石的声音，他坐下来，慢慢品味着眼前景色。他对贾文革副县长和段志刚局长说："这么美的地方叫恐龙谷太可惜了。你们看叫'红瀑峡'怎么样？咱们坐的这个地方叫成'红岩坪'，这片瀑布群叫做'白练坠滩'，下边那个滩叫'珍珠滩'。还有，对面的山峰原来你们叫'太行睡佛'也不太合适。你们看，以最高的山峰为界，向左看像一座睡佛，向右看仍然是一座睡佛，还是叫'双面佛'更合适。"

在场的人对他改的这几个名字都连连叫好。之后不久，恐龙谷景区又更名为红石坪景区。

到达下石壕时，已经是夕阳斜下。魏小安没有想到，太行深处还有这样一个保存完好、纯净质朴的古村落。他连连说："真是太难得了，太难得了。"

在农家旅社的院里，主人端出自家的土鸡蛋、柿子、红薯等招待魏小安。他说："这里应该搞限额预定旅游。通过自己的网站，向外界宣传太行深处的桃园生活，在宣传的同时，要保护这里的原始风貌，绝不能在村里出现一块白瓷砖、一扇塑钢门，一定要保护这里原汁原味的田园生活。"

11月1日上午，旅游学家魏小安在平顺会堂，为县四大班子领导、各乡镇、县直各单位副科以上干部、各景区负责人及大学生村官，作了一场题为

□ 旅游学家魏小安（下图右）在平顺

《长治平顺谋低碳，高山流水觅知音》的专场报告。

魏小安讲："平顺旅游是极品资源，震撼心灵。平顺的旅游要分段分区，创造高端；要完善设施，适度建设；平顺要有大旅游的概念，一个品牌、一个公司、一张门票、一个旅游车队。所有游客，到各个景区都换乘旅游公交；尚未开发的景区，暂时不招商，保护起来待时机成熟再说。"

魏小安最后对平顺旅游赠送8句话64个字："模式做特，机制做活。文化做深，市场做透。技术做新，智能做够。保护做好，环境做美。队伍做优，素质做高。产口做精，服务做细。品牌做响，形象做亮。产业做强，发展做大。"

魏小安的精彩报告，不时引起一阵阵热烈的掌声。

2011年4月4日，冯骥才受到陈鹏飞书记三请，才挤出时间，来到平顺县。冯骥才不仅是泼墨丹青的画家、伏案创作的作家，而且是奔走呼号、不遗余力保护民俗文化遗产的领军人物。他对旅游有着独到的见解，奥地利等欧洲国家曾请他去指教一二。

他在平顺走了太行天路，看了下石壕；走了挂壁公路，看了井底村。他赞叹，平顺是个宝啊。

他在报告会上说："经过30年的旅游开发，在中国，哪里还有可开发的旅游资源？基本上没有了。有些资源本来是不错的，但在开发中急功近利，又修房子又盖庙，已经糟蹋了，不可再生了。我来了平顺才发现，平顺是很少有的还没有开发过的旅游资源，这就特别珍贵了，这就是个宝。"

他说："平顺的景点很多，也很好，但很散。我们平顺就修路，要把景点联起来。这就是'景点在哪里，路就修到哪里，树就栽到哪里'。现在景点的路通了，但'散'的问题还在。如果让游客坐了3个小时车，去看了个下石壕，他会觉得不划算。那么，我们要转换一个观念，修路不是为了去看一个景点，而路的本身就是一道风景，坐车在路上就是一个旅游项目，下石壕只是这个项目的一个点缀。这样一来，游客首先享受的是路，走太行天路，赏太行美景，那他就不会是'上车睡觉、下车拍照'了，而是在欣赏太行天路了。太行天路不要加宽，我们不是搞自驾游，路就是一景。要游览，换乘平顺的旅游车，既环保又安全。"

他说："要确立一个概念，不是说下石壕是个景点，大峡谷是个景点，天脊山、井底是个景点，而是，平顺就是个大景点。来到平顺，就来到景区。"

魏小安的大旅游观念，冯骥才的大景点概念，真是英雄所见。

2007年以来，发展旅游产业逐步成为全县上下的共识。生态建设、交通建设、城镇建设等都围绕着旅游产业发展，全面展开。旅游景区的开发、升级进入一个有序的科学状态，并且取得了明显的进展和成就；旅游内容不断完善、提升，形成了一个内容丰富、相互补充的现代化旅游格局；基础设施建设上了一个台阶，大大提升了旅游接待能力。

高扬旅游龙头，把旅游产业作为平顺县发展的主导产业，无疑是一个科学的抉择。2010年全县旅游综合收入达到3.78亿元，5年来年均增幅98%以上，占到全县GDP的13.2%。

平顺县从一个基础薄弱的农业县，逐步转型发展到颇具旅游规模、颇具影响力的旅游县，走过了一条不平凡的跨越之路。当然，平顺县目前的旅游业，要达到拉动和提升全县经济发展的这一高度还有很长的路要走，要实现"高扬旅游龙头"的期望值，也还有着不小的差距。

这都不应该是问题，因为我们发展的道路是正确的，努力前行就是。

或许我们能想到长征，那是何等的艰难，我们不是走过来了吗？

或许我们能想到改革开放的初始，那是怎样的风雨，我们不是也走过来了吗？

不怕曲折，不怕艰难，不怕风来雨骤，咬定青山不放松，这就是共产党人的品格。

第七章

突围贫困路

平顺县，1985年被国务院核定为全国492个贫困县之一，成为国家扶贫开发重点县。人们简称"国家级贫困县"。

贫困县基本都在山老区。长治市13个县（市区）中，有5个是贫困县，有3个是国家级贫困县。

贫困，我们绝对熟悉，因为整个国家就是从贫困中走过来的。

"穷则思变，要干，要革命。"这是毛泽东主席的话。他说得很直接，共产党人革命的初衷，就是要改变贫穷，让人民过上幸福的好日子。

"贫穷不是社会主义。"这是邓小平的论断。他说得很清晰，我们走社会主义的道路，目标不是要贫穷，而恰恰相反，是要改变贫穷，让人民姓过上好日子。

　　我们也不回避，为了尽快脱离贫困，共和国曾走过一段"马鞍形"的路，急躁过、狂热过、冒进过，在一个接一个的"运动"中，在"姓社"、"姓资"的问题上折腾得筋疲力尽，反倒把经济拖到了"崩溃的边缘"。

　　党的十一届三中全会，拨正了航向，开始了改革开放的新长征。

　　中国的改革开放为什么从农村首先开始？就是要解决农民的温饱问题。这就是从经济体制上向贫困发起了挑战。

　　挑战的"武器"是什么？邓小平讲，发展是硬道理。

　　改革开放30多年，我们国家发生了历史性的巨变，进入了全面建设社会主义小康社会的新时代。我们以科学发展观为统领，掀开了新的历史一页。

　　那么，贫困还是个问题吗？是个问题。尤其在平顺县这样的山老区，还是个必须正视的大问题。

　　平顺县能走出全国四大劳模，这在长治市的其他县区是绝无仅有的。不仅如此，在省级劳模中，平顺县的劳模也占有相当大的比例。一位在平顺县当过县委书记的老领导李琳对我们说过："平顺县什么都缺，就是不缺劳模，一扒拉，一大堆。"

　　这是为什么呢？战场出英雄，艰苦出劳模。越是劳模多的地方，越说明这个地方艰苦。

　　"一杯茶一支烟，一张报纸看半天"的环境中出什么劳模？"上午会场、中午酒场、下午赌场、黑夜舞场"的人当什么劳模？

　　在平顺县成为劳模的，都是在向贫困的挑战中做出过巨大努力的人们。历届县委、县政府的领导都为摆脱贫困，在艰苦中奋斗着、探索着。

　　平顺人奋斗了，但平顺还很艰苦，于是，留给平顺人的选择只有一个，那就是继续艰苦奋斗，突围贫困！

一、红旗插在支部上

陈鹏飞书记对贫困县有感觉吗？太有了。

他的家乡沁县就是个贫困县。他出生在贫困县，成长在贫困县，工作在贫困县，能对贫困县没有感觉吗？那是非有不行。

他在家乡工作时，从乡镇通讯员"提茶壶倒尿壶"干起，后来到了团县委书记、新店镇党委书记、县委农工部长的岗位，一直是与农村有着紧密的关联。他熟悉农村，熟悉农民，深知贫困县的农村脱贫难，农民致富难。这不是什么机关干部通过下乡调查才找的感觉，而是刻骨铭心，早就在他的血脉中、灵魂中。

他来平顺县工作，一定要在突围贫困中冲杀出一条生路来，是他的担当、责任，也是他的心愿。

平顺县有17万人口，其中有6万人生活在贫困线以下。尽管"贫困线"是个动态的指标，随着经济发展在逐步上升，今日的"贫困"和昨日的"贫困"有所程度的不同，但"贫困"终究还是贫困。

他在会议上反复讲，平顺县"最大的困难、最突出的矛盾，还是贫困的问题。要把发展作为第一任务、根本任务、压倒一切的任务，要紧紧抓住发展重点，寻找脱贫致富的突破点"。

2007年，县委、县政府出台了实施"双五"战略，主攻"五大"目标的治县方略，把"绿色兴农"列为全县工作的五个重点之一，把"创建上党地区绿色农产品名县"列为"五大"目标之一，决心在农业发展、农村建设、农民脱贫方面下一番工夫，闯出一条新路来。

"三农"问题的核心是什么？一是政策，二是干部。

国家对于"三农"的政策逐步到位，推行家庭经营责任制，使土地获得解放，极大地调动了农民生产的积极性；取消农业税，从根本上减除了农民的负担；推进农业产业化，实现传统农业向现代农业的转变；加快社会主义新农村建设，不断加大对"三农"的投入和扶持力度，使农民共享改革开放的成果。

政策确定以后，干部就是决定因素。农村干部是农村工作的决定因素。

改革开放以后，家庭经营成为农村生产的主体方式，"不打钟不吹号，上工不用队长叫"，农村干部还是农村工作的决定因素吗？

是的，改革开放30年的实践证明，农村党支部仍然是带领群众脱贫致富的关键所在。一个好书记能带活一个村、致富一个村，一个不图进取的村干部、或者还"白天打麻将、黑夜串门子"，这个村就肯定发展得不好、不快。

西沟村所以"红旗不倒"，就是因为有老劳模申纪兰的亲自带领、有张高明、张根考等年轻干部的努力工作，发展乡村企业，壮大集体经济，不断向前奋进着。

平顺县的农村涌现出一批艰苦奋斗的好干部。

西井山的王海潮、下石壕的岳先来、井底村的周海玉、车当村的刘明科等都是"环境越艰难，斗志越更坚"的好干部。

但是，农村干部的精神状态、工作状态，都还有亟待解决的问题。

农村干部不好干，越贫困的地方越不好干。村干部"官不大，事不少"，"上管天文地理，下管鸡毛蒜皮"，"上面千条线，下面一根针"，工作强度大，生活待遇低；政治上没有奔头，致富上没"钱"图；在职时人前行走，退职后没人关心；家庭不理解，社会有偏见，自己不平衡。这就导致了一些村干部工作没热情，干事少激情，工作靠经验，办事凭习惯，遇到困难躲着走，当一天和尚撞一天钟。

不能因为我们有了像王海潮这样的好干部，就忽视了农村干部中存在的机制上的问题。不要去说什么村干部的"态度决定一切"，先要说"什么决定了村干部的态度"。

我们不妨回忆一下，在上世纪60年代，中国农村掀起了"农业学大寨"运动，号召全国普及大寨县。当时有个咄咄逼人的口号："一年不行，两年不行，三年行不行？四年五年总可以了吧？"

有很多村干部对此不以为然，他们也有一个理由："我们村又没有陈永贵。"

这个例子说明，特殊性不能取代普遍性。不注意普遍性而一味强调特殊性，我们是吃了大亏的。我们要号召村干部向王海潮学习，学习他艰苦奋斗的精神，同时要解决普遍存在的机制问题，这才是正经。

陈鹏飞书记上任不久到西沟村调研时，就提出了这个问题。县委要开展在机关和企事业单位争创"青羊先锋"、在农村争创"红旗党支部"的活动。对于红旗党支部书记要在"政治上给地位、经济上给实惠、社会上给荣誉、发展上给舞台"，形成"不是'红旗'争'红旗'，争上'红旗'保'红旗'"的创先争优局面。

2007年2月26日，陈鹏飞书记在"县委理论学习中心组（扩大）会上"上提出："我们就是要营造干事创业的好环境，就是要严格奖惩，赏罚分明，大张旗鼓地重奖对平顺发展有贡献的功臣，重罚那些破坏环境、不抓落实、不谋发展的人。我们就是要打破平衡求平衡，旗帜鲜明地保护支持抓落实、谋发展的人，鞭策那些不抓落实、不谋发展的人，在全县建立起评价工作看实效、评价干部看实际的导向和机制。"

2007年"三干会"上，县委、县政府在出台"实施'双五'战略，主攻'五大'目标"治县方略的同时，出台了"责任分解机制、监督检查机制、激励奖惩机制、追究惩处机制"的"四大机制"。

针对村干部"发展没奔头，工作吃苦头，离任没盼头"的实际情况，按照中央关于"稳定农村基层干部队伍，探索建立农村基层干部激励保障机制，逐步健全并落实村干部报酬待遇和相应的社会保障制度"的精神，平顺县制定了《农村干部激励关爱机制》，通过"政治上给待遇、经济上给实惠、社会上给地位"，去解决农村干部"干好干坏一个样、真干假干一个样、大干小干一个样"的问题。

2007年以来，平顺县每年评选"红旗党支部"和20名"红旗党支部标兵支书"，不照顾，不撒胡椒面，就是凭工作、凭实绩。

被评为20名"红旗党支部标兵支书"的，奖励6000元；前6名的，挂职乡镇党委副书记，每月定额补助800元；其余的14名，享受乡镇副科级干部待遇，每月定额补助600元。县委邀请红旗党支部书记参加县委扩大会议、科级以上干部会议，扩大他们的政治舞台，为他们参政议政创造条件。

这就是要激励村干部不是"红旗"争"红旗"。

如果在第二年保持住了"红旗党支部标兵支书"的，定额补助在原有基础上每月递增100元，连续保持，连续递增，连续保持5年，定额补助可达1200元，支部书记终生享受这个待遇。如果没有保持住，所享受的定额补助、乡镇副科待遇、挂职职务不再保留。

每月1200元，对于平顺人而言，就是一个相当可观的收入。这就是要激励村干部争上"红旗"保"红旗"。

这样，村干部只要干得好，政治上就会有待遇，经济上就会有实惠，社会上就会有地位。

王海潮倒在了工作岗位上，县委决定，对王海潮生前享受的红旗党支部书记每月600元的定额补助要继续发放，给他的老母亲、妻子每人每月发200元，未成年子女每人每月发100元，直到自立为止。2010年，县委把王海潮的儿子王理青安排到了县交通局工作。

这让广大农村干部看到，只要事业上有作为，社会上就有地位。

2007年以来，平顺县每年评选30名"青羊先锋"和20名"标兵支书"，靠机制激励，激发广大农村干部的创造力、凝聚力和战斗力。

中国农民的生产积极性，是靠家庭联产承包责任制激活的。广大农村呈现出一派勃勃生机。

平顺要用"农村干部激励关爱机制"，进一步激活广大农村干部的工作积极性，带领群众去搬掉挡在面前的贫困的大山。

完全可以这样说，因为有了"农村干部激励关爱机制"，村干部们感到有了心劲，有了奔头，要去争"红旗"、保"红旗"，于是激发了工作的激情，使山村爆发出生机和活力来。

二、众志成城拔穷根

2008年11月4日，山西省扶贫（两区）开发工作现场会在平顺县隆重召开。

山西省副省长胡苏平出席会议并讲话，省人大常委会副主任、省总工会主席郭海亮，长治市委、市政府领导，老劳模申纪兰，平顺县四大班子主要领导及全省各市县扶贫开发领导组领导等2000多人参加了会议。

陈鹏飞书记在大会作了题目为《科学决策谋脱贫，众志成城拔穷根》的扶贫开发工作经验交流。

在这次会议上，平顺县荣获山西省"扶贫开发工作先进县"的光荣称号。

时过不久，2009年3月8日，平顺县召开"创建全国扶贫开发工作先进县动员大会"。这显然是要通过创建活动，使扶贫工作再上一个大台阶。

2009年6月20日，国务院扶贫开发领导小组副组长、国务院扶贫办主任范小健，带领国务院扶贫开发调研组来到平顺县，针对中央彩票公益金专项资金（以下简称公益金）的使用情况进行调研。

公益金项目，是国务院在全国扶贫开发重点县中实施的贫困村整村推进项目，主要用于基础设施建设、公共服务设施建设和村级互助资金，用来改善老区的落后面貌。

范小健主任一行到了东寺头乡焦底村。

焦底村，是个贫困村。全村90户人家，220口人，2008年人均纯收入1056元，除9人享受民政补助外，其余都生活在贫困线以下。2008年12月，焦底村被确定为公益金整村推进项目村。

焦底村利用140万元公益金，把出村水泥路修到了古石线，为家户通了自来水，修建了村级活动场所、卫生所、图书室、农家超市，开发了种植、养殖项目。

范小健主任一行走进农户，详细察看了公益金项目申报和村级规划，对

新修出村公路、户通自来水工程、建设村级活动场所等项目一一进行了核实。

范小健主任走访了低保户张书兰和贫困户杨满则，对照村里建立的贫困户登记档案，详细询问了他们的生产、生活、子女上学、看病就医以及家庭收入情况，并给他们送上了慰问金。

在杨满则小院的树阴下，范小健主任与省、市、县领导及乡村干部、村民代表进行了座谈。

范小健主任指出："平顺县以开发式扶贫为抓手，瞄准贫困村、贫困人口，集中精力、整合资源、全力推进扶贫工作，使贫困村发生了大的变化。今后要进一步加大对整村推进的资金投入，全力整合各类扶贫资金，提高资金使用效益，加快村级规划项目的实施。要进一步提高对新阶段扶贫开发工作的认识，创新扶贫运行机制，完善扶贫政策体系，动员全社会力量，千方百计确保扶贫攻坚任务的完成，推动扶贫开发工作扎实有效开展。"

陈鹏飞书记在座谈会上表示，一定要把扶贫资金用在刀刃上，建立资金整合的长效机制，进一步强化和完善整合资源、捆绑资金机制，集中支撑重点贫困村的整村推进和产业化项目，最大限度地放大扶贫资金的使用效益。

平顺县是山西省第一批使用公益金实施整村推进项目试点县。这样的试点县，在山西省只有两个，而且是通过竞争得来的。

凡事一有竞争，那肯定是有戏可看。

公益金项目启动于2008年。当时国务院要求，一个省可报2个县。山西省上报哪两个县？省扶贫办决定用公开竞争的方式来确定。一个地市报一个县，11个地市11个县，通过演讲，确定前两名上报国务院。

长治市报出的是平顺县。平顺县申请公益金是2125万元，有高标准制定的项目申报书和村级规划，通过了全省公开竞争的严格评审，有机会去参加11个县的竞争演讲。

2008年10月，山西省公益金项目竞争演讲会在太原市金辇大酒店举行。平顺县四大班子主要领导参加了竞争会。气氛有点紧张，因为前两名有戏，第三名稍息。

这时，演讲成了关键。演讲不是走走过场，而是要玩真的，专家评委席一排一大溜。平顺县扶贫办主任王安平走进会场一看，立刻感到了那种逼人的气氛，想了一下，扭头去找陈鹏飞书记。

王安平，略有发福的体态，1976年毕业于山西大学体育系，在西沟中学、石城中学当过体育老师，1980年回到北社老家，在北社中学当了8年体育老师，又当了副校长、校长，1992年被提拔为县教育局副局长，2002年到平顺一中当校长。

2007年中小学人事制度改革时，由于年龄关系，他已不在竞聘范围。陈鹏飞书记找他谈过话，要他站好最后一班岗，工作问题以后考虑。

大家已经知道，那场中小学人事制度改革是要伤筋动骨的，校里校外早已是"山雨欲来风满楼"，王安平在特定的环境中还是认认真真地站好这最后一班岗。至于以后的工作安排，他也想过，想不出个所以然来。

他把校长的职责交接给了张一笑，县委安排他到扶贫办工作，让他喜出望外。他对我们说："就是受罪的命，去哪儿也是好好干。"

为了争取到公益金项目，又是申报项目，又是制定方案，跑上跑下，王安平没有少费劲。就到演讲这一关了，他感到原来的安排有问题，于是急忙去找陈鹏飞书记。

原来县扶贫办准备好了一个演讲稿，是请县委的另一位主要领导上台演讲的。到了关键时刻，王安平感觉不对，他想请陈鹏飞书记亲自出马。

王安平见到陈鹏飞书记说："陈书记，咱原来的安排得变一变。看这架势，你得亲自出马才行。不要讲不好了，再把项目丢了。"

陈鹏飞书记问："怎么？有什么问题？"

王安平说："我原来想是念念稿子就行，现在看来我想得不对。要是讲不出感情来、气势来，那就拉倒了。"

陈鹏飞书记说："行，我上就我上。"

"那我把稿子拿过来你熟悉一下。"

陈鹏飞书记说："不用拿，要我讲，不用你们的稿子，上去讲就行了。"

演讲开始了，气氛到了白热化。有的县上台演讲的领导是照本宣科，还紧张得难免磕磕绊绊，陈鹏飞书记上台演讲，弃稿不用，反倒挥洒自如。他讲到平顺的山水，如数家珍；讲到老区的贫困，切肤之痛；讲到县委的决心，铿锵有力；讲到措施的严密，滴水不漏。他讲得行云流水，声情并茂。

专家评委一听就知道，这不是在背诵什么稿件，而是县委书记心声的流淌和呼喊，当即就给予了热烈的掌声。

平顺县脱颖而出，成为山西省两个整村推进的项目试点之一。

平顺县申请到了2125万元的公益金，为了管好、用好有限的资金，县委、县政府出台了《关于平顺县中央专项彩票公益金整村推进项目实施阶段的工作方案》。县扶贫办起草了公益金项目竞争承包流程、竞标须知、评标办法、合同样本、标书样本等规范性文件。

他们还从提高项目参与人员的素质入手，在项目信息扩散、规划、实施和项目建设中期，先后4次对15个项目村党支部书记、大学生村官等90余人进行专题培训；严格实行村级监测小组跟班作业，全程监督；组织群众参与了项目规划、设计、实施、监测评估和后续管理的全过程，确保施工质量，避免了村干部擅自改变项目内容，维护了项目的公开、公正。

范小健主任亲自来平顺检查了公益金整村推进项目的实施情况，感到很满意。2011年春，我们也走了几个村，对整村推进项目来了个走马观花。

范小健主任去看过焦底村，我们也要去焦底村。

领我们去的是"二王"，一是县扶贫办主任王安平，还有是县扶贫办副主任王永胜。

王永胜很年轻，1971年出生，龙溪镇南坡村人。他1990年从吕梁农校毕业到平顺县农业局工作，2002年任农业局纪检书记，2006年任青羊镇常务副镇长，2008年回任农业局副局长、县扶贫办副主任、党支部书记、县亚洲开发银行河川流域农业综合开发项目领导组办公室主任。

我们沿古石线，过王家岭隧道，左拐，上了山沟里的水泥路，沟口的村叫棠梨村，沿水泥路走到沟底，就是焦底村。

到了焦底村，王永胜主任怎么也联系不上村党支部书记杨伏水，手机响，没人接。

有村民说，他走不远，一会儿就回来了。

"二王"领着我们去看了自来水工程、村级活动场所。出村水泥路不用看，我们来的时候走的就是。

□ 焦底村修通出村水泥路

王安平主任说，焦底村修出村路，非过棠梨村不行，这一修，把棠梨村也捎带美了。

新建的村级活动场所粉刷一新，不算很大，也还舒展。

我们正在看着，杨伏水书记来了，高高的个头，一脸憨憨的笑。他是1957年出生，2006年担任党支部书记。

王永胜主任说，你怎么不接电话？

杨伏水掏出手机看了看说："没响啊，号码错了吧？"两人一对号码，就是错了一个号。

王安平主任介绍说："这人的优点是老实，缺点是太老实。"

我们问杨伏水书记："公益金中村级互助资金有多少？"

他说："25万（元）。"

"资助了什么项目？"

"没人用，都在哩。这个钱要还哩，没个好项目不敢用。" 杨伏水书记说。

王安平主任说："光是叫喊穷哩，有个钱也不会用？弄个种植、养殖的什么也行啊。这书记，太老实。"

我们到了龙溪镇东彰村。

东彰村就在平龙线的东边上，151户人家，443口人，使用140万元公益金建起了文化活动综合楼，包括村级组织活动场所、农家书屋、老年活动中心等，还治理了边沟，砌筑了挡墙，建起了一个游园广场，使山村开朗起来。

东彰村党支部书记叫赵国平，曾经因为搞运输，是"先富起来"的那拨人。2005年，他担任党支部书记，把大车卖了，剩了一辆桑塔纳代步。

东彰村公益金村级互助资金有25万元，村民赵爱廷、赵建平两户人家，利用互助资金办了养鸡场，经济效益还不错。

赵国平说："鸡场的鸡蛋钱够个成本，把老鸡卖了挣个钱。"

两家办鸡场还有点贷款，王永胜主任得知后，找上门来，主动给他们办理了贷款贴息手续。

东彰村路口竖了一块石碑，记录了公益金项目的使用情况。同时也昭示人们，东彰村的变化与彩票公益金有着密切的关联。

沿路向北，不远就是西沟乡龙家村。

龙家村，145户人家，482口人，被"百里滩"分割为河东、河西两个自然村，河东自然村又分为坟南、坟北两个小庄，河西自然村也分为东岸、西沟堖两个小庄，村委会在河东自然村，村党支部书记叫龙李生。他个头不高，精精瘦瘦。

我们给他开玩笑说："龙李（里）生，你是龙子龙孙啊。"

他也笑着说："屁哩，就老百姓一个。"

□ 西沟乡龙家村

　　龙李生1954年生人，西沟中学的高中毕业生，当过村上的会计，1983年当了支部书记到现在。

　　我们问他当没当过红旗党支部书记？

　　他说："以前当过，连着11年'新时期好支书'，后来不行了。那会儿当个好支书不算话，也没个奖金，没个补助，就是搂了一堆奖状、证书。不像现在，当上红旗党支部书记，连住保上五年，每个月千把块钱，那可算话哩。"

　　"为什么后来不行了？"

　　他说："以前村上办过一个小水泥厂，红火的时候，龙家村是西沟乡最富裕的村庄。后来，国家取缔'五小'企业，小水泥厂关闭了，龙家村也整体返贫，成了西沟乡的落后村。"

2009年，龙家村使用公益金140万元，在"百里滩"上架了一座桥，修了900米长的通村水泥路，把河东、河西两个自然村连起来；修建河道顺水坝450米，打坝造地12亩；新建了两层楼的村级活动场所，包括卫生所、图书室、小超市等，楼前种了草栽了树；硬化街巷1050米；修建了2个高位蓄水池，铺设了700多米引水主管道，村通自来水80户。

　　我们问龙李生："村级活动场所这两层楼，你的钱不够吧？"

　　他笑着说："公益金只够盖一层。我们觉得盖一回哩，盖成个二层吧，钱不够，我们又筹了些，省得以后再盖呗。"

　　我们来到新建的大桥上，看见了原来的小水泥厂，也看见河西的山坡上正在分层开挖地基。

　　龙李生说："从小水泥厂到坝这边，建成移民新村，把山里的几户搬出来。首批37户，每户两层小楼，216平方米。按照国家政策，每户村民都可以享受到一定的优惠政策。"

　　我们注意到，河道两边的顺水坝修得不一样，河道西边的坝有水泥勾缝，河道东边的没有。我们问："两边不一样，有什么讲究？"

　　龙李生说："没甚讲究。领导来看的时候总是从东边来，看到的是西边的坝，就勾了勾缝。"

　　我们又给他开玩笑说："糊弄领导了吧？"

　　他笑笑说："还是没钱，都勾了，该不是都好看。"

　　我们在桥头和他握手告别。他说："有了公益金，村上的面貌变了。我还想，龙家村再努一把力，咱也当当红旗党支部书记。"

　　上车，向前。王永胜主任问，咱们顺道看几个移民新村怎么样？

　　我们说，很好。

移民扶贫，是扶贫工作的重要方式。平顺县有670多个自然庄分散在山顶、山坡、山沟里。一个山沟里几户人家、十几户人家，肯定存在着行路难、增收难、上学难、结婚难、就医难等七难八难的问题，一旦移民出山，这难那难都会迎刃而解，或者说易于集中解决。当然，移民扶贫要做到"搬得出、稳得住、能致富、不反弹"，也绝非易事。

王安平主任介绍说，平顺县把移民开发与社会主义新农村建设、加快城乡一体化进程融为一体，整体推进，近几年来，累计投入扶贫资金2000多万元，新建移民新村32个，有1万多名群众告别山庄窝铺，住进了生活便利的移民新村。

车行不远，进了西沟乡青行头村。

这是新建的移民新村，全部是二层小楼，外部造型统一，内部区隔有别；街巷全部水泥硬化，干净整洁。

青行头村原来分散居住在山坡上，下了坡就是"百里滩"，交通不便不说，一下雨很容易发生泥石流。从2000年起，就有家户开始向山下移民搬迁，直到2007年后，全村实现了整体搬迁。

青行头村党支部书记叫郭献忠，1969年生人，毕业于平顺职业高中，2002年担任党支部书记，高高的个头，不爱多说话。

郭献忠指给我们看山坡上的旧村，高一户低一户，破破烂烂。他说，整体移民，虽然还是叫个青行头，可那完全不是一回事。

2009年，青行头村使用公益金24万元，用于街巷硬化700米，修通下水道700米，完成了全村自来水入户工程。

郭献忠在村里办起了农产品专业合作社，生产小麻油。他说，山上的50多亩地和那些旧房子，准备建个养殖场，既是废物利用，又能发展养殖业。

中五井乡龙峪沟村，是我们看的下一个村。

龙峪沟是个沟名，一条大沟里有龙峪沟、后庄、二龙凹、刘家4个村。从小赛村进龙峪沟，第一个村就是龙峪沟村。

龙峪沟村是县扶贫办的联系点，共有80户人家，472口人，2个自然庄。村党支部书记叫刘海旺，1963年出生，毕业于中五井高中，1980年到乌鲁木齐当了4年兵，回村当过电工、会计、村支委，2005年党支部书记、村委主任"一肩挑"。

龙峪沟是个穷村，党支部、村委会就在两孔破窑洞里办公，所以没人愿意当村干部。刘海旺说："一个村不管好不好，总得有个领头人。村再穷，咱不能嫌弃，谁叫咱生在这大沟里的。"

2002年，龙峪沟村修通了一条2米宽的出村路。刘海旺担任村党支部书记后，把出村路拓宽到3.5米；还在山上修建3个高位蓄水池；接通了网络线，和移动公司联合建了一个信号塔，使村里有了移动信号；刘海旺又筹集资金，盖了个小院，小院里有村级组织办公室、党建室、活动室和村卫生所，使这个原来没人管的穷村、乱村，像个样子了。

小院东墙根有个3平方米的水泥方台。"这让干什么用？"我们问。

□ 龙峪沟村香琳核桃基地

刘海旺说："开会时在上面讲话。"

"啊？这是主席台？太小了点吧？"

刘海旺说："村就不大，地方也不大。"

2010年，龙峪沟村向县扶贫办申请了亚洲开发银行贷款（简称"亚行贷款"），栽种了80亩、3700多株香琳核桃树，成活率达到95%以上。

"亚行贷款"是报账制，栽种下的核桃树全部成活以后，经有关部门验收合格才能得到资金。在2011年，龙峪沟村将完成300亩香琳核桃的栽种任务。

王永胜主任说，县扶贫办计划利用"亚行贷款"，把整个龙峪沟通过河川治理，都栽成香琳核桃树，成为一个香琳核桃树基地。基地建设先从龙峪沟村开始，逐步整地推进。

我们看到小树苗上挂有黑色塑料袋，不知是为什么。

刘海旺说，冬天在塑料袋里装上土套在树上，为了防冻。

他们还见缝插针，在山上种了连翘和山桃。刘海旺说："这山，就是我们脱贫的指望，好好受吧。"

出了龙峪沟，向北不远，从桥上过"百里滩"，就是中五井乡排珩村。

排珩村以前没有桥，就是走河滩。1987年以后，村上就有家户开始种蔬菜到县城去卖，村集体也建了四五个蔬菜大棚，想走一条以菜富村的路。

人们没想到，一走河滩路，才摘下的新鲜茄子，一颠簸一磕碰，到了县城再一晒，就和摘下几天的旧茄子一样，卖不上个好价钱。

大家都觉得应该建座出村的大桥，修条出村的好路。可是，村里没钱，架不起桥也修不了路。几年后，排珩村不卖菜了，就是种点菜，也是不出村自己吃。

□ 中五井排珩村

冯贺善在2003年就当了村委主任，那是干着急没办法。他是1952年出生，1972年当兵，5年后复员，2009年他党支部书记、村委主任"一肩挑"。这一年，机会来了。

2009年，排珩村申请公益金140万元，村民代表投票，决定首先是修路建桥，然后再打坝造地、修建村级活动场所。

我们在村委会议室的窑洞里，详细地看了公益金项目提出、村民代表投票、项目实施方案、施工、监理等存档资料，完全能感受到当时认真的过程。

修建横跨"百里滩"的出村大桥动工了，河道顺水坝筑起，坝上就是出村水泥路，水泥路安上护栏，通到村头广场，广场再有水泥路通街巷、通田间。

有人来找冯贺善书记，想承包蔬菜大棚。冯贺善说："迟了，明年吧。"

2010年，排珩村重新修建了蔬菜大棚，承包给村里23户村民。这23户村民的蔬菜在市场上很受欢迎。大棚菜带动了旱地菜，现在全村百姓都开始种菜，排珩村成一个种菜专业村。

村里经常请专家来给菜农传授新技术，对种子的选购、病虫害的防治以及蔬菜大棚的管理等进行详细的讲解和辅导。

排珩村又建起了蔬菜冷藏保鲜库，方便了群众储藏蔬菜，让人们在市场上打时间差，卖个好价。

冯贺善说："公益金带给村民最大、最明显的好处，看上去是基础设施建设，实际上拉动了产业经济的发展。其他村的情况我不知道，排珩村是这样。"

青羊山庄，是平顺县独具特色的移民新区。

我们一走上迎宾大道，就可以看见县城东山的青羊山庄，层层叠叠的二层小楼，既美观又现代。

青羊山庄初建于2006年8月21日，设计可安置188户移民。这里不是整村移民，而是全县100口人以下的村庄都可以自愿报名移民。房屋统一规划，从山顶往下建；房屋统一设计，每户为126平方米的两层小楼，两户为一幢。为了鼓励移民尽快施工，在工程期间，水、电、路设施费用由县扶贫办承担，农户按规划设计建房。

第一批建50户。为了鼓励移民到青羊山庄，县扶贫办到各乡镇去进行宣传，最开始只有8户报名，杏城镇的5户，龙溪镇的2户，西沟乡的1户。

有人说，杏城镇的人有钱。杏城镇的人说，急得让孩子在县城上学哩。

2006年6月21日，青羊山庄便道工程开工。8月21日，在鞭炮声中，4幢小楼正式破土动工。两个月后，自发来报名的农户有50多户。11月3日，50户移民小楼主体完工，还有50户开展地基施工。

2007年3月26日，青羊山庄工程全部铺开，1500米长、6米宽的循环路路基完成。一个月后，4月26日，44户室内装修完工，36户主体完成。小区内的农家超市、小区综合办公楼基本完成，循环路投入使用。5月14日下午，长治市委书记郭海亮在有关领导的陪同下视察了青羊山庄移民工程。

2008年7月17日下午，陈鹏飞书记及四大班子领导视察青羊山庄移民工程，详细了解移民新区建设遇到的问题和困难。陈鹏飞书记说："青羊山庄建设要保证质量，真正建成民心工程，要完善循环路和居民通道的建设，要尽快启动自来水工程，要做好建设的管理工作。"

2009年8月，188户移民搬迁入住。

为了便于管理，青羊山庄移民小区归属城关村管理。

2010年，因为修建高速公路，虹梯关乡虹霓村有34户需要搬迁。通过协调，这34户就移民到小东峪村，与青羊山庄连成一片。由于县城建设，城关村也有搬迁户。城关村就在青羊山庄开发移民小区，规划200户，每户面积为180平方米，两层小楼，一楼为门店，二楼为住房。

城关村党支部书记刘胖旦告诉我们："现在我们正在加强基础设施建设，要把青羊山庄建成全县最大、最现代、最有特色的移民新区。"

我们走马观花地跑了几个点，但大致可以勾勒出扶贫工作的基本面貌。我们知道，还有些我们没有跑到的村，也很有特点。

比如，北耽车乡溯头村。

溯头村离河潞线不远，这一带都是黄土沟。以前河潞线上堵车，溯头人就来卖鸡蛋、方便面。当时有首"溯头谣"说道："要想富，别修路，堵车能卖'康师傅'，几天就弄个'万元户'。"

虽然堵车次数不少，但谁也没弄上个"万元户"。前些年，村里几个年轻人跟着学唱戏赚了点钱，就有人说："念书不如唱戏。"村里养猪不行了就有人养狗，又有人说："养猪不如养狗。"这两句话传出了村，人们都用来笑话溯头人："念书不如唱戏，养猪不如养狗。"

溯头人路文剑，很活络，在长治市、晋城市开过饭店，卖过电器，搞过运输，生意做得还不错。2008年冬天，他回村竞选，支部书记、村委主任"一肩挑"。

2009年，溯头村获得140万元的整村推进彩票公益金，路文剑又自筹了120万元，铺设排水管道600米，拓宽硬化道路5.3公里，安装路灯100盏，打坝造地100亩，栽种风景树1600株，硬化文体广场2000平方米，新建村级组织活动场所228平方米。短短几个月时间，溯头村的面貌来了个大变样。

村里的基础设施建好了，路文剑又联络周边几个村庄，发展千亩小米种植基地，打造绿色有机品牌。他还想在村里成立一个豆腐作坊、一个老米醋作坊，再把村里的老房子、旧织布机都整修利用起来，发展手工纺花织布，闯出　头村的牌子来。

2010年"三干会"上，溯头村党支部被评为"红旗党支部"，路文剑带领群众脱贫致富的干劲更大了。溯头村与平顺县绿叶生态合作社达成合作意向，投资200余万元，成立了一家绿色农产品加工厂，生产酸菜和山野菜纯天然绿色产品。

路文剑还要发展酸浆豆腐、小磨香油、石磨面粉等一系列生态绿色产品，做大做强绿色产业，让村民的日子富起来。

我们完全可以想见，平顺县的小山村都在为突围贫困努力着。

陈鹏飞书记说："近年来，我县扶贫开发工作取得了比较明显的成效，61个贫困村实施整村推进，15个村利用2125万元公益金实施整村推进，消除了50人以下自然庄380个，建设移民新村29个，第一批8个'两区'开发项目有序推进，可以说农村生产生活环境有了一定的改善。"

2009年9月20日，全国公益金扶贫项目现场培训会在平顺召开。

国务院扶贫办副主任王国良，对平顺县在公益金项目工作中所做出的成绩给予充分的肯定。他说："平顺县作为第一批公益金扶贫项目试点县之一，不仅通过公益金解决了人民贫困问题，而且不断创新、不断探索，闯出了一条行之有效的实施办法，使公益金更好地用之于民、惠及于民。"

2010年10月，全国整村推进规划工作暨彩票公益金项目现场会在河南省商丘市召开。平顺县以全国公益金扶贫项目先进典型，受国务院扶贫办的特别邀请，成为与会唯一的县级单位，并在大会上作了先进经验交流发言。

陈鹏飞书记就平顺县在公益金项目建设中采取的高位推动、层层落实责任，阳光操作、环环公开透明，创新机制、处处规范高效等做法进行了介绍。

他说："平顺县是一个山区小县，国定扶贫开发重点县，山大沟深、石多土少、立地条件差、气候反差大，历届县委、县政府和一代代平顺人都为摆脱贫困、走向富裕进行了不懈努力。在国务院扶贫办和省、市扶贫办的关心支持下，公益金项目顺利落户平顺，半年多来，我县紧紧抓住这一机遇，共申报基础设施、公共服务、村级互助资金3个子项目、128个分项目，申请彩票公益金2125万元，地方配套资金1626万元，总投资3751万元。目前，15个公益金项目建设村的生产生活条件已经发生了明显变化，基础设施、公共服务得到了较大改善。"

10月，是个收获的季节。

三、公司带动千万家

2007年，平顺县"三干会"上，"创建上党地区绿色农产品名县"被列为"五大"目标之一。

2007年10月19日，平顺县召开"创建上党地区绿色农产品名县动员大会"。

陈鹏飞书记在大会的讲话中指出："我们隆重地召开创建上党地区绿色农产品名县动员大会，目的就是为了真正转变经济发展方式，通过发展不断改善人民生活；要用'创建上党地区绿色农产品名县'这种形式，推动农业结构优化，农业生产方式转变，农业生产力水平大幅度提高；充分发挥市场在资源配置方面的基础性作用，建立'贸工农'相衔接、'产加销'为一体的多功能的现代农业产业体系，夯实新农村建设的产业基础，走出一条在贫困地区建设社会主义新农村的新路。"

农业产业化，是"三农"发展的必由之路。

改革开放，在农村推行家庭联产承包责任制，是要解决农民的吃饭问题。"饭"字何解？"饭"字去掉了"食"字旁，就剩下"反"了。老百姓长期吃不饱肚子，是要造反的。民以食为天，说的就是这个道理。

换句话说，推行家庭联产承包责任制，解决农民的吃饭问题，还是在自然经济的形态范围中找突破。人们没有想到的是，"群众中蕴藏着极大的社会主义积极性"，1984年粮食获得了大丰收，而且连续几年的大丰收。粮食吃不了怎么办？就去卖。

注意，这次的"卖"和过去有大不同。开始也是"吃什么种什么，余什么卖什么"，这和过去农民"赶会"时祟点粮食弄个零花钱差不多。过来没几年，就开始变了，向"市场要什么就种什么，什么能卖钱就种什么"的方向发展。这就催生了自给自足的自然经济向以市场为导向的市场经济的转换，而且是从"萝卜快了不洗泥"的卖方市场，很快发展到"吃绿色、吃卫生、吃健康"的买方市场。

1992年，长治市第一次召开大规模的"农产品销售座谈会"，对农副产品尽快走向市场展开研讨。平顺县东彰村"倒腾"土豆的赵天平是平顺县唯一出席会议并且交流经验的农民。

那时候，平顺人恐怕还看不惯这个"二道贩子、投机倒把、满脑袋窟窿眼"的赵天平，实际上他是平顺县大宗农产品走市场首批"吃螃蟹"的人。

也许在平顺县的山庄窝铺里，因为贫困，人们还没有感受到市场转换所带来的冲击，也正因为没有在市场中摸爬滚打，所以还贫困着。

改变这种恶性循环的，不是市场，而是我们自身。

无须多说，市场经济所要求的农业生产，必须是现代农业的产业化，规模经营，集约经营，追求利益的最大化。以家庭经营为主体的千家万户的农业生产如何与千变万化的大市场对接？这中间的关键链就是发展壮大农业产业化龙头企业。龙头企业一头要在市场中获得利润、消化风险，一头要以利益链来引导、组织、规范、服务农户的生产，把优质的农产品推向市场，以优质的农产品引导市场、开发市场。

说复杂，这是篇大文章。简单地说，龙头企业和农户的关系，就是市场的合同关系。龙头企业的发展模式，就是公司+基地+农户。这都是在市场经济中证明了的成熟的路数，只是我们觉得新鲜而已。

在平顺县发展龙头企业，发展农业产业化，那就是一个突破、一个创新了。

陈鹏飞书记在会议上讲："我们要在培育农产品加工龙头企业上下工夫，依托'公司+基地+农户'的生产模式，着力延伸产业链，扶持一批产业关联度大、品牌知名度高、辐射带动能力强的农产品深加工龙头企业。集中财力，叫响三大品牌，扶优扶强大红袍花椒、日新制药、鑫源万吨马铃薯精淀粉加工三大产值超千万元的龙头企业。"

平顺县突围贫困，就不能不关注农业产业化龙头企业的发展。

山西平顺大红袍开发有限公司（以下简称大红袍公司），是平顺县很具特色的产业化龙头企业。

这里的"大红袍"说的不是福建武夷山的茶叶，而是平顺县的花椒。平顺的大红袍花椒粒大、味纯、色泽好，很有盛名，尤其是浊漳河沿岸的大红袍，有着"十里香"的美誉。

大红袍公司位于迎宾大道西侧的山南底工业园区，创建于1997年，公司总经理魏学岭。

魏学岭，1965年出生在阳高乡堂耳庄村，父母亲都是农民。他勉强读完初中后，就跟着父亲放羊、种地。1982年秋天，17岁的魏学岭到天津打工去了。开始，他干些搬运工的杂活，后来报名参加了服装裁剪班，很快学会了裁剪缝纫技术。再后来，他成了一名出色的裁缝，做的西装既合体又笔挺，多少有了点名气。他自己也开办了一所服装裁剪学校，兼营一个服装批发

□ 大红袍公司

店，生意越做越红火。经过几年的积累，他赚了钱，成了家，说话也有了天津味儿。

1996年3月，他得知太原有一个农产品展销会，就专程从天津到太原参观了这个展销会。这个展销会启发了他。他想，家乡有大红袍花椒，完全可以包装上市，打开销路，作成一个品牌。

1997年，魏学岭把服装裁剪学校、服装批发店盘出去，筹集了30多万元，回平顺县创建了大红袍公司。

一开始，大红袍公司也只是从村上收来花椒，经过简单的分包包装后，推向市场。用魏学岭的话说，就是收起来卖一卖。不要小看这个分包包装，就这么一加工，大红袍有了销路。

为了提高大红袍的附加值，他带着大红袍去天津食品研究所，请食品专家进行分析研究，配制出了花椒粉、饺子粉等调味品，开始进行大红袍的初加工。

大红袍公司租赁了县食品公司闲置的一排旧厂房，上了两条生产线，主要生产大红袍花椒系列18个品种的调味品。产品上市后，表现良好，深得广大消费者好评。

1997年10月，大红袍花椒系列产品荣获第三届全国农业博览会"名牌产品"和"最受欢迎奖"；1999年1月荣获了全国第二届农业博览会"唯一花椒金奖"，同时还荣获"山西农副产品与包装展销展示会铜奖"；2000年，取得中国绿色食品发展中心发放的绿色食品标志；2001年9月，"平兴牌"商标荣获"山西省著名商标"称号。

2003年，大红袍公司被评为"AA"级信用度企业；2004年，被省质量监督局评为"质量信誉A级"；这两年里，还连续被长治市政府授予"优秀龙头企业"称号，同时大红袍花椒产业化开发项目被列入山西省"1311"工程重点项目。

□ 花椒芽菜基地

2006年，大红袍公司的"花椒芽菜"研制成功，并相继开发出了"情人"牌"花椒芽菜辣酱"，成为辣酱系列中的主导产品。花椒芽菜辣酱全国独一无二，深受消费者的青睐。

2008年6月，大红袍开发有限公司被国务院扶贫办确定为第二批国家扶贫开发企业。公司资产总额发展到2928万元，占地面积扩展到8000平方米，生产线4条，产品有4大系列40多个品种。公司员工发展到了105人，其中食品专家4名，技术人员5名，包装设计人员2名。公司在北京、太原、长治建立了3个办事处，开拓了广州、深圳、上海、天津、重庆、西安、郑州、石家庄、呼和浩特、乌鲁木齐、包头、大同等大城市的100多个市场，年销售收入6000万元。

2010年9月，在平顺县委、县政府的大力支持下，大红袍公司与山西紫团饮业有限公司实现了强强联手，共同开发平顺万亩花椒芽菜生产基地。

大红袍公司与花椒芽菜生产农户签订合同，每公斤按18元价格收购，并及时兑现，农户实行订单生产。

县委、县政府积极倡导和鼓励农民种植花椒芽菜，以阳高乡河南滩村、青羊镇山南底村、北耽车乡王曲村为花椒芽菜种植示范村，按照集中连片、规模开发的原则，选择土壤肥沃、浇灌便利、通风透光的好地块进行逐步推广，计划在三到五年内发展花椒芽菜种植面积1万亩，拉动5个乡镇80多个建制村8000多户农民种植花椒芽菜，每亩可为农民增加纯收入7000元以上，年户平均增收1万元以上。大红袍公司达到年产6000吨花椒芽菜的生产能力，可实现销售收入5亿元，利税6000万元。

为确保产业基地建设，县农业局组织各乡镇农户到河南滩等村的花椒芽菜种植基地参观学习，在王曲、弯里、阳高、洄源头等村举办花椒芽菜的种植、管理培训，利用"亚行贷款"项目，为群众解决资金等困难。

2008年5月23日，阳高乡南庄村党支部书记关喜俊带领56名村民，到河南滩村花椒芽菜项目基地参观学习。河南滩村的村委主任柳文庆带领大家参观了花椒芽菜大棚，全面介绍了种植规模、种植技术及产后效益。

关俊喜回村后，铲了自家的3亩小麦，自筹资金8200元，购买花椒秧苗42000株，有机复合肥1000多斤，开始种植花椒芽菜。南庄村人在支部书记的带动下，种植14亩花椒芽菜秧苗，可发展花椒芽菜40多亩。

青羊镇山南底村农民申贵梅是一个农村妇女，丈夫体弱多病，两个孩子在上学，日子过得紧紧巴巴。为生计，她摆摊卖过凉粉，赶会卖过油条。一个偶然的机会，她参加了花椒芽菜培训班，抱着试试看的态度，承包了1亩左右的两个花椒芽菜大棚，当年亩产花椒芽菜900多斤，纯收入7000元。她尝到了种植花椒芽菜的甜头，大胆地把花椒芽菜从大棚种植于大田，取得了良好的效果。

随着申贵梅花椒芽菜种植数量的扩大，山南底村越来越多的农民种开始植花椒芽菜。她还当起了土专家，谁家菜长虫子了，谁家菜管理不当了，她都耐心地上门辅导，帮助大家共同种植。

花椒芽菜生产，是平顺县农民致富的一个新产业。

2009年8月28日，吴小华县长在长治国际东明大酒店与山东烟台塔山集团签约了开发虹霓大峡谷。同一天，吴小华县长还与山西振东集团股份有限公司成功签约，投资2.1亿元开发研制野生连翘、潞党参种植基地和相关产品。

山西振东集团股份有限公司地处长治县，是一个以石油销售、中西制药、食品生产、中药种植、绿色旅游五大产业为主的产业集团。在"5·12"大地震时，集团老总李安平带人亲赴灾区捐赠100万元的药品，成为美谈。"好人好药，好药好人"的企业文化理念和品牌名不虚传。

连翘，就是人们常说的迎春花。一到春天，嫩黄的迎春花迎风怒放，最先报告着春天的信息。连翘是灌木丛，属木犀科，又名黄花条、连壳、青翘、落翘、黄奇丹等。其果实可入药，清热解毒，主治热病初起、风热感冒、咽喉肿痛、急性肾炎等。连翘生长在海拔500米至1000米之间的阳坡、半阳坡。

平顺的山上长着很多的连翘，一坡一坡的。以往，连翘不值钱，人们也不太在意。这两年行情有变，连翘值了钱，一到秋天，就有人上山收购，老百姓也赶快采摘。

□ 连翘满山

宋爱民对我们说："老百姓就盼不到天明了，有个亮就上了山。"

振东集团需要连翘制药，所以，在多次对平顺县天然野生连翘考察后，决定投资建设20万亩野生连翘保护、抚育、种植基地，覆盖东寺头、西沟、虹梯关、杏城、龙溪等乡镇，拉动当地农村的经济发展。

平顺是党参的故土，种植潞党参历史悠久。振东集团也就此项目进行合作，建设1000亩科研试验田，形成规模和产业，加快农民脱贫致富的步伐。

其实，就开发潞党参而言，平顺县的起步并不晚， 1970年就有了一个国有小企业，生产出了潞党参口服液。遗憾的是，由于体制、机制、资金、科研诸方面的原因，企业一直是举步维艰。说起来有市场，但就是没销路。2001年，企业改制为股份制民营企业，名称为"平顺日新制药有限公司"，申纪兰是该公司的名誉董事长，董事长是西沟村委主任周建红。

为把"日新制药"做大做强，公司几次外出，寻找有实力的合作伙伴，最终与四川蜀中药业集团形成合作伙伴。四川蜀中药业集团董事长叫安好义。

2007年10月份以来，经过双方反复磋商、洽谈，最终达成合作意向，合作期限为10年，合作分两步实施：第一步期限2年，由四川蜀中药业集团负责潞党参口服液和得方灵芝健脑胶囊两个全国独家产品的产、供、销，所得利润分成，公司更名为"山西蜀中制药有限公司"；第二步根据双方合作情况，商谈参股或控股。

2008年3月14日上午，平顺县日新药业有限公司与四川蜀中药业集团举行了签约仪式，"山西蜀中制药有限公司"诞生。

2008年3月15日，平顺县召开"重点工程攻坚决战促进会"。陈鹏飞书

□ 山西蜀中制药

记在会上讲："'日新'与'四川蜀中制药'昨天正式签约，依托他们的资金、管理、技术、市场，相信这次合作，会使举步维艰、困难重重的'日新'拨开云雾，逐步壮大。"

陈鹏飞书记要求各级各部门要提供最优质的服务、最便捷的办事方式，创优投资环境，让更多的成功人士走进平顺，加盟平顺，为平顺经济注入新的活力，使平顺不断发展壮大，创造新的辉煌。

山西蜀中制药公司的党参产业化开发项目，先后被列入山西省"1311"工程、山西省"重点科技攻关计划"、"星火计划"等，企业被评为"山西科技企业"、"长治市农业产业化龙头企业"、"国家扶贫协会会员"等。

山西蜀中制药有限公司的发展可拉动平顺县东南山区5个乡镇、158个建制村、7100个农户、3万多人的增收，年纯收入400余万元。

2008年7月10日上午，双喜绿色产业开发有限公司门前彩旗招展，锣鼓喧天，公司扩建工程竣工剪彩仪式在这里举行。

双喜绿色产业开发有限公司创建于2002年，总经理宋双喜。公司成立初期，资产为30万元，主要收购、加工和销售尖椒、药材、小杂粮、干果等农产品。几年的发展，公司规模已经达到有固定资产1500万元、流动资金500万元，与农户订单合同种植面积达4.5万亩，不仅覆盖了平顺县的主要乡镇，而且还波及潞城市、黎城县等周边乡村，为促进农民致富起到了积极的推动作用。

在青羊镇各峪村的一条山沟里，有一片蓝色屋顶、圈舍规整的养猪场，叫太行生态养殖合作社，老板叫白建林，戴着副眼镜。

白建林就是各峪村人，1992年从平顺一中毕业后，就到外地打工去了。他在晋城市做过小买卖，还跟一个温州人合作开过一个制鞋的小作坊。小作坊生意还不错，都挣了点钱。后来，温州人回温州了，白建林回了各峪村。

2006年白建林回家，正赶上县里对贫困村实行整村推进，村集体建了个养猪场。白建林和他的两个朋友商量好，从长治市扶贫基金会贷了10万元，3个人承包了这个养猪场。

他们谁也没想到，猪仔刚刚长大，全国猪肉价格大跌。白建林的两个朋友怕有风险，想退出去。白建林说："你们想退就退吧，我不退。我比你们有优势，不是钱多，是失败的教训比你们多。"

白建林独自承包了养猪场后，成立起了太行生态养殖合作社，实行小规模大群体养殖。他动员各家各户养猪，养猪场作为龙头企业，负责"统一购买种猪仔，统一配送饲料，统一卫生防疫，统一生猪外调"。

有白建林牵头，村里的养殖户渐渐多了起来，白建林自己也成了村里最大的养殖户，全村年存栏猪1000多头，各峪村成了远近闻名的养殖专业村。

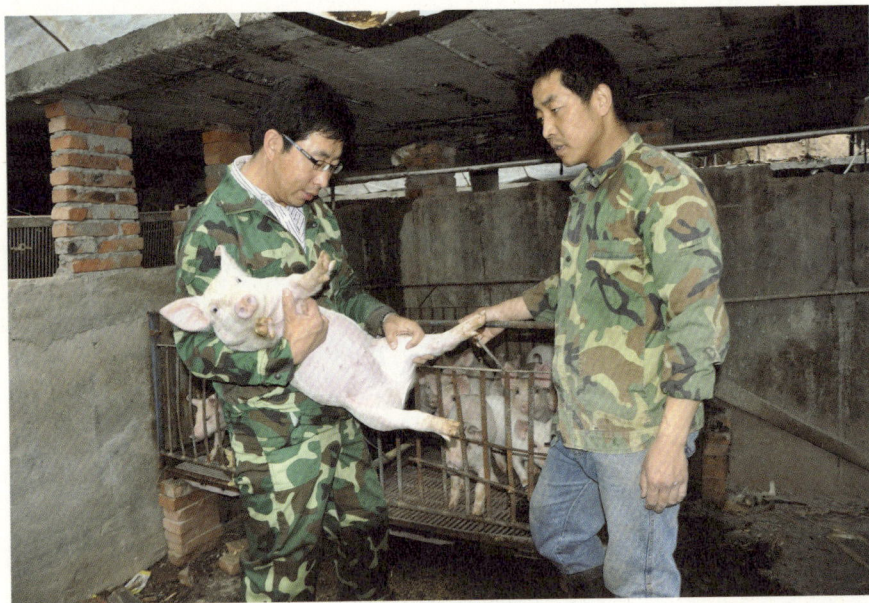

□ 白建林在养殖场

　　开始，生猪外调是他去求别人。现在，是别人来求他生猪外调。

　　白建林的养殖合作社越办越红火，村民们越来越依赖他。2008年，白建林担任了各峪村的村委主任。他带领村民发展养殖的事迹也上《长治日报》、《山西日报》。

　　白建林说："这没什么。现在，猪场成了规模，抵御市场风险的能力强了。有些知名度了，就经常有饲料厂、兽药厂来主动和我们联系，免费为我们作培训。他们的目的是推销他们的产品，我们却可以通过他们了解市场新信息。市场就是这样，这样不是很好吗？"

　　我们想进去看看他的猪场，一看门口有两只藏獒，收住了脚步。门口还跑着几只鸡，又肥又大，其他地方根本见不到。

　　同样经营模式的还有龙溪镇新城村恒兴绿色养殖有限公司，老板叫杨建飞。

新城村在平顺县是个大村，600户人家，3100口人，耕地面积3600亩。新城村在平顺县还是个富村，这里水草丰盛、空气新鲜。

杨建飞抓住平顺县创建绿色农产品名县的机遇，乘势而上，办起了万头养猪规模的恒兴绿色养殖有限公司。公司实行"统一棚舍，统一品种，统一饲料，统一防疫，统一服务，分户饲养"的模式，发动村民"施舍圈养"。公司推行"送饲料到家，送猪苗到家，送技术到家，回收成猪到家"的"四到家"措施，使养殖户只管用心养猪，不承担风险，在家就能赚到钱。公司还把猪粪发酵后作肥料，发展有机绿色农业，提高农产品的附加值，促进农民增收。

我们还到北社村看了绿色蔬菜种植基地。

在平顺县，北社乡、苗庄镇一带属"西部台地"，较山地平坦了许多。这里土地肥沃，气候温和，离长治市区较近，交通比较方便。

2007年平顺县"三干会"上，这一带被规划为"西部台地优质蔬菜和水果园区"，在农村中推广种植旱地西红柿、豆角、尖椒、水果玉米等，取得很好的成效。

长治市龙港科贸平顺县北社绿色蔬菜种植基地，就在北社村的村北。

老板常子林，很年轻，一副小帅哥的举止。他1971年出生于河南省林州市，1987年，他把年龄改大3岁，在长治钢铁公司当了一名炉前工。

2004年，常子林算断工龄，从厂里领了4万元，下海了。他先开始开办了一家贸易公司，没赚头，又开了个煤粉厂、旧轮胎翻新厂、法琅带钢厂，效益都还不错。2010年，他把三个小作坊全部卖掉，回收资金300万元，以每亩土地一年600元的价格，在北社村租了300多亩土地，发展大棚蔬菜。

常子林认为，种植业是一项可持续发展的产业，选择北社村，是因为这

□ 长治市龙港科贸平顺县北社绿色蔬菜种植基地

里环境好，没污染，土地肥沃，租金较低，又靠近长治市区。

为了搞好蔬菜大棚，常子林专程到山东寿光拜访了蔬菜大王王乐毅。王乐毅很高兴地为他作了指导。

2010年10月28日，第一批10个蔬菜大棚动工修建。

常子林的蔬菜大棚，与其他地方的蔬菜大棚不一样。其他地方的蔬菜大棚的挡墙是砖砌的，他的挡墙是就地取土夯实而成，后挡墙堆成一个坡状，棚内形成一个低凹带。这样做的好处是冬季保温性能好，适宜蔬菜生长，还没有病虫害。后挡墙的阴坡还要栽种蓖麻，既是一笔收入，又可利用蓖麻发达的根系保护挡墙。大棚与大棚的间距比较宽，通道上可以栽种韭菜、紫苜蓿等菜种，提高了土地的利用率。

2011年2月18日，大棚蔬菜全部上市，各家超市纷纷进货，生意火暴。

2011年，在建的蔬菜大棚还有90个。第二批蔬菜大棚将于2011年8月30日前完工，9月15日前定植完毕，11月中旬全部上市，直接送到长治市各大超市。

他说："菜贩子来我就不卖，不要叫他们砸了我的牌子。"

常子林100个蔬菜大棚全部建成投产后，可吸纳北社村200左右的劳动力。大棚管理，一般是3个人管理2个大棚。每人每月的基本工资是600元，岗位工资400元。在此基础上，再按大棚蔬菜的采摘数量和蔬菜销售收入的10%给予提成。一般每个农业工人每月的收入可达到2000元左右，冬季菜价高，收入会更高些。

我们进到两座大棚看了看，还摘了几个小西红柿吃，感觉很爽。

"西部台地"再多几个这样的种植基地，那就离"优质蔬菜和水果园区"的规划不远了。

四、生机勃勃新农村

大力推进社会主义新农村建设，是全面建设小康社会的战略举措。在平顺县，一方面要众志成城拔穷根，一方面要搞好社会主义新农村建设，闯出一条突围贫困的新路。

2010年8月16日，平顺县四大班子领导、各乡镇党委书记再次走进下石壕。第二天，召开了"变作风、促转型"推进会。陈鹏飞书记在会上讲话说："我们推进转型跨越发展的思路是'打好三场硬仗，建设一地两区，实现一提两升'。"

"打好三场硬仗"，一是要打好招商引资硬仗，在项目建设上实现新跨越；二是要打好县城建设硬仗，在县域城镇化上实现新跨越；三是要打好人才引进和培养硬仗，在人才强县上实现新跨越。

"一地两区"，"一地"是奋力打造中国低碳旅游最佳目的地；"两区"是奋力打造山西省新能源建设综合示范区和全国绿色能源县、奋力打造国家生态建设示范区。

"一提两升"，"一提"是把提高广大人民群众幸福指数作为我们追求的第一目标；"两升"是提升经济硬实力和提升文化软实力。

2011年5月14日，中国共产党平顺县第十三次代表大会隆重召开。陈鹏飞书记在大会上作了题为《咬定脱贫目标，狠抓五化建设，在重振上党雄风的伟大征程中，奋力开创平顺转型跨越新局面》的报告。

这次报告中提出，平顺县今后五年社会经济的目标是，加快"五化"进程，推进"五区"创建，努力建设绿色生态、富裕文明、和谐宜居新平顺，共同创造平顺人民的幸福生活和美好未来。

"五化"，旅游产业化、城乡生态化、工业新型化、农业特色化、县域城镇化。

"五区"，国家级旅游度假区，国家生态建设示范区，智能电网发电技术综合试验区，有机农产品生产实验区，全国县域经济基本竞争力提升速度最快百强县（区）。

现在，就让我们走进新农村建设的典型示范村，去领略那不一样的风采吧。

西沟村是我国农业战线的老典型。

走进共和国农村发展的历史时空隧道，一定会看到这个有着特殊意义的村庄。

1995年4月13日，时任中央政治局常委、书记处书记胡锦涛等一行来西沟村考察。

胡锦涛在西沟干部群众代表座谈会上说："西沟经过40多年的奋斗，取得了很大的成绩，成为全国山区农村建设的一面红旗。西沟有了个好的基础，但发展得还不够，与创造共同富裕这个目标还有距离。"

如何发展经济，加快发展步伐，胡锦涛着重讲了几个问题："一是粮食生产不能放松，还要向林业要效益、向科技要效益，有饭吃有钱花。二是要发展乡镇企业。思想要解放，意识要开放。西沟还是有名气的，纪兰同志还是有影响的。要善于和外面合作，引进资金和技术。思路要宽一点，步子再大一点。三是要坚持物质文明和精神文明两手抓、两手硬。四是要把党的建设搞好。"

胡锦涛在座谈会上最后说："总之，我希望西沟的这面红旗更加鲜艳，希望西沟发展得更好，西沟的父老乡亲能够更快地富裕起来。"

西沟人牢记胡锦涛在西沟村讲话的精神，奋力地前行着。

申纪兰17岁嫁到西沟村，就为改变这个穷山沟努力奋斗着，现在她已是耄耋之年，仍在为西沟发展奔波着操劳着。

发展是硬道理。加快经济发展，是建设社会主义新农村的根本。

2007年7月，西沟村投资兴建西沟农贸市场，农贸市场分南北两座主楼，北楼2层75间，南楼2层81间，集品牌展示、信息交流、实物销售为一体，整个工程设计美观大方，功能齐全。

2008年，平顺县将西沟农贸市场建设列为全县68项重点工程之一，加快了市场建设的速度，9月全面竣工。2009年投入使用后，实现销售收入1000万元，实现利税48万元。

　　西沟纪兰饮料公司改扩建项目，也是平顺县的重点建设工程之一。这项工程于2008年6月3日开工奠基，建筑面积5000平方米。纪兰饮料公司改扩建后，在单一生产果蔬饮料的基础上，新增了九禾豆浆生产线，生产出了5个品种的系列产品。目前，纪兰饮料公司生产的四大系列、七个品种的产品全部投放市场，消费者反映良好。

　　2010年，西沟村还成立了长治纪兰潞绣商贸有限公司，生产老粗布和花样刺绣，解决了农村妇女的就业。

　　有老板投资1000万元，在西沟村的东峪沟建设"丰园生态农场"。农场的住宿是现代化的小别墅，园内开辟有耕作园、珍稀植物棚，山坡上养鸡、养羊、养山猪。城里人来到"丰园生态农场"，可以休闲放松，可以体验农耕文明，还可以信步观赏动植物，也是一种高品位的旅游、休假生活。

　　2010年10月29日，西沟村与长治河南商会签订了合作开发红色旅游、农副产品深加工项目协议。长治河南商会计划投资3亿元，一是对西沟红色旅游景区进行总体策划、总体包装，真正形成旅游品牌。二是把原来的铁合金厂改建为松油加工厂，对西沟山上的万亩松林进行产品深加工，延伸生态产业链，扩大西沟的经济增长点。

　　2007年，西沟村加大了移民搬迁力度，新建了移民新村，把原来的44个自然庄变成了2大块4个区，村民都住进了功能齐全、温暖舒适的二层小楼。

　　西沟村过去吃水困难，2008年，西沟村打了机井，全村130户人家吃上了自来水，2009年、2010年继续完成吃水工程建设，在西沟村的山坡上修建了3个高位蓄水池，实现了户户通自来水。

　　从2008年起，西沟村开始修建沼气池，2010年基本实现了户户通沼气。村内修了4个小公园，1个文化广场。

□ 西沟纪兰饮料公司

　　2008年3月，大地还没有完全解冻，西沟村党支部就带着西沟村民植树造林。3个多月的时间，他们完成了平龙线通道绿化2公里、古石线通道绿化4公里，栽种各种树木31000株，全部采用了网状栽培和石片覆盖；完成了东峪沟荒山造林1200亩、老辉沟荒山造林1500亩；栽种核桃树600亩，河滩地、老果园全部种上了水晶梨树、仁用杏树，成活率达到了90%以上。

　　西沟村投资110万元，对西沟森林公园内的道路进行拓宽、绿化，在道路两侧修筑护岸挡墙4600平方米，为申报国家级森林公园打下了良好的基础。

　　西沟村对70岁以上的老人和60岁以上的老党员实行补助金制度和养老保险制度，使西沟人实现了少有所教、老有所养，人民群众生活安宁而愉悦。

　　西沟村组织一系列文化娱乐活动，扩建了图书馆、党员活动室。

　　现在西沟村党总支书记是王根考。他曾经在日本学习过果树栽培技术，是西沟唯一"留过洋"的人。他也是西沟纪兰饮料公司的创始人之一，负责基建、生产、管理。

　　我们是老熟人，一见面，他笑着问："来了？"

我们说："你好啊，领导。"

他把嘴一撇说："可不敢，咱算甚个领导啊。"

他又说："来了平顺（县），也不去西沟？"

"去哩，有时间就去了。"我们说。

我们去了西沟，看了生态游园，看了在建的丰园生态农场，看了改扩建西沟纪兰饮料公司。

走进西沟，万木葱茏。西沟村有过辉煌的历史，更有着灿烂的明天。

留村，山西省第一批新农村建设示范村。

曾经的留村，以满山的花椒树，不知感动过多少人。老书记桑林虎退休了，留村面临着二次创业。创业的带头人是村党支部书记桑建存。

二次创业，不再是"守摊子"，而是要把留村打造成生态观光、高效农业的新农村示范园区。

村级组织活动场所盖起了三层楼房，取代了曾经的平房小院；一条在建的上山循环大路，取代了原来的盘山小路；5万多株优质矮化核桃树、1万多株苹果树，取代了老化的树种。

为了保证以后的挂果率，5年内不让小树结果。在树种的更换期内，动员村民发展林下经济，栽种板蓝根、大豆、油葵等中草药材和矮秆经济农作物，形成果林间作、果蔬间作的现代立体高效农业。

桑建存经常与省农科院、省林科院、省扶贫办等单位部门保持联系，每年都尽力争取部分专项资金，补贴给村里百姓，调动大家种地、栽树的积极性。

□ 留村新貌

　　我们上到了山上，留村新的园区尽收眼底。

　　桑建存告诉我们："老书记领导我们栽种满山的花椒树、满沟的苹果树，是留村的一个宝。我们更换树种是为了更好的发展。现已经完成荒山绿化1000亩，完成村里通道绿化3公里，做到了荒山绿化全覆盖，通道绿化无空档；初步计划建设高效农田300亩，在北垴、南垴、东垴修建3个高位水池，打4眼机井，发展测土配方施肥、滴灌高效农业。种植无公害旱地蔬菜提高经济效益，建设高标准日光智能温室大棚，培育优质蔬菜品种，发展名特花卉、稀有水果和名贵树木。"

在下山的路旁，有一片高大的侧柏林，每株侧柏旁有一块石碑，石碑上刻有植树人的名字：胡锦涛，李鹏，朱镕基，姜春云，等等。

桑建存说："这片林子是留村的名片。我们这一代必须把留村建设好，要不，没脸再看这林子。"

我们专门去拜访了老书记桑林虎。以前我们来留村时，总是老书记领着我们钻花椒山，看苹果园。记得1992年我们来留村拍一个电视片，老书记让一个村民拿袋子背着苹果、煮玉米、鸡蛋、饮料等吃喝与我们一起上山。等我们累了，去拿东西吃时，才发现袋子上有两个大字："尿素。"老书记说："袋子是干净的。"我们还是不敢吃。下山回来，我们吃的是花椒油烙饼，花椒油炒土豆丝，那个香啊，至今难忘。

我们敲门，老书记迎出来。还是那个院，还是那孔窑。

老书记说："过几年你再来，留村变化会更大。"

我们去车当村是四月天的一个上午。

车当村党支部书记刘明科在村口迎接我们。我们说："刘书记，我们以前见过。"

他说："不会吧？"

我们说："2007年，我们来过，村委会办公还在舞台下边。"

他说："那是那是，看来，你是真来过。"

我们说："佛门圣地，不打诳语。"我们都笑了。

他又问："想看看哪儿？"

我们说："先看'瑞烽化工'，再到村里转转。"

他说："那行，咱上车。"

"瑞烽化工"的全名叫长治瑞烽化工有限公司，主要是生产电石。

"瑞烽"这个名称，车当原来就有，就是一个小电石厂，刘明科就是这个小电石厂的老板。

车当村风光好，靠山临河。全村235户，828口人，耕地面积910亩，其中水浇地500亩，旱地410亩。这里的气候要比县城早一个节令。

改革开放初，车当村还是个富村，有2个小水电站，1个铁合金厂，又种麦子又种菜，小日子过得美美的。

天有不测风云，1988年，一场大雨引发浊漳河水暴涨，把两座小水电站冲垮了。祸不单行，车当村又与上游邻村的奥治村起了纠纷，还发生了群体械斗，武警来了才"罢兵"，各自挂彩20多人。天灾人祸，这么一折腾，集体经济毁了，自来水停了，路灯不明了，各种矛盾加深了，人们上访告状了，车当村成了贫困村。

刘明科是小水电站的技术员，一看情形不妙，拍拍屁股走人。凭着自己的技术，他先后在河北、河南、甘肃等地承包工程，在山区村庄修建小水电站。几年后，腰包鼓了，他又回来车当村。2005年11月，刘明科被选为村党支部书记。

前几年，村里有个小电石厂，开不下去了。这时，刘明科以一年6万元的承包费，接过了小电石厂这个烂摊子，取名为瑞烽电石厂。经他的手一搞，瑞烽电石厂挣了钱，他就为村里逐步修缮基础设施。

瑞烽电石厂属于被关停的"五小企业"，刘明科就想把电石产业做大做强，于是在市场上寻找合作伙伴，李保民进入了他的视野。

李保民1970年出生，长治县东故县村人，曾经在淮海机械厂的附属公司工作过。他是属于在市场上反应灵敏的那类人，开始在长治市郊区的台上村搞电石生产，后来又到了郊区堠北庄村搞，几年打拼，有了资本的积累，也是电石生产圈儿里的知名人物。

李保民来了车当村，决心投资9000万元建一个现代化的电石厂，两台电石炉，每个炉为3千伏安，企业名称依然有"瑞烽"两个字，叫长治瑞烽化工有限公司。

瑞烽化工建在哪里？他们到山里选址，觉得憋屈得不行，后来就定在村西沿河的山坡上。

山坡需要开挖平整。一动挖掘机才知道，这里地质结构复杂，很不好啃。负责平整场地的叫郭学敏，1961年出生，淮海机械厂工艺工程师，后来跟着李保民做电石生意。

他说："我来了车当，光开山了，一挖挖了两年。"

经过开挖平整，他们终于在山坡上找出1000米长、90米宽的地方来，这就是瑞烽化工的"大本营"。

厂房建筑需要打钢筋水泥混凝土基桩，基桩1000根，直径1米，基桩孔平均深度25米。他们原来准备机械开挖基桩孔，谁知不行，只好采用人工开挖，这一来，进度慢了许多。

这中间，有没有要等等看的意思？当然有。电石生产是个高耗能产品，没电力保障不行。原来准备从后壁水电站接一趟线，一调查，有问题；再就是从潞城市接一趟线，一商量，也不行；平顺县就承诺在附近建个变电站，保障电力供给。但变电站不见动静，李保民心里肯定在打鼓。还有在河上要

□ 山西省人大副主任、山西省总工会主席郭海亮（中）视察瑞烽化工。右一为瑞烽化工老总李保民

□ 瑞烽化工工地

修个桥配套瑞烽化工，桥也没有开建，李保民会怎么想？

所以，陈鹏飞书记来检查时，感觉到进度是慢了些，刘明科说他们在"比等哩"。

陈鹏飞书记明白这个原因后，立即着手解决，亲自去跑省电力公司、省发改委，还和申纪兰一起跑国家电网总公司。国家电网总公司的副总经理崔吉峰就认识申纪兰，因为他是平顺县东寺头村人。

申纪兰说："领导啊，咱县的情况你知道，漳河边没个大变电站可不行，影响脱贫哩。"

崔吉峰副总经理通过与省电力公司、省发改委协调，220千伏变电站顺利在平顺县阳高村落地。

2008年8月26日，阳高乡220千伏变电站开工奠基。变电站由国家电网总公司投资2.3亿元，占地25亩，由长治市电力公司承建，2009年初建成投入运营。

2009年，平顺县争取到了国家福利彩票基金，车当村使用公益金140万元，又多方筹资460万元，用于修建车当大桥。长治长兴路桥公司承建这项工程，2010年完工。

变电站、车当桥有了动静，瑞烽化工加快了工程进度。李保民又把徐建安请来主持基建工作。徐建安1964年出生，长治轴承厂基建科土建工程师。

当我们到了瑞烽化工工地时，生产主厂房、职工宿舍都已经拔地而起。

李保民见到我们说："咱们见过面。"

我断然否定说："不可能。"

他说："咱是在一个饭局上见的面，还有长治公路分局的领导。你给我们讲了两个故事，大家都笑得不行。你是搞写作的，对不对？"

我觉得他这下说得像真的，我在饭局上最大的优点是，不吃饭，光说话。

我说："记不起来了。"

他说："哥，你是太忙了。"

他的一声"哥"，叫得我很舒坦。我们说："咱就不客气了，边走边介绍。"

在主厂房，我们看到两大电石炉的基座已经浇筑好，很是有些气派。我们问："电石生产是高耗能、高污染，你们不能污染了太行水乡啊？"

李保民说："其他的电石生产是高耗能、高污染，我们是无污染企业。我们的电石炉是国内外最先进的第三代密闭环保电石炉，不向外排放'三废'（废气、废灰、废水）；我们要拉伸产业链，形成循环经济。利用废气能烧制石灰，石灰是我们生产的主要原料；把粉尘料回收后，制作免烧砖，使能源利用达到最大化，完全符合国家产业政策和节能减排的要求。"

他说："竣工投产后，年生产电石10万吨，年产粉尘砖1000万块，可以满足6万吨树脂和10万吨烧碱的生产，产值可达3亿元，创利税6000万元，安排农村劳力400余人。"

我们问："平顺县的投资环境怎么样？"

李保民说："我觉得不错。我们要去外地考察密闭环保电石炉的情况，想请陈书记派个县领导一起去，能定就定了。那天陈书记正在县政法委开会，我给他发了个短信，他停下会来见了我们，决定派常务副县长李晓峰和我们一起去考察。县委书记能这样重视我们一个企业，够意思了。"

我们知道，长治瑞烽化工有限公司扩建开工奠基仪式，是在2008年5月15日上午举行。2008年10月，平顺县对全县重点工程建设情况进行观摩，观摩后，县政府奖给瑞烽化工50万元。

我们问李保民：“电石炉什么时候安装？”

他说：“早能安了，主要是河潞线改造，溯头隧道不通。”

我们说：“我们来的时候，隧道通了。”

他说：“溯头隧道一通，我们马上进设备，争取今年投产，给县委、给车当的百姓有个交代。”

我们说：“你也能早点挣钱。”

李保民笑了，说：“哥，不要老往要害处捅呗。我原来准备投9000万（元），现在要上一亿二（千万元）了。”

我们临走时问他：“什么时候回长治？”

他笑着说：“我嫁到车当了，这辈子再也离不开这儿了。”

离开瑞烽化工，我们又一次进了车当村。

车当村建起了10座日光蔬菜大棚、10架高效移动大棚、6架蘑菇大棚，发展了50亩旱地蔬菜，发展了6户养猪场、4户山坡散养鸡、1户圈养鸡。

村里投资28万元，由北京大学博雅方略旅游景观规划设计院对全村旅游资源进行了科学规划，按4A级景区旅游标准，组建了旅游公司，完善了景区相关配套设施。佛头寺等5座古庙已经被列入山西省南部古建筑抢修保护项目，佛头寺修建工程正在进行。村中标准农家旅社20多家，加强了景区的绿化、净化、亮化，与太行水乡其他景点联营，实行“一票通”管理模式，“一日游”格局已经形成，旅游接待能力不断提高。

车当村党支部被评为“红旗党支部”，还是 “市级平安村”、全省“模范单位”。

我们去看了车当村卫生院。卫生院三层小楼，设备齐全，女医生耿秀峰

□ 车当新貌

技术高超，村民一般小病不出村都可以得到很好的治疗。卫生院不仅免费为村民进行体检，而且还为周边村的村民免费体检。

卫生院不远处正在新建二层楼村民小区。刘明科说："先把那些在明清小院里的人搬出来，村上统一对小院进行修整改造，既有明清的风味，又要现代舒适，用来接待高品位的游客。"

我们问："像我们这号人，能不能来住两天？"

刘明科笑着说："弄好了，先请你们来。你们想住哪个院，就住哪个院。"

车当村，叫人好想你！

2007年秋，我们和陈鹏飞书记一起去过龙溪镇龙镇村。

他到移民新村，一家一户地看，看看都过得怎么样。龙镇村党支部书记贾永平陪着我们，并不多说什么。

陈鹏飞书记问我们："以前来过没来过？"

"来过，那会儿很破，不像个'府出东乡第一镇'。"

"现在有变化吗？"

"太有了，真有点不敢认了。"

"这都是那个贾永平搞的。在平顺县还算搞得不错。"陈鹏飞书记说。

贾永平，龙镇人。1979年以前，他担任过生产小队长。1982年，贾永平承包了村里的3亩果园，还自己开了一个小矿点。1989年，龙镇村成立了采矿厂，探矿探不着，村里也没钱了，就想把矿厂往外租。老百姓都看笑话，说谁承包那矿不是疯了就是傻了。可贾永平偏偏承包下了，合同期5年，一年20万元承包费，5年100万元。

贾永平承包矿点的头一年，也没有挖着矿，给村里交了20万元承包费，他自己"塌"下了300万元饥荒。

第二年，1990年，贾永平承包的小铁矿见矿了，贾永平按合同每年给村里上交承包费，一直到1996年。承包合同到期，贾永平去龙溪镇铁厂当了个副厂长，村里的小铁矿就废弃了。

1999年，贾永平贷款投资一个300米深的铁矿，每年向村里交占地费3万元。原矿加工成矿粉，销到长治钢铁厂、安阳铁厂、天津铁厂，贾永平发财了，成了龙镇的大老板。

2005年，龙镇村换届选举，贾永平党支部书记、村委主任"一肩挑"。他自己拿出800万元，投入了龙镇村的新农村建设。

2006年至2008年，龙镇村建起了文化广场、卫生所、敬老院、党员活动室、3个移民小区，完善加固了小学校的基础设施，拓宽硬化了3条主街、6条环村道，整治河道、修筑防洪坝6000多米。

龙镇村基础设施改善后，便以"四清、四改、五通、七化"为标准，狠抓环境文明建设。

村街道两旁种树1.2万株，新增绿化带3000平方米，种草700亩，修建风景点5处，面积1.4万平方公里。山上栽种经济林木747亩，荒山绿化1500亩，形成了环村的十里生态绿化长廊。

加大环境卫生治理力度，集中清运垃圾，拆除旱厕，白化墙壁，整治河道，水泥硬化户通路。为了使村里保持清洁的环境，村路旁放置了垃圾桶，聘请了保洁员，配备了环卫车，每天都有专人对垃圾进行清运。

如今的龙镇村，像一座大花园，全村呈现出一派文明、和谐的新气象。

□ 鑫源精淀粉厂

鑫源环保公司生产免烧砖是经济发展的一个亮点。他们投资2880万元将铁矿生产废弃的尾矿砂，加入一定比例的石灰、水泥、白灰渣和水，采用压制、蒸养的方法制成免烧砖，年产1亿块，销售收入1500万元，上缴国家利税350万元，增加农民收入300余万元，是一个节能、环保的生产项目。这一项目属于山西省"两区开发项目"，是县委、县政府确保的工程项目之一。

它不仅充分利用了废料、降低了成本、减轻了尾矿砂坝的压力，而且节约了土地，改善了环境，解决了农村剩余劳动力120人。

龙镇村还根据当地种植土豆的优势，投资3150万元，建起了鑫源精淀粉厂，年产土豆精淀粉的能力为1万吨。这是拉动平顺县东南部山区种植土豆的龙头企业。

龙镇村党支部被评为红旗党支部，贾永平被评为青羊先锋，挂职龙溪镇党委副书记，还荣获"山西省劳动模范"的光荣称号。

龙镇村还将积极引资金上项目，以组建农民专业合作社为主要形式，走工、贸、商、种、养、加为一体的农业产业化发展之路，努力发展经济，带富一方百姓，走出一条山区农民致富路。

社会主义新农村建设是个重大的理论命题和社会实践，任重而道远。2009年2月22日，在全省农村工作会上，平顺县被省委、省政府表彰为"新农村建设先进县"。

在平顺县，从"实施'双五'战略，主攻'五大'目标"治县方略的提出，到"高扬旅游龙头，主攻绿色生态"，到"打造'一地两区'，实现'一提两升'"，到"加快'五化'进程，推进'五区'创建"，都是在为了突围贫困，或者说是为突围贫困而夯实基础、打牢根基、创造条件。

平顺县还很贫困，但是，有了共产党人的艰苦奋斗，有了一任接一任的不懈努力，我们总能加快发展的步伐，创建一个幸福的明天！

第八章
山城换新颜

2011年4月4日晚上，陈鹏飞书记陪同冯骥才先生乘坐中巴车上了彩凤公园的山腰平台上。

冯骥才先生下车一看，不由得眼前一亮。

小山城，流光溢彩。远处的群山留有合成的轮廓，射灯的青弧划破茫茫的夜空，蜿蜒的路灯辉映着河道闪闪的波光，建筑的灯火勾勒出山城错落的层叠，街道的霓虹映照出她不夜的倩影。

冯骥才先生没有想到，平顺县城的夜，竟是如此的美。

有朋至远方来，都要来观赏夜景的，这是平顺的一张名片。

春夜难眠，我们又一次登上彩凤公园的山腰平台，极目远眺。

是来欣赏县城的夜景吗？是的，美不胜收，看也看不够。

就是来欣赏夜景的吗？又好像不是。我们多次来过，几乎叫得出那远处灯光下建筑的名称。每次观赏着灯火璀璨，我们总在想，这夜幕掩盖了什么？这灯火又凸显了什么？

我们久久地凝望着，竟然感觉到山城在跃动着而不是静谧着，霓虹彩灯的闪烁似乎在告诉我们，夜幕掩盖的是曾经的无奈，灯火凸显的是山城的巨变。

春风徐徐，一幅数百年山城沧桑的历史画卷，或疏或密，或淡写或重彩，尽在我们的心中徐徐铺展开来。

一、不说县城像个村

1992年，陈鹏飞书记第一次来平顺县。平顺县城不大，他能想到，但完全夹在一条山沟里，还是出乎他的意料。

　　这年，春夏之交的一天，长治市在潞城县召开了一个"改变空壳村面貌现场会"。与会人员分乘几辆中巴车，由警车开道，从县城去西坡底村参观。中巴车在县城绕了4个十字路口，每个路口都有一名交警站在交通台上指挥，戴着白手套，拿着指挥棒；交通台下又有4名交警戴着白手套向车队敬礼。有许多人围着看，不是看开会代表，是稀罕交警敬礼。

　　这多少有些炫耀，因为潞城县城有了交通岗，而其他兄弟县还没有。当时也只有4个十字路口，再要有，还要绕。

　　平顺县的县委书记参加了这次会议，通过4个交通岗后，不以为然地说："潞城家也是会显摆哩，还有人给咱敬礼。去我们平顺瞧瞧，谁给你敬礼？一个交警都没有。"

　　有人问："为甚啊？"

　　平顺县委书记一笑说："就一条街，街上净跑的是毛驴车，驴又看不懂交警，要交警干甚哩。"

　　车上的人都笑了。大家不是笑平顺县城没有交警，因为都没有，而是笑他说的毛驴看不懂交警。

　　这不是平顺县委书记拿自己开涮逗大家一乐，他说的是实情。

平顺县城是个小县城，两山夹一沟。

"一沟"为东西走向，西从"王庄水库"起，东到"百里滩"。沟北边的山叫青羊山，沟南边的山叫彩凤山。

明嘉靖八年平顺置县时，县城设在青羊山下的青羊里。按照当时"十户为一甲，十甲为一里"来推算，县城也就是个百十户人家。房屋依山而建，依次错落。

有平顺古县志记载，县城"筑土城一座，高二丈，周围二百五十丈有奇。开南门，砖砌门台，建楼三间，窝铺六间；开东门一座，坯砌小门，以便关防。浚隍二丈五尺，阔二丈，各建桥一座。南城门外南关厢西边建关门一座，路通壶关、潞安；东城门外东关厢门一座，路通潞城、黎城、林县，城廓始备"。

按此推算，当时县城的土城周长还不足1公里。难怪清朝平顺知县刘徵在《平顺县志》（清版）的《序》中说："夫城如弹丸，不敌一村落。"

民间传说，知县在断案时，一手拍惊堂木，一手可去山崖上摘酸枣吃。这显然是有些糟贬，但意在说明县城很小。

清乾隆二十九年（1764），将平顺县境三分，又回归到置县前的原状，只是将青羊里改叫平顺乡。这就是平顺历史上的第一次裁县为乡。这一裁，就是一个半世纪。148年后，民国元年（1912）又恢复了平顺县治。不料短短4年，民国四年（1915）又把平顺县整体并入了潞城县。这一下，激起了百姓的不满，掀起一场复县运动，一年后，民国五年八月（1916）又恢复了平顺县治。

以后，尽管平顺县也还有分分合合，一是抗日时期，一是大跃进年代，但时间都不长，而且县城也没有再变过，所以不必多说。

长治市有不少县城找风水宝地搬迁过，比如屯留县、武乡县、黎城县、长治县等。平顺县城是一屁股坐在山沟里，再没挪过地方。

古时，县城有条东西的街道，叫青羊街，青石铺就，长不足百米。

新中国成立后，20世纪50年代，县委、县政府的办公楼和政府招待所三栋楼建在青羊街的北侧，曾是轰动一时。

这时，沟里河滩路两岸也开始修建一些机关单位和公众场所。1958年建的平顺人民大礼堂就是有些气派的建筑了。

1975年，平顺县建设第一条油路时，把县城东关口到大礼堂的河滩路铺成了油路，叫兴华街。兴华街宽20米，成为平顺县城的主街道，也是省道长李线在县城的过境段。

青羊街由石头路改造成油路，是在1981年。那一年还开通了府前街、大南街。1986年，兴华街从大礼堂向西到石油公司铺成了油路。1994年，兴华街改造，东起平顺一中，西至王庄村口，全长2公里，全部铺筑为油路。

2006年初，长治市委书记来平顺调研住了一夜。那天晚上，他回平顺宾馆（原招待所改建）时，上了一个坡，看到坡上的平房中亮有点点昏黄的灯，扭头问陪着他的县委书记："这是哪个村？"

县委书记颇为尴尬地说："我就是这个村的支部书记。"

平顺县是个国家级贫困县，县城又会好到哪去？

其实，就长治市和兄弟县城的变化而言，也就是在这几年。

长治市很古老，秦始皇一统天下时已是三十六郡之一，平顺置县时升格为潞安府，还是全国最早解放的城市之一，那不也是一座灰头土脸的小城？在上世纪60年代，号称是"一条马路一座楼，一个警察一个猴"。

直到2000年，长治市开始拆墙透绿，才让人们感觉到城市有了大的变化。当然这几年越变越美，越变越大气了。

兄弟县中，黎城县城变化较早，1997年街道干净了，黑夜灯亮了，人们觉得不一般了。沁源县城是在2001年前后新修了滨河大道，城内建了几个小游园，让人耳目一新。潞城市在2002年前后把衙道街一带的旧房拆掉，建起了休闲广场，安上了喷泉，古城变得开朗了。长治县县城在20世纪90年代初才从长治市区的南大街搬迁到韩店镇，老百姓就是买双筷子还是到市区，不习惯去韩店。武乡县城在2003年前后，盖了居民小区，路口安了红绿灯，一段河道修整成湖面，大家觉得新奇了。

我们扯开来说这些，是想说在欠发达地区的县城建设中，长治诸县是滞后的，滞后于先进地区不说，而且滞后于经济发展的需要。其原因，一是实力，二是观念。观念比实力更要命。人们一直有个误区，或者说有个困惑存在。那就是，县城建设在区域经济发展中的地位和作用的问题。

县城的变化远不是像我们说的这样轻松俏皮，每搞一项工程都是伤筋动骨。黎城县城拆了个小楼，建了个公园，种了点花草，就有人上访告状，说县领导不吃粮食光吃草。武乡县城拓宽街道，遭到拆迁户的阻力足以让县委书记睡不好觉。

这还都不是问题的所在，问题是来自上头的压力。

1998年，有位领导在公开场合厉声地呵斥说，有的县在搞表面工程，种了花种了草，那能当饭吃？

2006年了，还有领导在会上用不容置疑的口气讲，县城的繁荣，掩盖了农村的贫困。

这就是问题了。猛然一听，领导讲得很对。我们的农村确实还很贫困，那还搞什么县城建设？有种花种草的钱，还不如发给老百姓哩。

这很契合一般群众的心理期待。但我们稍加琢磨，发现领导这一讲话的推论，在逻辑上有着不确定性。实事求是，是共产党的理论精髓。农村贫困是"实事"，我们从实事中"求"出的"是"，一定是不应该搞县城建设？抑或是恰恰相反呢？

这个问题有必要说清楚。要说清楚这个问题，不免又要扯开一些。

农村是中国的根。农村的贫困是必须要解决的问题。中国的改革开放首先从农村开始，就是要解决农民的吃饭问题。土地解放了，农民解放了，乡镇企业异军突起了，这才解决了中国经济短缺的问题。"三农"问题一直是全社会高度关注的"天字号"问题。取消农业税，加大扶贫工作力度，发展农业产业化龙头企业，建设社会主义新农村，都是在千方百计地加快农村的市场化进程。因为我们知道，没有农村的现代化，就没有全社会的现代化；没有农民的小康，就没有全社会的小康。

长治老区农村和其他先进地区农村的差距在什么时候拉大的？不是在计划经济时期，而是在市场经济的进程中。

差距在哪里？不在粮食产量上，而在乡镇企业的发展上。

为什么乡镇企业会有这么大的差距？表面看是产品结构、技术含量、市场占有等差距，实际上凸显出的是城乡建设的差距。

市场经济的发展一定有一个逐步辐射的规律。思想观念、技术信息、资本流动、人才资源、要素配置，都是从中心城市向四周辐射和扩散。哪个城市接受辐射的多、资源累积的多，发展得就快，否则就相反。

一个城市凭什么能够多接受、多累积呢？凭城市的现代化建设。

我们说，科学技术是第一生产力。那么，什么是第二生产力？那就一定是环境，包括城市建设的"硬环境"、也包括城市人文的"软环境"。环境好了，信息流、技术流、人才流、资金流会源源不断地流来，形成"洼地效应"。否则，就是"脊地效应"，流不来，或者是流来了没有停住又流走了。

县城建设的意义就在这里。

县城是窗口是形象。我们去认识外地，外地人来认识我们，都是从县城这个"窗口"、从县城这个"形象"的第一印象开始的。

县城是平台是龙头。信息、人才、资源、技术都是在这一平台上聚集和辐射，农村经济的发展，要靠这一龙头去拉动和提升。

一个破破烂烂的县城，一个活力四射的县城，会告诉人们什么不同，会让人们有什么不同的感觉，那是不言而喻的。

县城建设好了，具备了市场经济所需要的接受、累积和再辐射的功能了，县域经济就肯定会发展得快一些、好一些，到了一定程度时，又可以好一些、快一些。如果不是这样，差距只会越拉越大，越来越没戏唱。

这是市场经济的一个常识，也是一直被证明了的，但我们有些领导就是翻腾不过来。说实话，我们的县城建设不是快了，而是慢了。如果再不改变观念，解放思想，那就绝不是什么"县城的繁荣掩盖了农村的贫困"，恐怕就真成了"县城的破败代表着农村的贫困"了。

平顺县城"是哪个村？"领导一句问话，真噎得人说不上话来。

亏了那是个黑夜，市委书记未必能可见县委书记脸上的尴尬。其实，也没有什么不好意思的。看看上了坡的那几户人家，竖着残破的大门，大门外斜歪的柳树，柳树下一盘石碾，碾杆上拴着毛驴，驴旁边卧着条狗。你还别说，这真是像个村。

就是在这一年，平顺县城建设开始有了突破性的变化。

二、移山进城开大路

2006年9月，陈鹏飞书记在黎城县当县长时，随全市大观摩活动来过平顺县城。他注意到了平顺县城发生的变化，干净了，整洁了，平顺一中门前增添了一池碧水，让人刮目相看。

2007年初，他来平顺县主政，县城建设是他的重头戏之一。

对于城镇建设，陈鹏飞书记早就小试牛刀。1990年，他在沁县新店镇任镇党委书记时，就大刀阔斧地拓宽街道，改造环境，大搞小城镇建设。当然，有人骂他，也有人告他。有几个老汉见他过来，背过脸，故意大声地说："这是瞎球干哩！把街弄这样宽干球甚哩？"

他笑着坦然走过。他知道，老百姓骂几句很正常。你拆了这家的大门，拆了那家的厕所，还不让人家骂你几句？

过了几年，他又回新店。还是那个骂他的老汉，迎上来，拉着他的手说："要是当年弄得再宽些，那就更好了。"

现在，要面对平顺县城这个大摊子，他信心十足，又分外谨慎。

2007年春节后一上班，陈鹏飞书记就到县城建局向大家拜年，并座谈县城的建设。县城建局赵文贤局长汇报了近年来县城建设的情况和一些城建的设想。

陈鹏飞书记要求大家尽量开动脑筋，多提建议。他说："以我的了解和文贤局长谈的情况看，去年是县城建设突破性的一年。这是王辅刚书记为班长的县委的正确决策。我们现在要在这个基础上再突破，花大力气，把我们的县城建设好。怎样突破？大家要解放思想，开动脑筋，多提建议。"

过了几天，陈鹏飞书记带着城建、水利、交通、林业等部门的领导，对县城建设进行了详细考察。这时候，陈鹏飞书记的心中已经有了一个大致的盘子，那就是要在"两山"上建公园，在"沟"对面开一条路，对河道进一步治理。

3月23日，也就是 "三干会"召开的前一天，陈鹏飞书记又带领县有关部门负责人，再次考察县城建设，对两山公园、县城道路、河道治理等建设项目进行了进一步深入细致的调研。

2007年3月24日，平顺县"三干会"上，出台了"双五"战略、"五大"目标。"特色兴城"成为五大工作重点之一，"创建太行山区最具魅力和发展潜力县"成为"五大"目标之一。

陈鹏飞书记在报告中讲："在县城建设上，2007年要开工'两园、两路、两河'。两园，即青羊山森林公园、彩凤山森林公园。青羊山森林公园要当年完工；彩凤山森林公园要完成一期工程。两路，即拓宽两条循环街路，一条是延伸文卫路，完成迎宾路，形成文卫路、迎宾路、平龙线第一个小循环；一条就是新建彩凤大街，改造西迎宾路，形成彩凤街、西迎宾路、兴华街第二条小循环。两河，即继续推进两河治理，西、南河道治理二期工程要全面完成。除此之外，县城污水处理厂和垃圾填埋场项目要完成评审和立项，力争开工建设。"

要在青羊山、彩凤山上建公园，这在平顺是开天辟地。

这有什么说道吗？简单说，山上没有公园，山是城的掣肘；山上建了公园，山就成了城的有机部分。移山进城，就是这个理。

在彩凤山脚开辟一条彩凤大街，这是人们没有想到的。

这有什么说道吗？简单说，打破了县城几百年的格局，历史性地向南扩张，使得县城舒展开来。

□ 彩凤公园

　　"两园、两路、两河"是平顺县城建设的重点工程。陈鹏飞书记在"三干会"的报告中说："县城建设不是一个领导干部的政绩形象，而是一个县脱贫致富的形象需要。县城是全县脱贫致富的平台。县城不成个样子，信息流、资金流、物资流都进不来，我们就无从发展。所以，我们必须把县城建设好，才有可能吸引外资，大力发展。"

　　"三干会"结束后的第三天，2007年3月28日，平顺县举行了城市重点建设工程奠基仪式。

　　"两园、两路、两河"中的核心工程，一是"两园"，一是"两路"中的新建彩凤大街。

　　按照县里的具体分工，2007年城建局具体负责"两路"和彩凤公园的建设。

　　平顺县建过森林公园吗？没有。1959年在彩凤山脚修建的烈士陵园，就已经是平顺的名胜了。此后近50年，两山都没有什么动静。

　　陈鹏飞书记对彩凤山公园总体设计的要求是，不能破坏山体植被，不能破坏自然景观，要突出美化山体原本的地形地貌，让公园、大山和县城融为一体，建造出"城在山中，山在城中"的特色来。他指示城建部门领导说："要出去多走走看看，吸取人家的经验，建好咱们的县城。"

　　赵文贤带领城建局的工程设计人员，先后到壶关、阳城、涉县、左权等山大沟深、县城建设比较有特色的地方学习经验、收集资料。

　　彩凤公园的设计和建设实行招投标，多家园艺建筑公司前来投标。经过筛选，湖北古建筑公司的设计构想符合县委的总体要求，水准较高，效果较好。

　　设计的大致方案是，在彩凤山山脚的凹陷地带，顺山就势开辟出一个游园来，有广场，有亭廊，有小桥流水，依山有瀑布飞流，可娱乐可健身。游园有宽大的石阶路上到山腰，山腰处山体有个错台，正好利用这个错台，修建一个大平台，平台上正面有牌坊、侧面有阁楼建筑群，可观景可休闲。如老年人走台阶路有困难，在游园东侧建一盘山公路，经烈士陵园门前到山腰平台，可以缓步登高，也可以乘车直达。平台上再有石阶小路蜿蜒而上，可达山顶凉亭，可登高，可放松。

这家公司老板名叫罗汉，美术功底可以，随手就画效果素描。最后确定，湖北古建筑公司中标。

彩凤公园建设分两期完成，2007年完成一期工程，就是要建好山底的游园、台阶路、平台上牌坊。

在修订设计方案时，陈鹏飞书记带着赵文贤、罗汉和工程设计师们，在彩凤山上上下下地跑了好几次。

赵文贤说："陈书记对彩凤公园是下了功了，不仅宏观上控制，比如牌坊、阁楼、凉亭这些主要建筑的位置、样式、材质、色彩要亲自主持会议讨论，而且细部也不放过。比如台阶路的高度、宽度，以及每一阶的高度，也都要反复琢磨和讨论，最后才定下来。"

为了选择山腰平台到达山顶的线路，他们带着望远镜，从平台向山上观察，然后又再爬到山顶，从上往下观察。注意，从平台到山顶是没有路的，完全是披荆斩棘。几经比较，最后确定了一条"之"字型线路，相对平缓，又略带惊险。

几经磨合，罗汉和赵文贤局长熟悉了。一次下山回来，罗汉对赵文贤说："真看不出，你们书记对园林很在行，什么都能看出来。这样的领导不多见。"

赵文贤问："你见过些什么样的领导啊？"

"哎呀，大部分是看看效果图就算了。一看效果图好看，说一声花花的挺好，那就搞定了。"

赵文贤笑了，拍了拍罗汉的肩膀，什么也没说。

彩凤公园、彩凤大街同时施工，赵文贤是工程总指挥。

赵文贤，北耽车乡马家山村人，1958年4月出生，1981年毕业于晋东南地区师范专科学校，曾任平顺一中校长、县科协主席、阳高乡党委书记等职务；2006年8月任县城建局局长。

他对工程质量的要求很高，很注重细节。公园砌筑挡墙时，他简直就是一个监理，要求沙浆必须饱满，挡墙必须整齐，勾缝必须美观，达不到要求的，蹬倒重砌。堆砌假山时，他要求造型要大方、线条要顺直，朴拙中有灵秀。修筑人工湖栏杆时，他要求水泥材质做出木质的感觉来。

罗汉跟赵文贤开玩笑说："县里修公园，也不是你家的祖业，这么认真干嘛？"

赵文贤笑着说："我是搞工程的啊。"

城建局的职工都奋战在工地一线上，起早贪黑，晒得又黑又瘦。赵文贤一件工作衣穿了两个多月都没洗过，每天晚上回到家，躺倒就睡，连脚也顾不上洗。

赵彩荣是工地的监理。她个子不高，说话快。她说，我没甚本事，就是勤快。

赵彩荣1974年2月出生在阳高乡奥治村，1989年初中毕业后，随父亲工作调动进了县城。1991年，县城建局招收村镇助理员时，她成了县城建局的一名职工。她在下乡时摔坏过膝盖，平时没事，忙了才疼。

她很勤快，所以在工作中很少吃批评。这次上了彩凤公园工程当监理，是她吃批评最多的一次。

有一次，施工队把有锻面的石料上了挡墙，赵文贤局长发现后立刻要求兜掉重来，并批评赵彩荣说："连个这你也看不住，你这个小媳妇还能干了甚？"

赵彩荣有些委屈。挡墙战线长，她去了西边，东边可能出问题；她跑到东边，西边又看不住。她低着头说了一句："我给他们都说过，不能用……"

赵文贤不等她说完，就接着批评说："光说说就行了？做得不好就要他们返工，蹭倒重干。"

"他们都瞎骂哩。"赵彩荣说。她也确实让返过工，可那些施工队的汉们就骂她，骂得很难听。

"骂就能不返工了？再要看不住，要你在工地干甚哩？"

赵局长的话说得很重，赵彩荣也就顾不得许多，下了死眼看工程。一旦做得不合格，又蹭又刨，不管你怎样骂，也非叫你返工不行。她跑得更勤快了，工地上总是看到她忙活的身影。施工队一见她过来就打招呼："又来蹭来了？"她也不多说什么，就是看工程质量。施工队的说："这小媳妇的眼可尖哩。"

她跑得多了，腿疼了。这不是一般劳累的疼，是疼得不能走路。

她去向赵文贤局长请假，赵局长黑着个脸，准了她半天假。她去医院打个封闭，止住疼就回到工地了。

几天后的一个晚上，工地开会，汇报进度，查找问题。开完会，晚上10点多钟，大家纷纷挤上车走了，谁业没有注意赵彩荣没有上了车。她的膝盖又钻心地疼起来，动作慢，等她出来时，车已经走光了。她只能步行回家。说实话，从工地回家，路也不算远，可是她的膝盖疼，就显得这路特别长。她想给爱人打个电话，让他来接一接，可又想起他这天也是夜班，就只能忍着疼往家走，一边走，一边哭，疼得顶不住了，就坐下歇一歇，好一点了就再走。她回到家里，大半夜了，倒在床上，蒙着被子一场痛哭。

工程最紧张的时候，工地上搭起了帐篷，晚上都不回家。

有一天，赵彩荣和赵文贤局长一起查看工程。这时候，公园的一期工程已经有了眉目，牌坊、石阶路、假山、亭廊、小桥，都修建好了，人们在忙着植树种草。赵文贤局长也不是再黑着个脸，眼镜后边有了些轻松的笑意。他边走边对赵彩荣说："我呀，忙的时候，也是胡乱发火，也有批评错的时候。"

赵彩荣一听赵局长说了这样的话，知道是领导向自己道了歉。她偷偷地笑了。她觉得自己忙也好、苦也好、累也好、哭也好，不屈。

挡墙修起来后，赵彩荣负责验收彩凤大街的路沿石。路沿石是从外地送来的，有时候半夜2点钟了货还来不了，她就坚守在岗位上，一黑夜也不躺。

深更半夜，她孤身一人在等着接货，心里也总是颤惊惊的。她心里害怕，就多看看城里的房屋。息灯的房间里，肯定有梦乡的甜蜜；亮灯的房间里，肯定有学习的勤奋，想到这些，她心里踏实了，也就不那么害怕了。

彩凤公园开工的时候，彩凤大街也开工建设。

县城建局的段斌杰参与了彩凤大街的测量、设计和施工工作。他高高瘦瘦的，戴着一副近视眼镜，说话很拘谨。

他1974年出生在北耽车村，1991年从平顺中学高中毕业后在县城建局房产管理所工作，一直兼着县城道路测量、设计和施工工作。

段斌杰说他晚上基本不看电视，就是用来学习公路技术。他觉得自己文化不高，所以要尽量努力。

1994年兴华街改造，他就参与了测量、设计和施工。那时候他主要还是学习技术。2003年，文卫路修建时，就是他的主设计。他觉得这段路没有大毛病。2006年，改造新华街，也是他来设计，那就留有遗憾了。他觉得兴华街加宽不现实，但还可以再降降坡，线型可以再好一些。

2007年，他又承担了彩凤大街的测量、设计和施工工作。

段斌杰记得，在彩凤大道选线时，赵文贤局长亲自带着测量组几次反复踏勘。线路选定后，赵文贤局长给他们测设的时间只有10天。县里的测量设备很落后，测量起来很费劲。测量工作结束时，正是清明节的前一天。他想回家一趟，但没敢请假。他已经连续三年的清明节没有回家上坟了，心里很愧疚。

段斌杰说："设计彩凤大街很受限制，一边是彩凤山，一边是西河，所以只能是尽量顺直。西出口比较简单，接通客运中心西河桥就行，中间的主体部分主要是填沟裁弯，线型平直。最难设计的是烈士陵园到东出口这一段。这一段距离短，余地小。东出口和平龙线对接，出口的北边是民房，南边是企业的家属楼，只能拆迁些民房保证路的宽度。出口的位置一定，在烈士陵园这里就必须要有个弯道，因为山上的烈士陵园要保护，山体不能动得太多。这个弯道，线型要顺滑，坡度要适中。"

修改几稿后，段斌杰拿出了设计图纸，请领导讨论审定。审定会上，有位领导对这个弯道提出意见，说这里不要拐弯，取直就对了。

段斌杰解释说："取直的方案，我们测算过，不可取。如果取直，一定要再切掉部分山体，而且在出口处必须拆掉家属楼的一个单元。再要挖山，对烈士陵园的安全不能保证；拆家属楼，增加了道路成本。我们采取弯道的方案，既能保护烈士陵园，又不再进行拆迁，还能显示了山城特色，所以这里就设计出一个弯道。"

县领导听了段斌杰的设计意见后，对他原来的设计表示理解，并最终采纳。

施工开始后，段斌杰整天在工地上跑，解决施工中遇到的技术问题。城建局在临近工地的地方给设计组租借了一间房子，他们的图纸、工具就存放在这里，也几乎成了每个设计人员的家。

2007年夏秋，老天连续下了半个月雨，赵文贤局长和其他同志在工地上搭起了帐篷，段斌杰和技术组的同志就住在那间小房里，县城很小，他们都不回家，吃住在工地上。

段斌杰的妻子是县城环卫队的工人，他们俩是同学，在青羊街有间住房。他妻子每天凌晨就起来工作，他又不回家，孩子小，没人照看，夫妻间难免生些气。他知道妻子很辛苦，但他的工作也很紧张，妻子对他发脾气的时候，他从不还口。他只盼着路能快点完工，快点能帮帮妻子。

段斌杰对彩凤大街的设计也有遗憾，如果地形条件允许，道路能再宽一些，那就更漂亮了。

工程开工后，陈鹏飞书记经常到工地上来，有时候是组织检查督促，有时候是随意转一转，有时候是下乡回来看一看，有时候是下乡前来转一趟。

赵文贤记得，有一天晚上陈鹏飞书记刚刚看过工地，第二天早晨就又来了。赵文贤正在工地上指挥施工，见了陈鹏飞书记问："陈书记，你昨天晚上刚来过，怎么今天早上又来了？"

陈鹏飞笑着说："文贤，我就是来监督你的，看你早起来没有。还不错，好好干吧！"

在挡墙砌筑时，陈鹏飞书记说："大面积的挡墙上，要上浮雕。要把古韵平顺、红色平顺、绿色平顺都上到墙上，这叫文化上墙。"

2007年9月下旬，彩凤公园、彩凤大街胜利完工。

同时，青羊山公园开工建设，由县林业局负责。平明则局长经常盯在山上。

站在沟里看，你看到的是彩凤山的阴坡，植被茂盛；你看到的青羊山是阳坡，植被稀疏。所以，青羊山森林公园建设，植树造林就是个大问题。这也是让林业局负责青羊山公园建设的缘由之一。

我们知道，林业局组织王红玉等精干的造林队上山，使青羊山的绿化工程进展顺利。

青羊山公园的设计颇具特色。在山凹处就势开挖出一个两层结构的硕大圆池，池中一尊青羊卧月，池壁"文化上墙"，山坡顺势修复一段明代古城墙。宾馆门前早年就有石阶路可到公园，这次又专门修筑了一条2公里长的上山公路。

清晨上到羊山公园，是县城最先迎接阳光的地方。你若张开手臂，定然是朝晖沐浴，气血顺畅，吐故纳新，心清气爽。

青羊山、彩凤山，遥相呼应，阴阳和谐。有人提议，青羊山森林公园取名为"祥龙公园"，以取"龙凤呈祥"之意。

2007年9月，青羊山公园完工。这时候，"两园、两路、两河"工程全部完工。

9月29日，平顺县隆重举行十大城建工程巡礼暨竣工剪彩活动。

陈鹏飞书记在活动的讲话中说："绿色兴城，魅力四射。围绕创建目标，两路建设进一步拉开了城市框架，拓展了县城规模。东、西迎宾路张开双臂喜迎八方来客，平坦宽阔的彩凤大街横空出世，两河改造使活水进城的梦想变成现实，两园建设画龙点睛，依山就势，彰显了特色。县城面积由原来的1.8平方公里增加到3.4平方公里，城市道路由原来的9.3万平方米增加到20.18万平方米，绿化面积由原来的8.2万平方米增加到16.96万平方米，都增长了近一倍，相当于一年内再建了一个县城。"

9月30日，平顺县委、县政府邀请曾在平顺工作过的老领导、老同志，平顺在外工作的乡亲们，回到平顺，观摩县城的建设，希望大家提出宝贵意见。

国庆假期，人们涌进县城，感受一年县城的巨变。

老劳模申纪兰说："变化真是太大了，太快了，太好了，想也想不到。"

老劳模桑林虎说："县城变大了，都有公园了，真是好。"

这些天，段斌杰带着一个锣鼓队在街上表演，锣鼓喧天，神采飞扬。

三、问渠那得清如许

"两河"治理工程由县水利局完成，县水利局局长叫王书文。

王书文，西沟乡石埠头村人，1956年出生，曾任县计委副主任、虹梯关乡乡长、玉峡关乡和龙溪镇党委书记等职务，2003年12月任县水利局局长。

2007年的两河治理工程是二期工程。什么是"两河"？平顺人都知道，外地人听不懂。所以，略加解释。

两河，是两条河，一条叫南河，一条叫西河。南河，是"百里滩"的县城段，南北走向；西河，是"两山夹一沟"的"一沟"，东西走向。西河在县城东关汇入南河。

"百里滩"在平顺县很有名。这条大河滩南从龙镇村起，向北一直到留村，中间经过了西沟、县城、中五井等城镇。"百里滩"宽窄不一，坡大就窄，地平就宽；在龙镇村一带就窄，从西沟村向下就宽。

"百里滩"肯定是流过大河的，否则，就不会留下满河滩大小不一的鹅卵石。可是，自从有了平顺县，"百里滩"就是个干河滩，连条季节性河流

站，中五井乡天脚村的提水站就是其中之一，李来胜就在这里修建提水站。

在建站过程中，李来胜需要不断地和天脚村党支部书记进行沟通，曾几次深夜造访。在沟通的过程中，天脚村党支部书记喜欢上了这个小伙子，有意把自己女儿许配与他。小青年见过几面后，都很有感觉，这事靠谱。

1984年8月，安乐提水工程全线开通，漳河水流进了县城的"人民池"。李来胜调回县水利局，顺手带回一娇妻。

他的妻子叫桑爱英，后来担任了北耽车乡党委书记，在"村村通"工程中扛过红旗。

常忠胜，青羊镇小东峪村人，1950年出生，1973年参加工作，参加过西河水库、虹霓小水电站的设计和施工，后来又在石门水库工作过。他不是科班出身，但一直从事水利工程的设计、施工，是水利工程的土专家。

他和妻子没有传奇，就爱对工程动脑筋。

王书文局长对工程设计要求是，要把行洪、水面、排污、防渗、绿化等一并考虑在内，既实用又美观。

设计小组经过踏勘、测量，发现南河纵坡落差很大，不可能"一闸"了之，必须分段蓄水。为了美观，200米为一段等分河段。每一段安装一道翻板闸，形成一个水池。水池和水池之间，高低有落差，纵向不间断。防渗材料使用土工布。河道两侧用箱涵建成排污暗渠，把县城的污水全部排入设在下游的污水处理厂。箱涵上面铺设人行道和绿化带，既美化了河道又保护了箱涵。

设计方案完成后，经水利部山西水利设计院的专家审核，100多项设计数据和指标完全符合国家规定的设计标准。设计院盖章认可，只收取几万元的审核费，100多万元的设计费就给平顺节约了。

2006年南河治理一期工程是1200米。设计小组的意见是从平顺一中门前向上游做6个水池。工程开工后，县委领导说这样不好，必须向下游增加一个水池，要不然站在一中桥上只能向南看，因为北面没有水面。这样，一期工程就成了1400米、7个水池。

河道清理表面后，露出了河床上的鹅卵石。这成了麻烦，防渗的土工布不能直接往鹅卵石上铺，很容易被支破。

常忠胜提出，用50吨的羊角震动压路机先把河床底部的鹅卵石碾平，为了保险，打上10公分厚的水泥垫层找平，然后铺土工布，土工布上面再打水泥层，那就肯定没问题。

王书文局长说，就这样干。

进入9月份了，只完成了4个水池，还有3个不靠谱。

王书文召集各施工队开会，要求大家保质量、抢工期，保证在县重点工程观摩时全部完工。王书文说："你们能按期完工，我给你们磕头都行。"

工程队的工头们不领这个情，都说完不了。正在大家大眼瞪小眼的时候，郭全江说话了。他说："我估摸了估摸，白天黑夜都算上，材料不要顶手，再咬紧点，还行。"

王书文说："老郭真是个好人。咱都按老郭说的办，一天三班倒。常忠胜给咱把好关，谁家到时完不了，撵出工地，不计量，不算账。"

郭全江，飞鸿建筑公司的老板，70多岁了，杏城镇花园村人，做工程很有经验。他遇到这样紧的工期也是头一回，可他不能让领导下不了台，决心拼一把老骨头。

王书文局长这几天睡不着觉，天不明就去了工地。天黑看不清路，他就用手摸着往前走。

□ 南河治理成果

□ 南河治理成果

常忠胜在工地上看见一个人影，以为是偷材料的，就迎了过去，一看是局长。"来这样早？"常忠胜先搭话。

"睡不着。当是天不早了，谁知道还黑着哩。"王书文说："忠胜，你说这赶上赶不上？"

"我说差不多。"

"说是个屁。差一个池子也不行。"

"你放心吧，能完成。"

王书文笑了，递给常忠胜一支烟。

奋战了10个昼夜，7个池子全部完工。检测，注水，1400米的水面有了。这就是陈鹏飞书记2006年来平顺县城时见到的那池碧水。

2007年，"两河"治理继续二期工程。

按原来的设想，南河治理要向上游发展，一直到西沟。陈鹏飞书记征求意见后，县委决定主要是向下游发展，与县城建设、北城区开发紧密结合起来。2007年的任务是600米，3个水池。

说实话，这个任务不大。有了2006年的经验，2007年的施工相对顺利。2008年，800米，4个水池。到了2009年，河道纵坡减缓，落差降低，水池可以适度加长。这年的任务是550米，1个长水池，1个人工湖。

人工湖叫"鸳鸯湖"，湖中有亭，湖岸有柳，九曲折桥相连，顿然生动起来。

南河道，曾经的垃圾地，臭气熏天。经过几年的治理，竟然变成了3.3公里长的一弯碧水。崇文中学起首处，玉龙吐珠；秀水清波，层叠向下，舒展开去；到了鸳鸯湖，聚水成潭，水面开阔，有亭有桥，生出了许多情趣来。

清晨，老人沿水健身，心静止水；傍晚，小青年倚水说爱，柔情似水；

清波微动，涟漪开合，小山城平添了秀色。

王书文对我们说："两河治理是县委的大手笔，不只是县城有了多少水面，而是说明了一个理，不是做不到，只是想不到；只要下气力，就能把不可能变成可能。"

李来胜告诉我们："最为难的时候是2007年8月，工程正紧张，老婆又在北京做手术。不去北京伺候老婆不对，可误了工程也不对，只能是一趟一趟来回跑。"

常忠胜告诉我们："竭力是竭力来，可弄美了。"

四、装点关山分外娇

2007年，彩凤公园一期工程完工。2008年继续完成二期工程。

赵文贤局长被评为"青羊先锋"，奖金6000元。他把奖金给城建局的职工每人买了一套迷彩服当工作衣。

2008年1月25日，平顺县召开"三干会"，确定 2008年城建工作的重点是：创建"全国卫生城"，"省级园林城"；开工建设"三校"、"三场"、"三中心"；完善"两园"一期工程，开工建设二期工程；完成"两河"治理三期工程，完成县城自来水管网改造工程；创造条件启动实施安康工程，逐步改善城乡居民住房条件；绿化美化迎宾路，打造县城标志性区域。

一中、二中、机关幼儿园的学校建设，就是"三校"工程，我们已经提及过。"三场"，是建设垃圾填埋场、污水处理厂、县城集中供热热源厂。"三个中心"，是建设老年活动中心、文化活动中心和体育活动中心。

2008年2月29日，平顺县"创建省级园林城市动员大会"召开。会议对县城绿化工作作了部署，签订了目标责任书。

陈鹏飞书记在会上讲话说："我就说三句话，一句是咬定目标、排难而进；一句是狠抓落实、立即行动；一句是拼搏奋进、每战必胜。"

他最后强调说："我们要说一句算一句，句句算数；干一件成一件，件件落实。"

2008年3月10日，平顺县"创建全国文明卫生城动员大会"召开。陈鹏飞书记在会上讲话说："要以决战决胜的态度，拿出过硬的措施，找准着力点，干出闪光点，咬定目标不放松，千难万难不动摇，不达目标不罢休。"

他进一步强调："要发扬平顺人的精神，敢于把别人认为不可能的事办好，把别人不敢想的事办成，对既定的任务和目标，树立志在必得、志在必成的信心和决心，千方百计克服困难，富有成效地展开工作，创造性地求得突破，以排山倒海之势打赢这场创建攻坚战。"

"省级园林城市"、"全国文明卫生城"，"两城"创建紧锣密鼓，彩凤公园二期工程迫在眉睫。

一期工程的完善，难度不大；二期工程中，山腰平台的建筑也还好办一些，材料可以通过盘山公路运上去；但在山顶建凉亭，困难就大了。

上山没有路，建筑材料上不去，是问题的关键。施工队最先是用卷扬机分段往山上运料，这种方法太慢了，影响了工程进度。赵文贤急眼了，发动城建局全体职工上阵，当搬运工运材料。从山腰到山顶，一个好劳力背着一袋水泥，一天最多跑六七趟，这样的速度显然还是不能解决问题。

陈鹏飞书记来看了情况，对赵文贤说："思路对头，劳力不行。"

赵文贤推了推眼镜说："我就只有这么大能力啊。"

陈鹏飞书记说："我也来想想办法。"

第二天，工地来了一批部队的战士，个个青春年少、生龙活虎，二话不说，扛起材料就上山。一天时间，水泥、石子、沙，全部运到了山上。

赵文贤说："大家辛苦了。"

战士们回答："为人民服务！"

县城绿化由城建局负责。分管城建的县委常委、县政法委书记杨立宏和赵文贤局长亲自到一线规划，设计县城园林景观。

街道绿化，见缝插针；街头园林小品，就势成景；展示园林城特色的重点区在迎宾大道。

迎宾大道新建在"百里滩"上，从县城向北，通到山南底村。这里原来有过河滩路，申纪兰1946年从山南底村出嫁到西沟村，走的就是河滩路，一顶花轿，几声鞭炮。平顺县的第一条公路也是建在"百里滩"上，只是1971年一场洪水冲毁了路基，这才在1974年改线到西岸上。这段河滩相对平缓开阔，这才有人打坝造地，种玉米，种谷子，也种向日葵。

迎宾大道顺直平坦，双向4车道，中间有绿化隔离带，两边有人行道，路西将落户县检察院、中国移动公司平顺分公司、信用联社、平顺二中等企事业单位，路东到南河道之间是一条意趣盎然的园林带。

宽阔平坦的迎宾大道一开出，立刻使县城的北部靓丽起来。有了如此又宽又平的好去处，县城还是什么"两山夹一沟"？

山东烟台塔山集团就看中了这块宝地，把星级宾馆、休闲中心都建在了南河的东山上。

□ 迎宾大道

迎宾大道的园林带是建在乱石滩上，也是宽窄不一。窄的地方植树种草，宽的地方建成游园。小东峪口游园、迎宾大道的生态园、松石林、和谐园，把这一带装点得生动活泼。

生态园、和谐园，是赵文贤亲自设计的，就势顺势，精巧自然，建筑不繁杂，视野很通透。其中的苗木种类、大小高低、图案构成，都是他和他同事们规划设计的，而且是一次成景。

为了展示平顺县树种的多样性、丰富县城的园林建设，县领导决定有代表性的树种要"万株大苗进县城"。

杨立宏书记和赵文贤局长带着人跑遍了全县的12个乡镇，亲自上山选树，组织移栽。

"大苗进城"，随移随栽，移活栽活。每株大苗，要根系保全，留有2.5米以上的土球，再用草帘把土球包裹好，用草绳捆好草帘，装车运回。工地上刨好树坑，吊车随时待命，做到随到随栽。乱石滩上刨树坑本来就难，再加上堆满了修建迎宾大道时的弃渣，又是石头又是砖的，那就难上加难。刨好树坑，还要客土回填，确保苗栽苗活。

有一天，杨立宏、赵文贤他们在山上刨起一棵大苗时，天已经黑了。警车开道，大车起运，大苗回到了园林带。

这时，天下大雨，县城又恰巧停了电，黑咕隆咚。吊车把大苗从车上缓缓吊起，但不敢下放，司机说看不清树坑的位置。

赵文贤赶忙让所有在场的汽车打开大灯，集中照射树坑。这时，杨立宏书记也急忙调来了一辆工程车，车顶有一排照明灯，可以从高处照。就这样，车灯在雨幕中开启，赵文贤拿着喇叭指挥，吊车让大苗缓缓下落，栽到树坑里。人们又填土捣实，栽完树，已是凌晨了。所有人的衣服都湿透了，脸上分不清是汗水还是雨水。就要收工时，有人突然喊叫着找鞋。

有人说，算了找了，恐怕早埋到树底下了。大家都笑了。

2008年，赵彩荣又来负责园林带的管护工作。她和李刚两人很快学会了树木修剪技术，李刚骑车带着她，她扛着升降梯，就去修剪树木了。有一次，她带着工人在迎宾大道的护坡边上剪枝，没想到捅了马蜂窝。有一个工人还被扎伤了，赵彩荣给他放了半天假。

赵彩荣从电视里看到大城市里的环卫工人都有一个小草扒，清理草坪很方便。她就从建筑工地捡回些废铁丝，回家自己动手做草扒。她手劲小，弯不动铁丝，就求爱人给她做了一把小草扒，一用，很得劲。大家也都学她自己动手造工具，不久，都有了小草扒。

春夏，赵彩荣每天带着工人为草坪、树木浇水。白天用水的地方多，水压小，不能满足浇水的需求，她就把工人分成了两班倒，白班负责游园草坪的卫生，夜班负责树木的浇水。县城159公顷绿地、9650棵大树，要给这么

□ 地质灾害治理工程

□ 小游园

多的树木浇透水，夜班工人通常是通宵达旦。

赵文贤局长听说了这件事后，知道她们浇水太辛苦，就跟县水利局局长王书文说好，借他们的水泵用两天。她们用水泵从南河里抽水浇树，又快又方便。

国庆节前，县里要举行重点工程观摩，水利局连夜往新完工的水池里蓄水，发现了赵彩荣她们抽水浇树。王书文局长喊了一声："你们干什么？"

王书文局长个头大、嗓门大，一声断喝，把赵彩荣吓了一跳。

她赶紧说："浇树哩吧。"

"浇树就抽我们的水？"

"我们又不是光浇我们的树，还浇了你们河道的树哩。"

王书文局长一听，也没再说什么。

2008年，赵彩荣被评为青羊先锋，2009年被评为县级劳模。她对我们说，我没甚本事，就是勤快。

2008年6月10日，山西省创建国家卫生县城考察团来到平顺。考察团分8个小组，对平顺县的"创卫"工作进行了全面检查。6月11日上午，各位领导和专家从卫生工作的专业角度出发，结合检查的情况，向县委进行了通报，提出了意见和建议。

6月30日上午，平顺县召开创建"全国绿化模范城、国家卫生城、省级园林城"阶段总结表彰大会，对前半年"三创"攻坚战中涌现出的5个红旗单位、34个先进集体和55名先进个人颁发了奖金。

陈鹏飞书记在会上讲话强调："林业方面要抓好整、种、管，扩大战果，形成效果；创建国家卫生城要压死担子、明确责任、全党动员、全民参战；园林城建设要强化管护、巩固成果、提升品位，锦上添花。"

7月16日上午，平顺县召开全县清洁工程百日会战誓师大会。县委副书记崔江华作动员报告，陈鹏飞书记讲话。

他在讲话中指出："以城乡清洁工程为主的创卫工作，目前进入了冲刺阶段。全县上下要进一步统一思想，明确责任，以背水一战的气概、横刀立马的精神，坚决打胜城乡清洁工程这场人民战争。"

9月23日、24日，山西省专家检查组对平顺县"创建省级园林城市"工作进行了现场检查验收。24日下午，验收组进行情况通报，对平顺县创建省级园林城工作给予了充分肯定。

2008年12月26日，平顺县创建全国卫生城工作通过了国家爱卫会的严格考核审查，达到了国家级卫生县城的标准。

2009年2月17日下午，国家爱卫会命名平顺县为"国家卫生县城"，并进行授牌。2009年3月24日，山西省人民政府命名平顺县为"山西省园林县城"，并进行授牌。

决战决胜，2008年，平顺县不平凡的一年。

高扬旅游龙头，主攻绿色生态，是平顺县2009年的主旋律。

城镇特色化建设的重点是"抓好两个一批"：一是竣工完成使用一批，二是加快推进一批。2008年开工建设"三校"、"三场"、"三个中心"项目，要在完成工程主体的基础上，加大推进力度，完善配套尽快投入使用。继续加大县城园林绿化，做精、做靓"生态宜居"县城这张名片；开工建设信用联社、移动公司办公大楼和阳光花苑二期工程，努力把迎宾路两侧打造成具有现代气息和文化品味的县城标志性区域。

这一年，由于众所周知的金融危机的深层影响，矿产行业整体下滑，平顺县面临着经济运行的严峻局面。

我们知道，2009年的春天，当陈鹏飞书记到"三校"工地巡察时，看到工地上冷冷清清，他的脸色发沉了。

资金不能及时到位，是个非常竭力的问题。他到北京、太原奔波了一个月，终于破解了这个竭力的难题，使工程推进顺利。9月29日，平顺县68项重点工程竣工剪彩，县城污水处理厂、垃圾填埋场、南河四期改造工程及投资2亿多元的"三校"工程等全面竣工，交付使用。

2010年2月1日，平顺县召开"三干会"。陈鹏飞书记在讲话中讲到城建部分的内容是：彰显特色，完善功能，扎实推进特色城镇化建设大提升。

关于2010年城建工程，陈鹏飞书记说，主要是完善城市功能，提升城市口味，美化城市形象，一般不再铺大的摊子。

2010年8月10日，县委、县政府出台了《关于加快大县城建设和发展的实施意见》，按照"一城两翼三中心"的规划，构建大县城格局。一城，即县城为中心的城市中心区；两翼，即县城南到西沟，县城北至中五井，逐步建成两个新区；三中心，即以县城为中心的行政中心区，以西沟为中心的旅游商业区，以中五井为中心的绿色农副产品深加工为主的工业区。到2015年，县城控制面积达到65平方公里，人口达到8万人，城镇化率达到65%以上。

这一年，平顺县开展以创建"全国旅游强县、全国生态县、全国园林城、省级环保城、省级文明和谐城、省级平安县城"的"六城联创"活动，着力打造平顺新名片。

2007年以来，以"两园、两河、两路"、"三校、三场、三中心"为主体的县城建设，使一个"两山夹一沟"的小县城扩展开来，舒展起来，精巧了，整洁了，美丽了，鲜活了，旧貌新颜，充满魅力。

□ 文艺文化活动

　　在县城举行各种大型的文艺文化活动，更是增添了县城的生机和活力。

　　2007年9月30日至10月11日，平顺县举办了第一届"群众文化活动成果展示周"活动。来自全县12个乡镇、县直七大口、剧团和艺校的60多个单位、100多个村，近5000人参与了演出，观众人数达万人次，创造了平顺县文艺活动的新纪录。

　　12月30日，平顺县又举办了"校园文化艺术展示"活动。来自全县15所中学、12个小学中心校和3所民办学校共30个单位参与了这次活动。共演出文艺节目86个，展览版面33块，书法作品122幅，绘画作品155幅，小制作75件。这次活动盛况空前，亮点纷呈。

　　2008年9月6日，第二届校园文化成果展示活动在平顺广场拉开帷幕。全县15所中学、174所小学、15所幼儿园、1所艺校的2.5万名学生参与这次活动。师生们以文艺晚会、版面、书画作品、小制作等方式，展示了他们的文化成果。

□ 文艺文化活动

　　2008年9月29日下午，平顺县第二届群众文艺成果展示在平顺广场开幕。舞台上，激扬高歌；舞台下，群情振奋。欢声笑语中，人们在感受着平顺的巨大变化。

五、飞歌一曲唱大风

　　平顺县的变化是令人瞩目的。2007年以来，平顺县发生了巨大的变化，是平顺历史上最好的发展时期。

　　人们完全能感受到交通顺畅了，生态变好了，校园生动了，旅游发展了，生活改善了，县城变美了。

　　这都是历史巨变的明证。陈鹏飞书记告诉我们，这些当然都是变化，但真正的变化，是平顺人的变化，或者说是变化了的平顺人。

陈鹏飞书记说："人的变化，是变化中的最大的变化。"

平顺是个贫困县，在国家经济增长方式由"又快又好"逐步转型到"又好又快"的进程中时，平顺县还在做着"加快步伐、迎头赶上"的努力。毫无疑问，这中间有着不小的差距。

落后就要挨打。一个国家贫穷落后，势必要受到欺负，中华民族就让外国列强这样欺负过。在中国的现在，一个区域的落后，也是很让人抬不起头来。于是，在平顺县的干部群众中，有着信心不足的畏难情绪，有着低人一等的自卑感觉。

有的干部说，咱努力也不行啊，谁叫咱底子太差啊。

有的群众说，日子不好也要过哩，穷点儿也没个甚。

平顺县的贫穷是不争的事实，但要突围贫困，必须对未来充满信心。信念的力量是无穷的。为了提振平顺人对未来的信心，陈鹏飞书记在各种会议上反复讲，平顺县不是穷山恶水，而是灵山秀水、金山银水。这就是要让平顺人对平顺的山水有个全新的认识。

县委开展"青羊先锋"、"红旗党支部"评选活动，就是要激发各级干部热爱平顺、建设平顺的激情，调动大家工作的积极性、创造性和主动性。

县委花大气力组织三级干部到江南学习参观，就是让平顺人"走出平顺看平顺"，进一步解放思想，看到平顺的比较优势，提振信心，加快发展步伐。

县委连续组织名人名家进平顺、全国新闻记者漂流邀请赛，就是让新思想、新文化、新理念来影响平顺、宣传平顺、提升平顺。

平顺县开展了"群众文化活动成果展示周"活动，让平顺人唱平顺、演平顺，就是要进一步提振百姓对平顺发展的信心。

这一切，都有一个前提，那就是"班长"和"班子"。政策确定后，干部就是决定的因素。换句话说，任何一个地方发展的快慢、好坏，"班长"和"班子"是决定的因素。平顺县不可能例外。兵熊熊一个，将熊熊一窝，说的就是这个道理。

2007年2月13日，陈鹏飞上任平顺县委书记，"班长"的责任和担当就是责无旁贷的了。

我们在2011年6月26日专门采访过申纪兰，她说："平顺这几年的发展变化，因为有个好班长、有个好班子。甚叫个好班长啊？团结，带头，和党中央保持一致。啊，也不知道我说的对不对。"

陈鹏飞来平顺当"班长"，就是要干事创业。他说："平顺是个干事创业的好地方。越是艰苦的地方，越需要我们去干事创业。我在平顺总觉得有做不完的事情。"

出主意，用干部，这是"班长"必须做好的事情。

2007年，实施"双五"战略、主攻"五大"目标的治县方略出台；2009年，平顺县提出了"高扬旅游龙头，主攻绿色生态"；2010年，平顺县提出了"一地两区、一提两升"；2011年，平顺县提出了"加快'五化'进程，推进'五区'创建"；这都属于"出主意"的范畴。

当然，这些"主意"，一定是应该符合平顺县发展实际的，符合人民群众的心愿和呼声，符合科学发展观要求的。平顺县发展的实践证明，这些"主意"是与时俱进的，是正确的。

当然，这些"主意"是平顺县委、县人大、县政府、县政协"四大班子"集体领导智慧的结晶。

"用干部"，就是讲团结，营造团结和谐的氛围，达到干事创业的目的。

我们非常熟悉一个词，叫"团结起来"。越在困难的时候，越在困难的环境中，越是要团结起来。

"团结"是为了"起来"，"起来"就必须"团结"。在中国革命的历史进程中，在许多生死攸关的危难时刻，都是共产党人团结一心、众志成城、克服困难，走出了一条胜利的道路。遵义会议是如此，党的十一届三中全会也是如此。

团结就是力量。谁来团结？不是"班子成员"去团结"班长"，是"班长"去团结"班子成员"。

陈鹏飞书记说："要当好'班长'，要带领大家干事创业，一定要在'班子'中形成一个良好的团结氛围。这个氛围的核心，是'班长'对'班子'中每一个成员都要真诚相待、坦诚相见、以心换心。"

陈鹏飞书记说："要讲团结，团结的问题一定要经常讲。团结是讲出来的，不团结也是讲出来的。'班子成员'的团结，首先是县委书记和县长的团结。"

在陈鹏飞书记担任"班长"期间，有两位县长，一位是唐立浩，一位是吴小华。

2009年初，唐立浩调任长治市城区区长的时候，在平顺县县委常委集体欢送会上，唐立浩泣不成声。他说："我不愿意离开平顺，这是一个团结和谐的班子，条件艰苦，但我干得舒坦。"

陈鹏飞书记眼含热泪地说："立浩，去哪里也是为党工作。到城区工作后，多回平顺来看看……"说到这里，陈鹏飞哽咽得说不下去了。

当时在场的长治市委常委、组织部部长王维卿过后对陈鹏飞说："人们说，你和立浩团结得好，那天送别，我一看，那是真的。"

陈鹏飞书记说："我们送走了一个'老黄牛'，迎来了一个'千里马'。"陈鹏飞书记所说的"千里马"，就是县长吴小华。

县委书记和县长的团结，为县四大领导班子的团结作出了榜样和表率。陈鹏飞书记多次在领导班子的会议上讲："你们要搞好团结，团结起来去干事创业。怎么就搞好团结了？要向我和小华县长看齐。"

当然，在团结中要坚持集体领导，坚持少数服从多数，坚持批评与自我批评。

团结，是为了干事创业。要想干成一番事业，"班长"必须要带头，带头深入基层，带头攻坚克难，带头冲锋陷阵，喊着："跟我上！"

县委常委、组织部长贺思宇说，平顺县在工作上取得一些成绩，最关键的是"班长"的决心，目标认准了，就要咬定目标不放松，千难万难不动摇；没有这种狠劲，弄不成。

2007年以来，平顺县委明确提出了"到基层去，到一线去，到人民群众去；问政于民，问计于民；问需于民；进百家门，知百家情，解百家忧，集百家智，帮百家福"的"三到，三问，五百"的工作方法，开展了"下乡住村"活动，要求领导干部必须保证下乡住村天数，必须保证吃透情况，必须保证解决问题。

陈鹏飞书记带头"三到，三问，五百"。三上西井山，三进下石壕，三进大峡谷，三进井底村等，都是要住在百姓家，吃着百姓饭，拉着百姓话，为老百姓真心实意地排忧解难，共谋发展。

还有一个事例，让我们看看陈鹏飞书记的下乡行程。

2008年12月12日上午，陈鹏飞书记去了青羊镇政府、青羊镇城关村、王庄村、山南底村、西沟乡西沟村。一上午，走了2个乡镇、4个村。

第二天，12月13日下午，陈鹏飞书记去了下石壕村，从下石壕出来再上西井山。他在离开下石壕村的时候，村民们涌到路旁，给他抱来一个大南瓜，提着一篮软柿子。一位村民说："陈书记啊，要不是你来下石壕，下石壕不会变成现在这个样子啊。拿个南瓜，回去煮点稀饭喝喝，也下下火呗；在车上，吃个软柿子，也垫垫饥。"

陈鹏飞书记说："南瓜、柿子，我都不能收。下石壕变了样，是大家干得好。我们再咬紧牙关干它几年，大家的生活就会更好。大家有没有这个信心啊？"

村民们说："有！"

陈鹏飞书记对岳先来说："让大家回去吧。"他说完，上了车。

岳先来看到陈鹏飞书记眼里闪着泪光。

车辆启动，转过一个山嘴，老百姓还在那里站着。山里有风，天上有雪。

这天晚上，陈鹏飞书记一行住在西井山，专门去看望了王海潮的老娘和妻子。西井山小学校老师原子朝说："陈书记啊，你能这样关心海潮家，他死得不屈。"

第三天，12月14日，离开西井山，走"太行天路"，到了虹梯关乡北秋房村。前几次，他走"太行天路"都要路过北秋房村，但是没有进来过。他这次专门来北秋房村，在新建的村级组织活动场所，召开了村民座谈会。中午时分，离开了北秋房村，沿后石线直扑杏城镇达驮村。这时已经是下午两点多了，他们才在达驮村吃的午饭。

□ 县领导下乡住村与村民座谈，左图是在东寺头乡秦光村、右图是在虹梯关乡西井山村、下图是在杏城镇花园村

达驮村，居住分散，其中最远的自然庄到村委会所在地有20公里。2007年以来，在村党支部的带领下发展养殖业，很快形成规模，与河南双汇集团联手形成产供销一条龙，户均收入达到2万元。

县政协主席杨显斌曾来达驮住村调研，发现这里是设施圈养，家家使用沼气，由一个贫穷的小山村变成了富裕的新农村。

陈鹏飞书记在吃饭时和村民召开了座谈会，了解了致富的情况，特别了解了下乡住村的情况。他说："达驮村由穷变富，说明我们的党支部是一个坚强的战斗堡垒。干部下乡住村，不但要熟悉情况，解决问题，更重要的是转变干部作风，密切联系群众。大家说，县政协的同志来这里下过乡，那就说明县政协在这方面工作做得不错嘛。以后还要坚持这种做法。"

从达驮村出来，沿龙花线到了赵城村，这天晚上就住在了赵城村。赵城是个大村，也是个乱村。陈鹏飞书记召开了村民座谈会。他听取了大家的发言后，说："稳定是大局。只有稳定的环境，我们才能聚精会神地发展经济。赵城村过去不太稳定，现在变好了，大家一心一意谋发展，取得了很好的成绩，就说明了稳定的重要性。"

他又说："社会在发展，也会暴露出许多深层次的问题，有经济的，有发展不平衡的，也有干部作风带来的。所以，县委、县政府非常重视稳定的工作，实事求是地依法解决问题，做了大量的工作。有些老上访户情绪很大，但通过我们调查了解，问题并不复杂。所以，我们要通过下乡住村、调查走访，把问题解决在基层，解决在萌芽状态。各级领导都要密切联系群众，学会做群众工作的方法和路径。同志们啊，政策和策略是党的生命，大家一定要牢牢记住。"

他又说："要解决稳定问题，最根本的是发展。穷折腾、穷折腾，穷

□ 陈鹏飞雪天访农户

了才要折腾。所以，大家一定要一心一意谋发展，把我们赵城建设得更美好。"

第二天，12月15日，陈鹏飞书记一行离开赵城，中午到了龙溪镇龙镇村，看了移民新村，看了环保免烧砖厂，下午回到县城。

我们大致统计了一下，陈鹏飞书记在这4天内，走了7个乡镇、11个建制村，两夜住在农家，开了10场座谈会。

陈鹏飞书记下乡，不是"坐着小车转，隔着玻璃看，下车握握手，说声好好干"，而是身体力行、深入群众、解决问题。

平顺电视台记者石小英给我们讲过这样一件事，陈鹏飞书记上西井山，在半路上看见山上修了一条栈道，他说："有栈道就说明旅游开发有了进展，咱们走走这栈道。"

于是，人们下了车上了栈道。谁也没有想到栈道并没有修多长，过去栈道就没有路了。有人提议要返回来。

陈鹏飞书记说："没有路，咱也要往前走，可以探探路嘛。"

陈鹏飞书记带着大家往前走，荒山野岭上"披荆斩棘"，走了3个小时，才看见西井山，下山来，进了西迹。

其实，我们举这个例子就是多余的。因为陈鹏飞书记进下石壕、上西井山、走虹霓大峡谷都是步行的。

有了"班长"的带头，"班子"就会自觉地看齐。我们拿到平顺县2010年11月公布的10月份四大班子领导下乡住村的情况统计表，这其中有解决问题的情况统计，有下乡住村天数的情况统计。现在，我们只把下乡住村天数的统计情况记录在此，以便"窥一斑而见全豹"：

县委书记陈鹏飞，下乡7次，住村4夜。

县委副书记、县长吴小华，下乡7次，住村1夜。

县委副书记崔江华，下乡7次，住村1夜。

县委副书记杨一平，下乡6次，住村2夜。

县委常委、组织部部长杜玉岗，下乡9次，住村4夜。

县委常委、纪委书记杨立宏，下乡3次，住村1夜。

县委常委、宣传部部长赵小平，下乡7次，住村5夜。

县委常委、常务副县长李晓峰，下乡3次，住村1夜。

县委常委、政法委书记贺思宇，下乡5次，住村2夜。

县委常委、县人民武装部政委樊俊生，下乡3次，住村1夜。

县人大主任苏和平，下乡8次，住村3夜。

县政协主席杨显斌，下乡12次，住村3夜。

2010年7月14日，第79期的《经济日报情况反映》刊发了经济日报记者魏永刚撰写的《下乡住村，让群众与干部更"亲"了——对山西平顺县干部住村调研转变作风的调查》，山西省委书记袁纯清在7月23日对此作了批示：

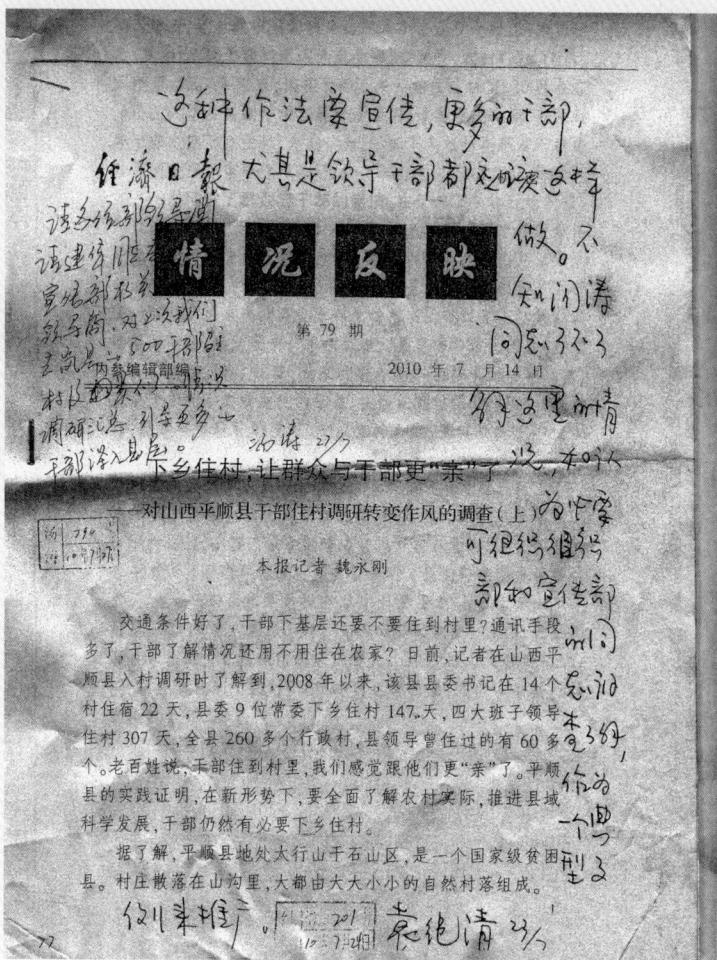

情 况 反 映

第 79 期

2010 年 7 月 14 日

下乡住村，让群众与干部更"亲"了

——对山西平顺县干部住村调研转变作风的调查（上）

本报记者 魏永刚

交通条件好了，干部下基层还要不要住到村里？通讯手段多了，干部了解情况还用不用住在农家？日前，记者在山西平顺县入村调研时了解到，2008 年以来，该县县委书记在 14 个村住宿 22 天，县委 9 位常委下乡住村 147 天，四大班子领导住村 307 天，全县 260 多个行政村，县领导曾住过的有 60 多个。老百姓说：干部住到村里，我们感觉跟他们更"亲"了。平顺县的实践证明，在新形势下，要全面了解农村实际，推进县域科学发展，干部仍然有必要下乡住村。

据了解，平顺县地处太行山千石山区，是一个国家级贫困县。村庄散落在山沟里，大都由大大小小的自然村落组成。

中共山西省委书记袁纯清关于平顺县干部下乡住村作法的批示：

这种作法要宣传，更多的干部、尤其是领导干部都应该这样做。不知汤涛同志了不了解这里的情况，如认为必要，可组织组织部和宣传部的同志调查了解，作为一个典型事例来推广。

"这种作法要宣传，更多的干部、尤其是领导干部都应该这样做。不知汤涛同志了不了解这里的情况，如认为必要，可组织组织部和宣传部的同志调查了解，作为一个典型事例来推广。"

2010年11月30日，山西省委常委、组织部部长汤涛，省委组织部常务副部长朱先奇，带领省委组织部和各市组织部相关领导夜宿平顺。12月1日上午，在西沟召开全省干部下乡住村"六个一"活动推进会。平顺县委在会上作了经验介绍。

不断对干部进行学习培训，调整干部的知识结构，以适应新形势工作的需要，这是平顺县委一个重要的工作。

走出去，打开眼界，解放思想，更新观念，学习新知识，补充新营养。

2007年12月11日，平顺县四大班子主要领导、各乡镇党委书记、部门主要负责人以及所有红旗党支部的支部书记共80多人到河南南街村、江苏昆山市、浙江华西村、上海市等三省一市10个考察点进行了为期11天的学习考察，在南京大学、江苏省委党校等地听了8场专家、教授的专题讲座。

陈鹏飞书记对全体外出考察干部提出了要求：一要提高认识，珍惜机遇，带着责任和问题考察；二要学习取经，理性思考，确保学有所获；三要精心组织，严肃纪律，确保考察学习安全有序。

在考察途中，12月15日，陈鹏飞书记在"赴江浙考察乡村两级干部汇报会"上，听取了大家学习考察的心得体会，然后就"为什么出来，出来学什么，回去怎么干"的主题讲了话。

他说："我们是国家级贫困县，为什么还要带大家出来呢？这是由我们干部形成了一种思维定势，特别厚道却比较保守，特别聪明却相对胆小，特别能干却放不开手脚；面对困难有想法没办法，在等待中错失良机。因此，县委、县政府才下大决心，克服一切困难把大家带出来。我们出来学什么？主要是想让大家开阔眼界，增长见识，树立发展标杆。榜样在前，由不得我们不发奋、不努力。回去以后怎么干？一是要切实解放思想，二是要真正埋头苦干。干部带了头，群众不发愁，广大农民就一定会跟着干，形成合力，实现率先发展。"

2007年12月25日，平顺县再次组织县、乡、村三级干部300余人前往华西村进行了为期5天的免费培训。

2009年5月18日至26日，平顺县四大班子领导、乡镇党委书记、各单位负责人60多人，在中央党校进行了为期一周的学习科学发展观专题培训。

2010年9月20日，平顺县组织32名青年干部，到长春市欧亚集团挂职学习锻炼。

□ 2007年12月，平顺县干部南方考察

□ 平顺干部走进中央党校接受培训

　　从2008年开始，每年春节假期后的第一个工作日，平顺县邀请有关专家学者到平顺作专题报告，为广大干部"充电"。2008年是中央党校的教授韩庆祥和宋世明；2009年是中央党校的教授韩庆祥和王军；2010年是北京社会科学院清史研究专家阎崇年；2011年是中央党校的教授蔡志强。

　　根据干部培训的需要，平顺县还适时邀请很具影响力的专家教授来平顺进行专题辅导。旅游学专家魏小安、中国纪检监察报社长李本刚、中央党校经济学部教授石霞、解放军通信指挥学院原副院长、教授、少将季卜枚、中国文联副主席冯骥才等，相继进入平顺，作了非常精彩的报告。

　　场场报告，场场爆满，场场掌声。

　　对于基层的干部，平顺县2007年以来，实施了干部关爱激励机制，开展争创"青羊先锋"、"红旗党支部"活动，调动了干部的积极性，并且成为选任、重用、提拔干部的基础依据，在广大农村党组织中形成了不是"红旗"争"红旗"，争上"红旗"保"红旗"的争先创优的生动局面。

陈鹏飞书记跟我们说："干部为什么要跟着我们干？不是艰苦的时候需要奋斗，而是要在政治上有前途，经济上有实惠。我们都知道，在解放前，群众跟着共产党，就是要翻身当家做主人；在新时期，群众跟着共产党，就是要共同富裕起来。干部跟着我们吃苦受累，也是这个道理。"

关照、关心、关爱老干部、老党员、老劳模、老寿星的"四老"，是平顺县2007年出台的一个机制。

他来平顺上任县委书记，第一天就去看望了老劳模申纪兰，第二天去看望了老劳模桑林虎。他每到一个村庄，总要去看望这个村里的老党员、老劳模。

□ 陈鹏飞书记（右）、吴小华县长（左）看望老劳模桑林虎

2007年，他到老劳模申纪兰家过大年。2011年，县四大班子领导又到申纪兰家过年。

西井山党支部书记王海潮去世了，县委坚持发放他的每月600元的红旗党支部定额补助。为了发放到位，其中的200元给了王海潮的母亲，200元给了王海潮的妻子，两个子女一人100元。

苗庄镇苗庄村党支部书记刘扎根突然患有脑血栓，病倒在床。刘扎根也是红旗党支部书记，挂职苗庄镇党委副书记。病倒后，县委坚持给他发放每月1000元的定额补助，而且千方百计帮助他解决医药费问题。

当陈鹏飞书记把对王海潮、刘扎根的定额补助发放的决定，在全县"三干会"上讲了以后，与会的许多基层干部都感动得落了泪。大家说："这才是找见组织了。"

至于对老寿星的关爱，一方面是尊老的优秀传统，另一方面在感动着后来的年轻人。

陈鹏飞书记说："老寿星也是给咱增光哩。"

关爱和被关爱，感动和被感动，常常是相互的。人们在关爱中、感动中生活着，那就是幸福着、阳光着。

陈鹏飞书记常说，在平顺工作着，总是被感动着。

老劳模申纪兰艰苦奋斗几十年如一日的精神感动着他，杏城、留村、刘家干旱阳坡植树造林的精神感动着他，西井山、下石壕几代人修路不止的精神感动着他，在实施"双五"战略、主攻"五大"目标实践中上下团结一心、决战决胜的精神感动着他，短短几年中平顺巨大的变化感动着他。他被感动着，常常眼含热泪。

吴小华县长说："我们陈书记激情四射，讲话也好，面对群众也好，到了激动的时候，眼里总是闪着泪光。这说明什么？他太爱平顺了，太爱平顺人民了。"

　　陈鹏飞书记总在想，该怎样去描述平顺县、平顺人、平顺的精神呢？2008年3月15日下午，平顺县召开"重点工程项目攻坚决战促进会"。陈鹏飞书记在这个会上的讲话中第一次正式谈到这个命题。他说："我觉得平顺发展到今天，应该重新解读什么是平顺，什么是平顺人，什么是平顺精神。"

　　他进而回答了这个问题。他说："什么的平顺？800里太行最壮观的一段就是平顺；群山连绵、千峰竞秀、万壑争绿就是平顺。"

　　"什么是平顺人？朴实、厚道、勤劳、智慧就是平顺人，特别能吃苦，特别能战斗，特别能奉献就是平顺人；从不叫苦，从不喊累，从不畏难，从不言败，就是平顺人。"

　　"什么是平顺精神？平顺精神就是敢干与天斗、与地斗，自力更生、艰苦奋斗、不屈不挠、奋发进取、与时俱进、积极向上；平顺精神就是能把不可能变成可能，能把不现实变成现实，把没有条件办到的事情创造条件办成。"

　　从这以后，陈鹏飞书记在各种场合的讲话中，总要大力宣传平顺人、平顺精神，提振人们的信心。

　　后来，县委把平顺精神归纳为"四特、七不"，那就是："特别能吃苦，特别能战斗，特别能奉献，特别重情义；从不叫苦，从不喊累，从不畏难，从不言败，能把不可能变为可能，能把不现实变为现实，能把办不到变成办得好。"

平顺人拿"四特、七不"的平顺精神不断激励自己、鼓舞自己，在错综复杂的困难面前，以全新的精神状态，满怀必胜的信心，咬定目标，坚忍不拔，百折不回，顽强奋斗，决战决胜，终于取得了一个又一个伟大的胜利。

平顺人的精神面貌变了，由过去矮人三分的自卑感，变得有了"有脸、有面、有尊严"的自豪感；由在贫困面前的畏难情绪，变得对未来发展充满了信心。

平顺人精神面貌的变化，是平顺发展的一笔宝贵的精神财富，取之不尽，用之不竭。

2007年以来，平顺经济社会发展水平和经济社会发展指数在山西省119个县（市、区）的排名都发生了很大的变化。经济社会发展水平，由2006年的第93位，前移了47位，排到了第46位；经济社会发展指数，由2006年的第103位，前移了65位，排到第38位。

2010年6月9日，山西省委书记袁纯清来到了平顺。昨夜的雨，把平顺洗得山清水秀。袁纯清书记在车上听了陈鹏飞的工作汇报，了解了平顺县发展思路的定位，以及这几年来的变化。

袁纯清书记从彩凤大道到迎宾大道，缓缓在县城绕了一圈。袁纯清书记说："平顺小县城建设得很有特色，整洁、精致，充满了生机啊。"

袁纯清书记到了西沟，看望了老劳模申纪兰。袁纯清书记对随行的干部们说："我们都要发扬老劳模艰苦奋斗的精神，把我们山西、把我们平顺建设得更加美好。"

平顺县有一首文华作词、赵军平作曲的《平顺，平顺，为你歌唱》的歌曲，被选评为平顺县县歌。平顺县在大型会议和活动中，总要唱响《平顺县歌》。《平顺县歌》高昂嘹亮，荡气回肠，唱出了平顺的壮美和豪情。

我们把《平顺县歌》的歌词抄录在这里，作为本章、也是全书的结束语：

登上峰岭，你眺望，高峡万丈，林海莽莽。银河飞落古寺间，大山沟里聚宝藏。这里美景如画赛江南，这里文明如歌代代传唱，这里的人民勤劳勇敢，这里的土地芬芳飘香。

登上峰岭，你眺望，金星闪耀，天路通畅。巧手绣出花万朵，一颗明珠镶太行。这里英雄辈出美名扬，这里事业蓬勃处处春光，这里改天换地创造奇迹，这里和谐幸福充满希望。

啊，平顺，平顺，美丽的地方。你是我可爱的家乡。

平顺，平顺，为你歌唱。你在巨变，你在崛起，走向辉煌！

后记

感谢平顺

杜爱兰

早春二月的一天，我接到刘重阳老师的电话，他说要写一部关于平顺县发展变化的纪实文学，想叫我帮他做做采访笔录、整整文件资料。我一听，欣然应诺。

刘重阳老师是报告文学作家，我只是一名小公务员。他找我给他帮忙，应该说有两个原因，一是我们很多年前就认识，二是很多年后他知道我还痴痴地喜爱着文学。

1982年，我从晋东南会计学校毕业，分配到长治电表厂财务科工作。电表厂不大，是长治市电子工业局下属的一个企业。

因为电度表属于精密仪器仪表，生产这种产品的企业必须取得国家机械工业部的生产许可证之后才能生产。这对电表厂来说事关重大，所以市政府派出工作组帮助电表厂进行电度表生产许可证的申领工作。市政府工作组由市电子工业局的人员组成，刘重阳老师是工作组派往电表厂的驻厂干部，我们就是在那个时候认识的。

在工厂工作，"师傅"是最普通的称谓。所以我认识刘重阳老师的时候，很自然地称他为"刘师傅"。

"刘师傅"能在墙壁上作画，还喜欢跟人讲北京人艺、讲老舍的《茶馆》，由此我知道他对文学、对艺术的热爱。

我也向往文学，但我至今不敢向人宣称这一点。文学进入我的生命，与一篇课文有关。那时候我还很小，大姐念书，念"天气凉了，树叶黄了，一群大雁往南飞"。就这一句话，深深地刻在我心上了，无论什么时候想起来都觉得很美。我想，这应该是文学给予我的最早的启蒙吧。

再大一些，我喜欢帮邻居小孩儿念"小人书"。高尔基的《童年》、《在人间》和《我的大学》我也是通过"小人书"知道的。邻居小孩儿买了新的"小人书"就喊我去给他念，我也乐此不疲。这应该是文学给予我的更进一步的影响吧。

我上初中的时候，有一个很要好的同学，头发自来卷，走路说话都慢吞吞的，总是一副笑眯眯的样子，我们都叫她"熊猫"。她的父母都是晋东南医学专科学校的教师，她能从学校图书馆借到《艳阳天》、《金光大道》、《东海前哨》之类的书籍。我很羡慕她，她也乐于帮我借书看。后来，班上流传一本《红岩》，作品中描写的渣滓洞、白公馆的阴森恐怖，让我半夜害怕得睡不着，可越是害怕越是要看，越往下看越要不着边际地胡思乱想。这应该是文学对于我思想、情志的启发和引导吧。

我出生在上世纪60年代初，从小就是念着这一类书籍长大的。那时候，学校实行开卷考试，对功课没有太高要求，学生经常下乡进厂参加劳动，各门功课的基础知识都不扎实。有一部电影名叫《决裂》，片中一个农场女工，单凭手上长满老茧，就进了共产主义农业大学；影片中还有一个戴着眼镜的老教授，他用怪怪的腔调给学生讲"马尾巴的功能"，是同学们取笑开心的对象。

那时候，社会鄙薄知识分子。我在那样的社会环境中长大成人。

国家恢复了高考制度后，学校教学的氛围紧张起来。要凭文化成绩考大学了，我有点泛不过劲来，但也开始埋头学习。我数理化基础很差，文科成绩不错。我写的作文总得高分，还常常被老师当做范文在课堂上分析讲解。不经意间，一位资深老师说我将来可以写写小说。老师的一句话，就像"魔种"埋在我的心里。

受了这种褒奖，我越发喜欢文科，梦想着考上某一所大学的中文系，将来从事与文字、写作有关的工作，甚至也想过当一名作家。

很快，我高中毕业参加了高考。按高考成绩录取下来，我进了晋东南会计学校。这让我感到非常失望。我躲藏在没人的地方悄悄地流了几把眼泪，很不情愿地到会校报到上学。后来，我就从事了会计工作。再往后，我结了婚，生了孩子，成天忙着家务、忙着工作，似乎把文学给忘掉了。

可是，我会莫名其妙地觉得心烦。我在心烦的时候能捞到一本好小说看，立马就能得以缓解。张承志的中篇小说《黑骏马》就是在这样心境下读到的，至今我仍然喜爱。

如果不是工厂倒闭，也许我就终老在电表厂财务会计的岗位上了，至多闲暇苦闷看看小说，恐怕不会再有写作的念想。可电表厂连年亏损，发不出工资去，我这个财务科负责人也当得很发愁。恰巧，长治市审计局公开招聘干部，我的条件完全符合报考要求，我便毫不犹豫地报了名。结果很顺利地通过考试，我就成了一名审计人员。

就审计与会计相比较，两者工作范围不同，工作性质、工作要求也不同。我在工厂当会计，一季度进行一次财务分析、写一次报表说明，除此之外不写任何文章。审计则不同，经常要写审计报告、审计调查报告。当时机关还办了一份小杂志，年年征集论文，这就激发起我写作的热情来。

不久，我参与了一个"企业欠税情况审计调查"项目，写了一篇题为《对企业欠税情况的透视与治理》的文章，不记得发表在什么杂志上，竟然被长治市法学会看中，长治市法学会通知我去参加研讨会。我领了一本论文证书，证书上盖了四个大红的印章，我捧着那本小证书，暗暗地得意了一阵子。

之后，我主审了几个县的财政决算审计，写了一篇题为《财政审计与财政体制改革》的小论文。这篇论文先是发表在本机关的杂志上，当时的局长看了以后，在全局科长会上表扬我。紧接着这篇文章又被选送到省审计厅参加研讨会，最后收录进山西省《财政审计论文集》。

想来，我在写作这两篇文章的时候，肯定是下过功夫的。文章被文集收录，从心理上给了我很大的鼓励。此后，单位里爱好写作的同事都与我进行交流，我真是觉得非常高兴。

我并不认为自己具备从事文学的才能，但我无法抑制想要写作。不久之后，我写了一篇《草色遥看》的短篇小说，使用一个"山风"的笔名发表在《漳河水》上，普遍反映还不错。后来，我又去采访长治市东街粮店的主任李瑞云。我没有想到，写李瑞云的文章交到了刘重阳老师手上。这个时候我才知道，"刘师傅"已经是长治市文联的副主席了。他正在主编报告文学集《上党女杰》。

记得那天，我站在刘重阳老师的办公桌前，说起了我发表过的《草色遥看》。刘老师说："我不知道你是怎么想的。好不容易写了点东西，恨不得叫全世界都知道，你怎么还用了笔名？"我回答不上来，但确实是不敢大胆地承认我在写小说。

岁月蹉跎，一去10年，我在文学方面终无成就。

我觉得我还是想写。写什么呢？找不到一个明确的主题。我曾经写过那个喊我给他念小人书的男孩，还写过我初中的同学"熊猫"。后来，我父亲去世了，我母亲也去世了。我陪伴父母度过了人生最后的时刻，那种痛苦、无奈的感觉，使我明白地望见了每个人的未来，心里总是灰蒙蒙的。

不记得是在哪年遇着了刘重阳老师，那时候我有了手机，彼此留下了电话号码。后来，刘老师的《高路走天脊》、《见证共和国》等书籍相继出版。他每出版一本书，就题了字送我一本，我无以相还，只在心里留下许多愧疚。今年春天，刘老师又写新作，他叫我给他当个助手，这应该是我的幸运。

春节过后不久，我们就开始为这部纪实文学的创作做准备了。2月底，刘老师编写了创作大纲。3月开始采访，4月采访结束，两个月后，这本书就要出版了。回想起这个过程来，我有很多话想说，但一时又不知道从哪儿说起。

刘老师写过《见证共和国》、《大道平顺》等与平顺有关的纪实文学作品，还为平顺电视台制作的《平顺，2007》、《大山的铭记》等电视片撰写过解说词。他对平顺的人文、地理和历史是有研究的，而我却不然。我只知道平顺是一个很穷很山的小县。

我第一次去平顺，大约是1998年的冬天，是针对平顺县农村信用社的财税大检查去的。我们晚上住在平顺宾馆，白天去信用社工作，除去从宾馆到信用社那段短短的路程，我就不知道哪儿是哪儿了。只记得宾馆里暖气不足，进了客房也不能脱去大衣；还记得平顺的街都是坡，在离宾馆不远的地方有两处高高的台阶，两处台阶上有两个漂亮的月亮门。至于月亮门在哪条街上、哪个方向，我就说不清楚了。一个星期后，我们的检查工作结束，我回了家。我把我在平顺听到的什么"花椒栽上石板上，汽车开在二楼上"之类的顺口溜说给我家人听，家人听了一笑了之，过后我再也没关注过平顺。

我第二次去平顺是2007年的春天，那次是为核实一笔账目去的。只记得县城正在修路，到处都是壕沟、沙石，灰天土地的连块落脚的地方都没有，办完公事当即返回。

这个时候，我的手头已经有了刘老师的《见证共和国》，读过之后，我对平顺县、对平顺的农业互助组、合作社，对平顺的李顺达、申纪兰、郭玉恩、武侯梨等一批劳模有了些了解。

今年春节前，刘老师的《大道平顺》出版了，他又送我一本。回到家，我就翻阅了这本新书，第一次知道了平顺的"哈喽梯"、"榔梯"等古道，诸如"条条古道上日落日出，有着不一般的景象。大道上走着车马，小路上走着百姓，一样的岁月，不一样的心情"等文字表述，吸引我一口气读完了这本书。而读完这本书，我才知道距离我不远的大山深处还藏着西井山、下石壕这样美丽的小村落，而且发生着感人的故事，让人有热泪盈眶的感觉。

刘老师说他要写写平顺县近几年来的发展变化，要我给他当个助手，我有点兴奋。因为我读了《见证共和国》、《大道平顺》，很想有一个更加了解平顺的机会。我还想写点东西，终将有一次采访的经历，心里也有点跃跃欲试的激动。

3月5日下午，我们到了平顺县，第二天小范围地开了个会，初步议定了写作范围，调了一堆资料回去，开始文案准备工作。

刘老师给我两个星期时间看资料，并要求我做好资料的分类索引工作。

3月18日，我们再去平顺，采访工作开始。按照刘老师的安排，我们每个周末去平顺，利用星期天进行采访。我做采访笔录，回家后将采访笔录整理成文，以备创作之用。

随着我们的采访，采访笔录也已经是密密麻麻的一大本了。

4月下旬，进入创作阶段。我的采访笔录和资料整理工作也在加紧进行中。

刘老师一再强调，资料整理不能有疏漏，采访到的信息不能有衰减，我也尽量这样做，埋头于采访笔录和所调集到的资料中，沿着时间脉络，专注用心地搜寻着各种信息，整理好了每一部分的创作素材。

刘老师的记性好，我整理出来的采访笔录交给他后，只要有一点疏漏的地方他都会发现。刘老师的观察能力强，对采访过的每一个小村庄，他都能进行准确描述。而且刘老师要对每一部分资料加以综合分析，将他的知识、信息融入其中。

当然，我更佩服刘老师语言文字的综合表述能力。刘老师的文字自然洒脱，哪怕是采访过程中的一个玩笑，他也能写进书中，使书中人物鲜活生动、使整部书籍更加真实可信；对于资料的应用，他能旁征博引、深入浅出，把文章写得既深刻透彻又行云流水，读来叫我暗自叫绝。

那天我给刘老师打电话，汇报一下我的工作进度，刘老师刚刚完成了《龙头高扬起》前两节的创作，他非常兴奋，就在电话里给我读了起来。

在《龙头高扬起》这一章里，刘老师不仅把平顺县"高扬旅游龙头、主攻绿色生态"的必要性阐述得透彻明了，而且把平顺县的每一个旅游景点都写活了。

初稿完成后，我们于6月21日再进平顺，县委办公室组织有关人员对初稿进行审读。这一天，通稿会议从早上8：30分开始，一直开到夜里的零点。刘老师对着电脑把整本书稿通读了一遍，除去中间吃饭和休息的时间，算起来至少也有13个小时，刘老师读稿的声音都沙哑了，但他的热情始终不减。

通稿会议上，平顺县的主要领导对这本书的初稿是肯定的。但也指出了一些需要进一步完善和补充的地方。为此，我们进行了补充采访，并对文章进行了修改。

在我协助刘老师进行创作的过程中，他不止一次地对我说，报告文学，就是用文学报告新闻，因为是"报告"，所以事件必须真实，因为是"文学"，语言必须形象生动；报告文学的创作，一定要重视采访到的每一个信息，千万不能随意删减，而要从每一个信息里挖掘更深刻、更丰富的写作素材，这样写出来的文章才可能翔实丰厚、真实可信；在写作中，刘老师不主张用华丽、深奥的词藻，而强调文字的平实、通顺、准确和节奏感。

刘老师说，"头顶三尺有神灵"，一个搞文字创作的人千万不可轻狂，一定要认真对待自己写出的每一个字。

这次协助刘老师进行创作的经历，让我学到了很多知识。刘老师不辞劳苦的创作精神、始终饱满的创作热情、平实严谨的创作风格，都深深地影响了我。

从早春二月到盛夏七月，我没有休息过一个星期天，即便是偶有小恙也坚持工作，累是累了点，但我还是觉得非常幸运。

我毕竟经历了一次完整的创作过程，在这个过程中，我终于走出了我狭小的生活圈，走进了雄奇险峻的太行山；在太行深处的大山里，我看见了另外一群鲜活的生命，他们坚韧不拔、百折不回，他们吃苦耐劳、勤奋智慧……

那些生在大山里的人，为了打通一条出山的道路，几代人挖山不止，祖祖孙孙前仆后继，那是一种怎样的顽强呢？

那些种树的人，住土窑、睡地铺（连土窑也找不下的时候，他们还住过驴圈），成天山上山下地背土、挑水、垒石岸；为了保证树苗的成活，他们不顾自身安危，专趁着雷鸣电闪的大雨天在山上抓紧栽种，一坡又一坡的树苗活了，一座又一座的大山绿了。可谁知道，在那漫山遍野的绿色中，浸透了种树人的多少血汗呢？

平顺人的奋斗和顽强感动着我，平顺大山的雄奇、俊美吸引着我。我想一定要再到平顺去，走遍平顺的每一个山庄窝铺，把他们最真实、最动人的故事收集起来、写成文章，告诉更多的人。

也许有人会问，你已经不年轻了，你有你的职业，你为什么不务正业、而要想入非非地去搞什么写作呢？

的确，这个问题总在我惶惑和脆弱的时刻冷不丁地钻出来。很多次，我都因为回答不了自己而中止了写作，但隔了一段时间以后，我还是想写。

说到底，生活给了我许多感悟，文学给了我一个别样的世界，在那个文学的世界里，可以有更多的想象、更多的真实、更多的美好。我总想把现实生活给予我的感悟，用文学的形式呈现给自己、呈现给别人。这就是我心里不断铲除又不断萌芽的"魔种"。

我是《为了平顺》这本书的挂名作者，我对这点必须明确申明。我曾经为此感到羞愧，但现在我不这样想了。我亲历了这本书的整个创作过程，在这个过程中我看到了很多、听到了很多、学到了很多，最重要的是，我终于认识到了自己的不足，从自己的"小角落"走到社会的"大生活"中去了，这是我最大的收获。

此刻，我有一个最大的心愿，就是一定要深入生活，在文学创作的道路上坚定地继续走下去。

我感谢平顺人，感谢平顺的山和水。

2011 年 7 月

印象平顺

刘重阳

我把《为了平顺》的文字稿最后收拾过一遍后，已是2011年7月1日的清晨了。我点上一支香烟，长长地出了一口气。

这是我的第四部长篇报告文学。我没有想到，4部作品中竟有3部与平顺县有关，莫非这就是天意？

我第一次到平顺县，是在20年前的1990年，受朋友之托去写平顺石油公司的一个电视片。我当时是在长治市经济体制改革委员会（简称体改委）工作，那年正以市委工作组的名义在潞城县下乡。

那是夏末秋初的一天，具体的时间我记不得了。我在平顺县运输公司院内下了班车，在街上东张西望了一下，向西走去。朋友告诉我，平顺县城就一条街，一直走就对了。

我走着走着觉得不对劲了，刚才还有楼房，现在都成了平房，明明是出了城进了村，怎么还找不到石油公司？我赶紧向一个穿制服的人打听。那人说："第一次来吧？就这一条街，还能走差了？走吧，没几步了。"

果然，再走不远，我看见了石油公司的牌子。公司小院很干净，还有一棚花架，吊着有葫芦。我见着了公司经理张蛟龙，一交谈，我们是同月同日生，只是他比我年长一岁。

　　我在公司安顿下来，写了电视片《我们心贴心》，在山西电视台播出。片子播出后，张蛟龙又叫我来平顺住了几天，放松放松。那一次，我去了金灯寺。后来，我把初来平顺的感受写了一篇散文，发在《长治日报》副刊上，题目还叫《我们心贴心》。开篇的第一句是："平顺的山才叫山。"

　　1991年春天，体改委组织改革红旗村观摩活动，我第一次进了留村。留村的花椒山把我们都震撼了。初秋，体改委要拍一部反映全市农村改革的电视片，我带着摄制组住在了留村。那一次，我和桑林虎书记聊了一夜，知道了留村一路走来的不易。

　　拍摄完了留村，我们去了西沟。老劳模申纪兰领着我们去参观了西沟展览馆。那天，下着雨。

　　这部片子费了不小的劲，但夭折了。过后，我把采访到的素材写了两篇报告文学发表在长治市文联主办的文学杂志《漳河水》上，一篇是《走向山外的世界》，一篇是《风展红旗如画》。前一篇中写到了东彰村的赵天平，后一篇写到了我三次进留村。

　　1993年秋，《漳河水》组织一组文章以庆祝毛主席诞辰100周年，约我写一篇毛主席接见申纪兰的报告文学。我来到平顺，由县文联主席原振先领着我去西沟见了老劳模申纪兰。我这是第一次采访老劳模，我写了《毛泽东与西沟人》。

　　时隔一年，为庆祝1995年长治解放50周年，我们在1994年组织创作一部报告文学《英雄太行》。马文领着我到川底村采访了郭玉恩，王鸿斌领着我到东青北乡找见武德宏，再回羊井底村访谈武侯梨。在平顺县城，我采访了原盘明、崔志有，我又到太原采访了平顺县原县委书记李琳，在长治市采访了平顺县原县委副书记杨树培等。一过1995年春节，我就动手写平顺县的四大劳模，标题是《太行丰碑》，作为《英雄太行》的第一部第一章。1995年9月，《英雄太行》由山西人民出版社出版。

在这中间，我又把试办农业生产合作社的内容拿出来，专门写成了一篇《太行啸长风》，发表在《漳河水》上。为了写好这篇东西，我在长治市又对郭玉恩进行了补充采访。1996年春，老劳模郭玉恩过世了，我在电视新闻上得知这一消息后，立即给《长治日报》副刊部打了电话，请他们把周末的头版留给我，我有话要说。6月1日，我在《长治日报》周末版发表了《岁月磨不掉的记忆》。

这年冬，我又来西沟村采访张高明等，为的是电视片《申纪兰》。这部片子我并没有进行到底，中央电视台播出的时候，在撰稿一栏中还有我的名字，让我很尴尬。值得回忆的是，我在平顺采访时，西沟乡党委书记李培林把我叫到西沟，在晚上为乡村的干部讲了一通。那天胡说了些什么我记不得了，只记得老劳模申纪兰对我说："你放开讲，老百姓怕起早不怕搭黑。"

1999年，我到了长治市文联工作，10月，开始编辑报告文学集《上党女杰》。入选《上党女杰》的，必须是获得省级以上表彰的妇女。平顺县有两人入选，一位是老劳模申纪兰，一位是全国优秀警察、县公安局刑警队长常月峰。

老劳模申纪兰的稿件由我来写，题目是《背不动的责任》；常月峰的事迹请平顺县的作家宋爱民来写，题目是《女刑警队长》。宋爱民完成稿件后，用笔名"家木"署名。2000年6月，《上党女杰》由山西人民出版社出版。

我把《背不动的责任》寄到北京，去参加一个征文活动。

2000年夏，我带领长治市青年作家采风团来到井底村采风，平顺县的作家群倾力加盟。写井底风光旅游的文章由县文联的申增贤操刀，题目叫《掀起你的盖头来》。

我带着《漳河水》编辑王照华、屯留县女作家郭庆平，与石窑滩乡乡长成栓才一起，从井底走到石窑滩村。成栓才乡长给我们讲了挂壁公路的故事。我们夜宿石窑滩乡政府，我睡的床铺是副乡长索买生的。我后来见了他还开过一个玩笑，说他的床铺上有法国女人的香水味。他说："都是土腥味。"

第二天上午，我们三人又从石窑滩走回到井底，复习了成乡长讲的故事，准备写个东西。

采风团从井底包了辆中巴车回长治，走到县城被人拦住，说县委柴玉棉有请。我们到了平顺宾馆，柴玉棉要求我们的《漳河水》要为平顺县出一个专号。酒杯一端，我就答应了。在《漳河水》平顺专号上就刊发了挂壁公路的报告文学《高路入云》、《掀起你的盖头来》等作品。

这年夏天的一个晚上，我接到县政协副主席杨显斌一个电话，邀请我到西沟谈谈西沟展览馆的大纲。在这之前，马文已经把西沟展览馆的大纲送给了我。接到电话邀请，我第二天就来到西沟，那天还有小雨。我对着杨显斌副主席和展览馆的设计者们大放厥词，强调要有大视野。说痛快了，我走了。过后，大家说我的意见还是个意见，而且也朝着这个方向改了一通。

2000年冬，《背不动的责任》在全国"共和国脊梁"征文活动中获得一等奖，我和老劳模申纪兰在北京汇合后参加了颁奖活动。我们在中国现代文学馆接受了中央电视台的采访，在人民大会堂参加了颁奖仪式，申纪兰获得"共和国脊梁"主人公金奖。

2001年4月至2002年9月，我采访了长治市第一条高速公路的建设情况，创作出版了我的第一部长篇报告文学《高路走天脊》。2002年12月，《高路走天脊》获得全国"中流砥柱"杯征文活动长篇报告文学特等奖。

2002年10月，我受长治市交通局的委托，组织作家创作以"村村通"工程为内容的报告文学集《感动太行》。我把《漳河水》编辑部一位叫张剑鸣的作家安排到平顺县。这年冬，我来到平顺县交通局，看看创作的进展情况，第一次与平顺县交通局有了接触。张剑鸣写平顺县"村村通"的题目是《大山因路而精彩》，是最早交稿的作家。《感动太行》由山西人民出版社出版，正是2003年4月"非典"厉害的时期。

2003年，长治日报社社长王占禹约我写一部关于申纪兰的长篇作品，我很想写，但分不开身，因为我正在长治至晋城高速公路建设项目部当顾问。

2005年春，长晋高速公路完工，我开始履行王社长之约，来西沟进行采访。西沟展览馆主任王小平给我安排好吃住，西沟的张章存领着我采访。在西沟采访期间，县委办主任杨显斌两次来看我，西沟乡党委书记宋忠义为我设宴放松，这都令我受宠若惊。

2006年初秋，我的长篇报告文学还没有杀青，平顺县广电局长马文叫我来平顺写一个电视片。朋友多年，无法推辞，我只好硬着头皮来了。住了几天，弄出个《突破》的解说词来。

2007年2月，我与王占禹合作的长篇报告文学《见证共和国——全国惟一的一至十届人大代表申纪兰》由上海文汇出版社出版，3月初在北京中国记协举行了首发式。平顺县陈鹏飞书记、西沟乡宋忠义书记、西沟村张高明书记等专程到北京出席了首发式。

2007年初秋，县委办又把我叫到平顺县，要弄个电视片《平顺2007》。片子的解说词写好后，编出的片子领导不满意。马文局长一个电话，9月28日早上，我来到平顺县广电局，看了一遍片子，也觉得很难受，一是长，二是拖。于是，我讲了讲片子存在的主要问题后，准备去参加长邯高速公路运营5周年庆典活动。这项活动也是前几天就安排好的。

县电视台的领导对我说："你讲的，我们听懂了；让我们改，不是不改，是不会改；所以你不能走。"

我只好推掉高速公路的活动，留在平顺改片子。我和县电视台的王惠良一起工作，先把解说词录音的间隙缩短，加快了语速、节奏，改变了片头的方式，调整了部分内容，使片子精干了也精神了。每项修改，我只是做个示范，剩下的大量工作由王惠良他们加班干。30日上午，由县四大班子领导审看。这一次，闯关成功。片子交差了，我还给陈鹏飞书记开了个玩笑说："平顺的事，我是'召之即来、来之能战'，至于能不能'胜'，那不好说了。"

2008年，县委宣传部赵小平部长给我打电话，叫我来修改一组关于王海潮事迹的演讲稿。我在平顺住了4天，写了3篇演讲稿，还看了一场晚会。

2008年，我到平顺参加了"名人名家进平顺"活动，有幸被聘为平顺县旅游文化推介大使。同时，我还撰写了平顺县《大山的铭记》电视片解说词。

2009年，我在长治公路分局写了一部《长治公路60年》，10月，平顺县交通局的宋旭斌和张剑鸣老师找到我，说他们要写一部县交通局发展的报告文学，需要我来运作一下。我写了一个大纲，与张剑鸣老师一起到了平顺县交通局见了局长郭忠胜，把这件事敲定下来。张剑鸣老师在平顺县采访了一个月，回去长治又写了一个月，把一稿拿给我看。

我看了稿，认为还需要补充些资料，这时恰巧县交通局局长又走马换将，石旭东成了局长，于是又来平顺见了石旭东局长，得到一个准确的信息后，继续向下操作。素材基本搜罗够后，我在文稿的结构、语言上动了手。作品三易其稿，不断补充和调整，县交通局的领导、县志办的领导都倾注了很大的心血。2010年12月，长篇报告文学《大道平顺》由山西人民出版社出版。在平顺县2011年"三干会"上，发到人手一册。

前前后后、断断续续，我与平顺有了20年的交往。我写平顺的一些作品，实际就在写着平顺的变化。平顺的变化，特别是近几年的变化，深深地感动着我，使我有一种要比较全面反映平顺县变化的写作冲动。2011年春节一过，我征求了县委领导的同意后，便邀请杜爱兰女士加盟，着手准备《为了平顺》的写作大纲。

我认识杜爱兰女士有很多年了。那还是上世纪80年代中期，我在长治市电子工业局工作的时候，以市政府工作组的名义在长治市电表厂蹲点，任务是要拿到国家机械工业部颁发的电度表生产许可证。她那时是个小姑娘，在电表厂财务科工作。我们当时都是文学爱好者，容易说到一起。后来电度表生产许可证拿到了，我就撤了，与她也就很少有联系了。

直到2000年，我在编辑报告文学集《上党女杰》时，发现其中《闹区小粮店》的作者是杜爱兰，这才又想起电表厂那个不多说话的小姑娘。我没有去联系她，但知道她已经去了长治市审计局工作。

　　2005年，市审计局纪检书记邀我为他们写一个电视片的解说词，我这才提起了杜爱兰，也才和她见了面。20年不见，再见时，还是说起文学，还是有话说。我们约好，有机会合作一把。

　　2011年春，我们开始了《为了平顺》的采访，4月中旬着手写作，两个月后，带着初稿到平顺县审阅。大家提了很好的修改意见，我们继续补充采访，并在平顺县完成了修改和定稿工作。

　　这就是大家见到的《为了平顺》。

　　我和平顺县的交往已有20多年了，很多的人和事、情和义，都会珍藏在我的心底。

　　20多年了，命里该有，值得回忆啊。

2011年7月